リスマCEOから

Boundless

The Rise, Fall, and Escape of Carlos Ghosn by Nick Kostov & Sean McLain

落ち武者になった男

カルロス・ゴーン事件の真相

ニック・コストフ
ショーン・マクレイン
長尾莉紗／黒河杏奈【訳】

ハーパーコリンズ・ジャパン

BOUNDLESS
by Nick Kostov and Sean McLain

This edition is published by arrangement with HarperCollins Publishers LLC, New York, U.S.A.

Published by K.K. HarperCollins Japan, 2023

祖父に
――ニック

スリヤとアマティアに
――ショーン

さいげんを知らぬ放縦は、たしかに人間の本性においては、一種の暴虐にはちがいない。そのためにこれまでにも、数多くの王者たちが安穏と玉座につ いていいながら、時ならぬ時に王位を失った例もめずらしくはない。

——ウィリアム・シェイクスピア『マクベス』

（光文社古典新訳文庫、安西徹雄訳より）

カリスマCEOから落ち武者になった男
カルロス・ゴーン事件の真相

目次

第2部

第3部

※本文中の〔 〕は訳注を示す。

著者まえがき

２０１８年秋、世界屈指の有名実業家だったカルロス・ゴーンの地位は、プライベートジェットで各地を飛び回る自動車メーカーの経営者から、日本の拘置所に収監される犯罪容疑者へと堕ちた。

それから1年あまりが経つと、彼は逃亡者として名を知られることとなる。ビジネス界での大ニュースの枠を超え、新聞各紙の一面へと躍り出たのだ。

しかし、多くの報道がなされても、ゴーンをめぐる状況は謎に包まれたままだった。特に、彼が社内クーデターの罪なき犠牲者なのか、あるいは（日本の検察と、のちにはフランス検察も主張したように）数々の金融犯罪に手を染めた悪人なのかははっきりしなかった。日本を脱出したのは、法の裁きから逃げたかったのか、それとも不当な扱いから逃れたかったのか。彼には熱烈な支持者もいれば容赦ない敵もいて、両者の大きな声が真実をかき消してしまっていた。

私たちはその真相を明らかにしたいと思った。

ウォール・ストリート・ジャーナル紙の記者である私たちは、この事件の成り行きを最前列で見ていた。ゴーンの衝撃的な逮捕が行われたその日から取材を開始したが、その後はわずかな情報が成り行きを左右した。ゴーンは拘置所の中で外の世界から遮断されていた。記事にできる材料はあまりにも少なく、ゴーンが無実の主張をしただけでスクープになるほどだった。

何がどのような理由から起こったのかを知ろうとする私たちにとっては、なんらかの文書が手に入ったり関係者の話を聞けたりすれば、それらすべてが小さな勝利だった。

　東京からパリ、そのあいだにはレバノン、リオデジャネイロ、オマーン、カリブ海の島、ボストン郊外を経て、私たちはゴーンの足跡を辿った。そこからまざまざと浮かび上がってきたのは、彼の複雑な人間性だ。カリスマ性と内向性、大げさな態度と自制、大胆さと慎重さ、壮大な計画と些細な執着、優れた分析と非合理的な行動など、さまざまな面が混在する人物像が見えてきた。

　ゴーンの人生は、グローバル化とそこに眠るチャンス、そして行きすぎたグローバル化の結果をめぐる物語でもある。ブラジルのジャングルで生まれた彼は、才能と努力を武器にビジネス界の頂点に上り詰めた。そうして辿り着いた先で、彼は監視の目がほとんど存在しない雲の上の空間を見つけたのだ。

　本書は、時間を惜しまず情報と体験を語ってくれた１００人以上の協力者への取材をもとに構成されている。日産自動車、ルノー、ミシュラン各社の現・元幹部、取締役、ゴーンのライバル、友人、親族などが取材に応じてくれた。彼らの多くは匿名を条件とし、私たちはそれに応じた。

　また、日本、フランス、レバノン、英領ヴァージン諸島の未公開法律文書、取締役会議事録、監査報告書、社内報告書、メール、プレゼン資料、調査報告書など何千ページにも及ぶ文書および音声・映像記録も大いに参考にした。そのなかには、レバノン人弁護士ファディ・ゲブランと、ゴーンを含む彼の関係者との貴重なやりとりが記録されたハードディスクも含まれる。ゴーンの弁護団は、これらのデータは日産が適切な司法手続きを経ずに入手したものであり、したがってその信憑性を保証することは不可能だとする。しかし取材のなかで私たちは、数十通のメッセージについてその内容が真実であること、そこに述べられている出来事や金融取引が現実に発生したものであることを確かめた。矛盾はひとつも見当たらず、それ以外のメッセージに虚偽が含まれている可能性を示唆する点もいっさいなかった。だから本書の資料として使用することにしたのだ。

　私たちは何十年も前からウォール・ストリート・ジャーナルの記者たちが用いてきた報道プロセスを採用した。つまり、本書に登場するすべての重要人物には、ここで明かされる事実についてコメントする機会を提供した。「当人に知らせないまま報道しない」という同紙の基本ルールにも従った。

　ゴーン自身、数時間にわたって私たちの質問に答えた。オマーンに関することを除けば、すべて積極的に答えていた。オマーンについては現在フランスの司法当局から犯罪捜査を受けている最中なので回答を控えるとのことだった。もちろんそれは彼の権利だ。彼はまた、家族や友人が取材に応じることに同意した。特に姉のクロディーヌはゴーンの生い立ちを知るうえで貴重な情報源となった。

　本書の出版が近づいたころ、ゴーンの広報担当者にメールを送り、掲載予定の事実や出来事をゴーンに確認してもらいたいと伝えたうえで、いわゆる「オマーンルート」についてあらためてコメントしてもらう機会を設けた。

それに対する回答は以下のとおりだった。「ゴーン氏の弁護団の見解では、コメントを求められている主張は不正確かつ／あるいは誤っていて、かつ／あるいは論理の一貫性に欠け、かつ／あるいは脈絡がない」。この返答によると、弁護団はゴーンに対し、私たちのメッセージを確認する必要さえないと助言したとのことだ。

最後に、今回の取材をするうえで、私たち2人はこれまでの記者人生のなかでもきわめて濃い関係を協力者たちと築いた。本書に登場する人々の多くは特に困難な時期にあり、家族がばらばらになった人もキャリアが崩壊した人もいた。新型コロナウイルス感染症の影響で世界中がロックダウン下にあるあいだにもたびたびインタビューをしたが、それによって彼らの生活にいっそうの負担をかけることになった。それでも彼らは話を聞かせてくれた。私たちの会話はときに感情的にもなり、気づきと課題をもたらす関係性が生まれた。そんな関係を続けていけなくなった相手もいた。どのようなやりとりをしたかにかかわらず、私たちはすべての取材協力者に感謝し、その恩は決して忘れない。彼らがいなければこの本はいまここにないのだから。ありがとう。

ニック・コストフ、パリにて

ショーン・マクレイン、東京にて

登場人物

カルロス・ゴーン……ルノー・日産アライアンス構築の立役者
自動車業界で最も有能な経営者とされたが2018年に逮捕

家族

リタ・ゴーン……ゴーンの最初の妻
キャロライン、ナディーン、マヤ、アンソニーの母親
キャロル・ゴーン……ゴーンの2番めの妻
ローズ・ゴーン……ゴーンの母親
ジョルジ・ゴーン……ゴーンの父親
クロディーヌ、シルヴィア、ナイラ……ゴーンの姉妹

フランス

ベフルーズ・シャヒド=ヌーライ……ミシュランのCFO
フランソワ・ミシュラン……ミシュランのオーナー兼CEO
ルイ・シュヴァイツァー……ルノーでのゴーンの最初の上司
パトリック・ペラタ……エコール・ポリテクニークでのゴーンの同級生
のちにルノーと日産におけるゴーンの側近
アラン・ダサス……ルノーの財務担当重役、金融危機時の日産CFO
フレデリーク・ル・グレーヴ……ルノーと日産におけるゴーンのチーフ・オブ・スタッフ
ムナ・セペリ……ルノーの弁護士、長年の幹部
エマニュエル・マクロン……経済・産業・デジタル担当大臣、のちにフランス大統領
マルタン・ビアル……国家保有の企業関連資産を管理する国家出資庁(APE)長官
ジャン=ドミニク・スナール……ゴーンの後任、ルノー会長およびアライアンス議長

日産自動車(日本)

西川廣人(さいかわ・ひろと)……ゴーンの後任のCEO、2017年就任
グレッグ・ケリー……ゴーン体制下のCEO室長、2015年退任
2018年に逮捕。アメリカ出身
ハリ・ナダ……CEO室長、ケリーの後任。弁護士。イギリス育ち
大沼敏明(おおぬま・としあき)……秘書室長。取締役の給与関連事項等を担当
今津英敏(いまづ・ひでとし)……監査役、元製造責任者。ゴーン調査を開始した人物
志賀俊之(しが・としゆき)……ゴーン体制下のナンバー2。退職後に取締役就任
川口均(かわぐち・ひとし)……政府担当兼渉外担当責任者。今津の調査に協力

レバノン

ファディ・ゲブラン……ゴーンの幼なじみ、プライベートでの顧問弁護士
アマル・アブ・ジャウド……ゲブランのアシスタント
カルロス・アブ・ジャウド……レバノン人弁護士
ジアド・ゲブラン……ファディ・ゲブランの末の息子

中東

スハイル・バハワン……日産と取引関係にあるオマーンの大富豪
ディヴェンドゥ・クマール……スハイル・バハワン・オートモービルズ社のゼネラルマネージャー
ハリド・ジュファリ……日産と取引関係にあるサウジアラビアの大富豪

逃亡関係者

マイケル・テイラー……元グリーンベレー隊員のセキュリティ専門家
ピーター・テイラー……マイケル・テイラーの息子
ジョージ・アントワーヌ・ザイエク……レバノンの元民兵

プロローグ

カルロス・ゴーンは目の前に置かれた箱をじっと見つめた。……自由、か。

それは縁をスチールで補強した大きな黒の木箱だった。音楽バンドが大型スピーカーや楽器を運ぶときなどに使うケースだ。

ゴーンはこの逃亡のために雇ったアメリカ陸軍グリーンベレーの元隊員、マイケル・テイラーの指示を聞いていた。

テイラーはゴーンがこれからすべきことをひとつずつ説明していた。この木箱の中に入って、あとはじっとしていること。蓋(ふた)が下ろされ、しっかりと閉じられたら、あなたが入ったこのケースは動き出す。そうして箱の中に入ったまま、あなたは他の荷物と一緒にプライベートジェットに乗るのだ。

ゴーンにとってプライベートジェットは慣れ親しんだ移動手段だった。ルノーと日産自動車という2つの自動車メーカーの最高経営責任者として、愛機のガルフストリームで世界中を飛び回っていたのだから。豪華な革張りのシートに寝そべって雲の上を飛ぶのは慣れている。しかし、今回の旅はまったく新しい体験だ。

すべてうまくいけば、翌朝にはレバノンに所有する広大なブドウ園でブランチを食べているだろう。テイラーの助けのもと忽然と姿を消し、日本の司法当局の手から逃れ、告発された金融犯罪を数千キロの彼方に残して。

その箱には自由の可能性が詰まっていたが、追い詰められた悲惨な状況を象徴しているとも言えた。もしひとつでも事がうまく運ばなければ、世界中の新聞の一面を飾って笑いものになることは間違いない。しかしその屈辱も、その後いやおうなしに行き着く場所よりはましだ——拘置所に後戻りなのだから。しかも、次に保釈される見込みはない。

それでも、日本の裁判という泥沼で身の潔白を主張しつづけていくほうがはるかに悲惨な運命だと思えた。これまで100日以上の勾留生活を強いられ、弁護士をつけることも許されずに検察の取り調べに日々耐えてきたのだ。

自分にかけられている容疑は、日産と中東とのあいだで金を複雑に動かして私利を貪ったという深刻なものだ。それだけでなく、日産と東京地方検察庁が自分に不利な情報を次々と流し、そのせいで自分を悪者とする報道が何カ月も紙面を賑わせたことで、入念に磨き上げてきたイメージもズタズタになってしまった。

これから長い法廷闘争が待ち受けているが、その苦難を乗り越えるまで命が続くだろうか。たとえすべてのリソースと人脈をつぎ込んで裁判に臨んだとしても、日本の刑事裁判における有罪率が99%を超えることは知っている。

それなら、たとえ一生逃亡生活を送ることになっても、逃げたほうがましだ。

21世紀が始まってからの約20年間、カルロス・ゴーンは世界一著名な自動車王だった。2つの平凡な自動車メーカーを提携させてルノー・日産アライアンスというグローバルな巨大企業連合を構築し、世界中の批評家たちを驚かせた。しかしゴーンは、自分の報酬に決して満足していなかった。長年、自分よりも才能のない人間たちが自分より何百万ドルも多く稼いでいるのを目にしていた。彼は悔しさを募らせ、もはやそれは執着となっていた。

2008年に金融危機が起きると、ゴーンは自らその不満を解消すべく動きだし、自分に本来ふさわしいはずの報酬を密(ひそ)かに得られるよう数々の手段を模索した。そして10年後、経営者としての最後の大仕事、ルノーと日産の合併を成し遂げようとしていた彼は、それが終われば全長37メートルの自家用クルーザーで幸せな結末に酔いしれるつもりだった。合併成功によって巨額の報酬を手に入れ、その金とともに引退し大富豪として余生を送るはずだった。

ゴーンの説明によると、それが実現しなかったのは一部の日産幹部が共謀して彼を失脚させようと画策したからだという。ゴーンの周到な計画は、予想だにしなかった衝撃的な逮捕によって挫折(ざせつ)した。味方はみるみる消えていった。政財界のリーダーたちのなかにも、彼を守る者やかばう者はいなかった。

なかでも最も心が打ちのめされたのは、やはり自分の会社からの裏切りだった。特に日産にはあれほど貢献したのに。前年、彼が自ら後継者に選んだ西川廣人(さいかわひろと)は、日産再生の記念碑として「Wheels of Innovation（ホイール・オブ・イノベーション）」と名付けられた高さ5メートルのステンレススチール製オブジェを公開したとき、それを「ゴーン氏による17年間のリーダーシップを振り返るもの」だと述べていた。しかしゴーンが逮捕された夜の西川は、ゴーンは私腹を肥やすために職権を濫用したのだと世の中に向けて語った（最終的に日産とルノーは1億ドル以上を不正流用したとしてゴーンを告発した）。

経営者としての権力をすべて奪われ、犯罪容疑者に成り下がったゴーンは、その状況に激しく腹を立てていた。そう簡単に負けを認めるわけにはいかない。守るべきものは自分の名誉と品位だけではないのだ。自分の一族は母国レバノンから遠く離れた地で富を築き、始まりはアマゾンの熱帯雨林で祖父の代が成功させたビジネスだった。そのなかでもカルロス・ゴーンは最大の成功者だ。自分の輝かしい人生を不名誉な形で終わらせれば、祖父のレガシーを傷つけ、子供たちにも汚名を着せることになる。そんな運命を受け入れるくらいなら、自分の人生を懸けてやろう。

テイラーといるホテルの46階の角部屋からは、大きな窓の外に大阪湾が見え、そのところどころを囲うように大阪の街明かりがきらめいている。もはや世界の頂点に立っているというより、世界の淵でふらふらとバランスを取っている気分だ。ゴーンは箱の中に体を収めた。

「ゆっくり呼吸してください」テイラーがそう言いながら蓋を下ろす。

視界が真っ暗になった。

第 1 部

第1章

成り上がり

ブラジル、ポルト・ヴェーリョ、1910年

アブド・ビシャラ・ゴーンと妻のミリアを乗せた蒸気船はアマゾンのジャングルの真ん中を滑るように進み、泥で濁ったマデイラ川沿いの小さく開けた場所で止まった。

ビシャラは、うっそうとしたその熱帯雨林に途方もない富が眠っているという話を聞いていた。そこに生えるパラゴムノキからは世界で最も多くのラテックスが採取でき、天然ゴムの原料となる白い樹液は冒険心ある男たちを一夜にして億万長者にするのだという。

ゴムが初めて注目を浴びたのは、ヨーロッパの人々が西半球を探検した初期に、現地の住人が乳液状の物質から家の防水カバーをつくっているのを見たときである。しかし、ゴムが自転車や自動車のタイヤの原料になることをジョン・ダンロップとミシュラン一族が発見するの

は、それから1世紀以上も後のことだった。ビシャラとミリアがアマゾンに到着したころ、デトロイトではT型フォードが続々と生産・販売され、アマゾンの男たちに巨万の富を与えるゴム需要ブームの到来を告げていた。

南米に行けば簡単に大儲けできると謳うポスターが当時はほぼすべての大陸の各都市にあちこち貼り出されていて、ビシャラはそのひとつを見たのだった。少し前にも、一攫千金を狙えるという同様の誘い文句に釣られて、野心的な、あるいは追い詰められた状況にある者たちがアメリカ西部にやってきて砂金探しをしていた。

語られる伝説は数多かった。ゴム産業の成功者たちはブドウ園に次々と豪邸を建て、100ドル札を燃やして高価な葉巻に火をつけ、妻は体中に宝石をまとった。ゴムブームの恩恵を得た技術者や商人は、新たに手に入れた富で自宅を建てるためにイタリアの大理石、フランスのセラミック、アイルランドのリネン生地など世界最高級の素材を輸入し、華やかで活発なコミュニティを構築した。その中心となって発展していったのがマナウス市で、南大西洋から1500キロほど内陸にあるその市内に建てられたアマゾナス劇場は、世界的に有名なオペラハウスとして現存している。

黒い口髭にがっしりした体格、厳めしい顔つきをしたビシャラ・ゴーンが1910年にブラジルに到着したとき、その国のゴム貿易はすでに非常に盛んで、人も機械もジャングルのいっそう奥深くへと送られていた。豊かな髪と濃い眉をたたえた、華奢だが心の逞しいレバノン人女性である妻のミリアとビシャラがようやく船を下りたのは、マナウスからさらに800キロ上流にあるポルト・ヴェーリョ（旧港の意）という小さな集落だった。暑くてほこりっぽい、ただの貧しい村となんら変わりはなく、舗装された道路や近代的な設備といった贅沢なものもないが、何か大きなことが進行中だという気配はあった。

マデイラ川の岸にはすでに何千人もの男たちが押し寄せ、猛烈な勢いで次々と建物を建設していた。そこには技術者、医師、測量技師もいたが、ほとんどは木の伐採や線路の敷設に従事する労働者だった。目的は、船でゴムを運ぶには危険すぎる流域を迂回するための鉄道の建設だ。

たいていの者たちにとってはわびしく住みづらそうだと思えたであろうその地に、ビシャラは可能性を感じた。そして実際、鉄道は彼の大志を実現するための道筋となる。

猛暑のジャングルの奥地での線路敷設は、想像以上に過酷なものだった。おもな脅威はマラリア蚊だったが、毒ヘビもいれば、巨大なナマズのピライーバが労働者の乗ったカヌーを襲うこともあり、川に落ちればデンキウナギの餌食になりかねなかった。アリの巣は高さ1・5メートルにも及び、毒グモはカニの大きさだった。ビシャラが到着したとき、ポルト・ヴェーリョではすでに4000人以上の労働者が精力的に働いていた。その1割がその年のうちに死ぬことになる。

それでもこの地には何十もの国から川を上って人が集まってきた。カリブ海から、スペインやドイツから、遠くは中国からもやってきた。そのなかにはパナマ運河の建設に携わった経験を持つベテランもいれば、線路の敷設にかかわるつもりはまったくないがポルト・ヴェーリョに再出発のチャンスを見いだしたビシャラのような者もいた。

ビシャラは10年前に移住していたアメリカからその地に来たのだった。20世紀初頭、彼のようなマロン系キリスト教徒の少年は大量に母国から海外へ送り出されていた。当時のレバノンはまだオスマン帝国の一部で、軍への強制入隊が始まると、しばしばマロン派の家庭がターゲットにされたのだ。読み書きもできず無一文のまま10代で渡米した彼は、ロードアイランド州で露天商として雑貨を売って生計を立てた。

そうしてささやかな生活費を稼げるまでにはなったが、このままアメリカにいるよりもアマゾンへ行くほうがはるかに早く成功に辿り着けると思えた。そして妻とともに南米のその地に移住すると、すぐに彼はアメリカ時代に習得した商売の基本を活かし、ジャングルの中で賑わいだしたばかりの新たな住処（すみか）、ポルト・ヴェーリョの中心を走る大通り沿いの角地に大きな雑貨店を構えた。最もよく売れたのは、川を行き来する定期船に使うディーゼル油と、熱帯気候で食料を保存するための塩だった。

1912年、ついに鉄道が完成した。しかしその代償は大きく、多くの人命が失われたことは特に悲劇だった。「悪魔の鉄道」と呼ばれたこの鉄道の建設に従事した何千人もの労働者が命を落とした。さらに、結局この鉄道の運行が成功をもたらしたのは束（つか）の間だった。線路がすべて敷かれた直後、まさにその敷設のために人と物を運んだ蒸気船が原因となって、その鉄道はすっかり使われなくなってしまったからだ。

イギリス人たちは何年も前から、ゴムの木の種をブラジルから密輸して他の地にプランテーションをつくろうとしていたが、その旅の長さと厳しさゆえ挫折していた。しかし、技術の進歩により蒸気船での輸送が可能になったことでついにそれが実現したのだ。苗はブラジルからイギリスへ、そしてイギリスからシンガポールへと運ばれ、数十年でマレーシア、スリランカ、やがては熱帯アフリカに巨大なプランテーションが誕生した。そうしてゴムの価格は急落し、ゴムの貿易額のうちブラジルが占めるシェアは減少した。

ブラジルは甚大な影響を受けた。マナウスはあっという間に貧民街になった。輝かしいアマゾナス劇場も１９２４年には閉館し、脱出できる者は富とともにその地を去った。それでも、ビシャラのような商人が地元で商売を続けられるくらいのゴムはまだそのジャングルから生産されていた。むしろ、小さくなったその池でビシャラは大魚となった。

ほんの少し前までは平屋建ての小屋がぽつぽつとあるだけだったポルト・ヴェーリョの集落だが、鉄道工事の影響で秩序のようなものが生まれつつあった。電柱が建ったことで外界との通信が容易になり、ビシャラの商売も発展していった。貯めた資金で倉庫を建て、店自体も豪華に改装した。凝った装飾の外観が客を迎える2階建ての商店として生まれ変わった彼の店は、ポルト・ヴェーリョで初めての総レンガ造りの建物となった。店名は〈モンテ・リバーノ（マウント・レバノンの意）〉だ。

ビシャラは商売上手だった。正式な教育は受けておらずとも、各取引先に対する債権額を覚えていられた。倉庫のスペースが広くなったので、増水した川を大型船が通れるようになる雨季の終わりにはマナウスから大量の商品を仕入れておいた。川の水量が減って船が通りにくくなる乾季に他の店が品切れを起こせば、ビシャラは商品に割高な値段をつけた。

その地域自体はまだ危険だった。ビシャラの仕事を手伝っていた義理の兄弟は川に落ちて行方不明になった。アマゾンに多く生息している大型ワニ、クロカイマンの餌食になったのだろうと家族は考えた。しかしそうした巨大爬虫類の存在にもかかわらず、この地とそこでのビジネスにはなお魅力があり、ブラジルの航空会社がこの僻地に便を飛ばしはじめたほどだった。ビシャラはその航空会社の現地代表となり、彼の事業はいっそう拡大した。

そうして30年が過ぎ、ビシャラ・ゴーンはその類まれな気骨のおかげで、いまや8人の子供を抱えながら、大自然広がる新世界の開拓地でつかんでみせると夢見たとおりの成功を収めた。そして1939年10月10日、彼はこの世を去った。臨終には3人の息子が立ち会った。ポルト・ヴェーリョにはまともな教育機関がなかったので、他の5人の子供たちは母親と一緒にレバノンに住んでいた。

現実的な男だったビシャラの関心事は、やはり現実的だった。息子たちに遺した言葉にも甘ったるい感傷はなかった。その内容はこうだ。


必ず角地の不動産を買え、値段以上の価値があるからだ。

結婚相手は故郷に帰って探せ。

タクシー運転手と神父とは決して言い争うな。

息子たちはその言葉にしっかりと耳を傾けた。のちに彼らもそれぞれ自分の事業を成功させていく。そうしてゴーン一族は、アブド・ビシャラがアマゾンで送った先駆的な人生の伝説を道しるべに拡大していった。マラリアがはびこる20世紀初頭のジャングルで、一族には壮大な運命が授けられたのだ、と子孫たちは感じた。境界と限界を超えること、限られた見識にとらわれないこと、景色をよく観察してチャンスを探すこと、偉大な目標を追い求める粘り強さを持つこと、そうした非凡な理念が一族の発展を根底で支えた。

成功は自分の手でつかむのだ。まさにビシャラのように、リスクを冒してゼロから何かを生み出そうとする者もいた。

自分たちは特別な人間だ。挑戦しなければならない運命にあるのだ。

ビシャラの末の息子であるジョルジ・ゴーン・ビシャラは、父親の死を看取(みと)った3人の跡継ぎのなかにはいなかった。ジョルジはブラジルで生まれ、初めは角地に建つ大きな家で育ったが、きょうだい全員と同じように学校教育は一族の故郷であるレバノンで受け、ベイルートの少し北にあるジュニーエという都市の神学校に通った。陽気な少年だったジョルジは神学校での日々を大いに楽しみ、特にマロン派のミサ曲を歌うのが大好きだった。兄たちはポルト・ヴェーリョに戻って家業を営んでいた。ジョルジが学校を卒業すると兄たちは、あいつも十分気楽な暮らしをしただろう、ジャングルに帰らせよう、と決めた。

20代前半でポルト・ヴェーリョに戻ったジョルジは兄たちと一緒に働いた。ベイルートの活気ある海岸都市からアマゾンの密林の奥地という環境変化は大きかったが、ジョルジはあっという間に順応し、あらゆるところに刺激を求めた。家族にとっておもな懸念となったのは、彼がすぐさまポルト・ヴェーリョで女遊びを始めようとしたことだった。

噂が広まったり女性たちの父親から文句を言われたりするのを避けるため、そして亡き父の第二の戒律に従うため、数年のうちにジョルジは結婚相手を探すためにレバノンに戻された。彼が最初に訪ねたのは、ベイルート中心部の女子校の隣に建つ聖エリアス大聖堂の教区司祭だった。ジョルジはその神父に年ごろの女性を紹介してくれるよう頼み、自分は誠意ある男だと自信を見せた。神父は古い時代の求婚のしきたりに則り、隣の女子校に連絡を取って候補者を何人かリストアップしてもらった。条件は、卒業したばかりであることと、良家の娘であることとした。

ジョルジは神父と神父の親戚1人を付き添いにして候補の女性たちの家を訪ねた。そんな女性たちのなかにローズ・ジャザールがいた。ジョルジはいつも女性を見ると肌に目がいっていた。そしてローズの部屋に入ったとき、彼女の透き通るような肌にたちまち目を奪われた。つい先日まで暮らしていた蒸し暑いジャングルではまず見られない美しさだった。見つめられていることに気づいたローズは彼を見て、逞しい体格に豊かな黒髪を持つ、自信にあふれたハンサムな青年だと思った。しかし彼は妻を見つけるためにレバノンに戻ってきただけで、その後はブラジルに帰る予定だ。地球の裏側で外界から隔離されたような生活を送ることにローズはためらいを感じた。

また、気が合ったのは第一印象までだった。ジョルジは葉巻、おいしい料理、サンバ、ポーカーを愛する道楽家だ。一方、ローズは真面目で保守的な女性で、クラシック音楽、フランス文化、祈り、ブリッジを好んだ。相性がいいとは言えなかった。しかしジョルジのほうはすっかり惚れ込んでいて、なんといっても彼はしつこい性格だった。

最初の出会いから数週間後、ジョルジはローズの兄弟が入院中であることを神父から聞いた。結婚の仲介役として、神父は見舞いに行くようジョルジに助言した。ジョルジは急いで大きな箱入りのチョコレートを買ってから、言われたとおりに彼女のもとを訪ねた。ローズはその心遣いに感動し、少し悪そうではあるが魅力的なこの男とまた会う約束をした。そうして２人は付き合いはじめ、ジョルジはすぐに結婚を申し込んだ。

プロポーズから３カ月後の１９５０年1月8日、ジュニーエでマロン派総主教の司式のもと２人は結婚の誓いを交わした。ハネムーンはローマで過ごし、ローズはバチカンでの散歩を楽しんだ。しかし、飛行機がリオデジャネイロに着陸した瞬間、彼女の敬虔でのんびりとした至福の時間は終わった。カーニバルの時期にあったリオの街は活気にあふれ、熱狂渦巻く野外のダンスフロアと化していた。ローズはそのけばけばしさにショックを受けた。

ローズにとってよいニュースは、リオに長く滞在する予定がないことだった。悪いニュースは……その他のすべてだった。ポルト・ヴェーリョに向かうとき、飛行機はアマゾンの上を低空飛行した。初めてここに来る者にリアルな光景と音を楽しんでもらおうというパイロットの計らいだった――ワニが川岸で日光浴している様子などを。

それまでにポルト・ヴェーリョにやってきた多くの者と同様、ローズはその地での生活になかなかなじめなかった。文化や教育が恋しかった。気を紛らわすためにもと、家の前に丹精込めて庭をつくったが、アリの大群に食い荒らされ一夜にして無に帰した。しかし、繊細そうな見た目に反し、ローズは芯のある女性だった。ナイジェリアで生まれ、レバノンで8人きょうだいのなかで育った彼女は、環境の変化に順応する術を心得ていた。この逆境をうまく生き抜くためには、まず家庭を築こうと考えた。そして数年後の1954年3月9日、のちに4人となる子供のうちの2人めが生まれた。

夫婦はその子をカルロス・ジョルジ・ゴーン・ビシャラと名付けた。

この時代にこれほど過酷な地で生きるのは、大人にとってもきわめて大変なことだった。小さな子供がその未開拓の自然にさらされるとなれば、もはや想像を絶する。ポルト・ヴェーリョで幼いカルロスはしょっちゅう体調を崩し、症状はいろいろとあったが、特に度重なる下痢は汚い水を飲んでいるせいだとローズは考えた。当時ポルト・ヴェーリョで唯一の医師だったゴーン一家の主治医は、カルロスの健康のためにもっと気候の穏やかな土地に引っ越してはどうかと提案した。頭の切れるローズはそれが逃げ道になると考え、すぐさま飛びついた。

「ジョルジ、私はレバノンに帰るわ。ここじゃこの子が死んでしまう！」

第2章

父親

1955年、ジョルジ、ローズ、カルロス、姉のクロディーヌはポルト・ヴェーリョを発ってベイルートに戻った。

一家で故郷に帰ったあともジョルジは数年間その地とポルト・ヴェーリョを行き来し、ベイルートでは製品の輸出入業および外国為替取引事業を立ち上げた。ローズとのあいだにはレバノンで2人の娘が生まれた。

ゴーン一家は恵まれた生活を送った。お抱え運転手のリズカッラーを子供たちはとても慕った。リズカッラーはカルロスにアラビア語の汚い言葉を教えただけでなく、その言葉を通行人に向かって叫んでやれとけしかけた。日曜の午前中は家族で教会に行き、午後はローズの母親の家で過ごした。親戚は大人数で、ゴーン家の子供たちはいつもいとこたちと楽しく遊び、やがてはきょうだい同然となった。レバノンの学校は木曜の午後には授業がなかったので、ジョルジはいつもその時間に自分も仕事を休んで子供を遊ばせることにしていた。海岸に連れていくと、水際をのんびり歩く彼のまわりをカルロスと姉が駆けた。天気の悪い日には、ジュニーエにある姉の家に連れていったりベイルートの映画館で一緒に昼上映の作品を観(み)たりした。

夏のあいだはベイルート郊外のリゾート地、ブルマナにあるローズの母マリーの家で過ごした。そこはマリーの８人の子供と孫全員が生活できるほど大きな家だった。孫たちはいとこ同士で町を囲む緑豊かな松林を探検したり、未舗装の山道を自転車で走ったりした。

地中海を見下ろす地で仲のいい家族に囲まれる、輝かしく快適でのんきな日々が突如として崩れ去ったのは、１９６０年の春に予期せぬ悲劇が一家を襲ったときだった。６歳のカルロスと姉のクロディーヌは、不安そうな顔の人たちがベイルートの自宅を出入りするのを見て戸惑いを覚えた。母親は何も説明してくれず、あなたたちはおばあさんの家に行くことになるから早く荷物をまとめなさいとだけ告げられた。

ローズが何も教えず、ベイルートのすべての新聞の一面を飾る見出しをまだ読めなかったことから、子供たちは父親が逮捕されたことなど知る由もなかった。容疑は殺人だった。ジョルジ・ゴーンが起こした事件は夏の終わりまでレバノンで全国的に報じられつづけた。

遡(さかのぼ)ることイースターの日曜日、ジョルジは一家の白いプジョー４０３でベイルートの東の山岳地帯に入った。助手席には、神学校時代からの幼なじみで神父のブロス・マサドが座っていた。

輸出入業に加え、ジョルジはマサドと闇事業も行っていた——アフリカからダイヤモンドと金（きん）を持ち込む密輸業である。また、ジョルジは外貨取引事業を強化するために通貨も密輸していた。

計画が生まれたのは、数年前に2人がナイジェリアで偶然再会したときだった。友情をよみがえらせた2人は、禁制品の密輸を思いついた。ジョルジが金を出してダイヤモンドなどの貴重品を仕入れ、マサドがそれをカソック［司祭の平服］の下に隠す。信頼すべき聖職者には国境の取り締まりが緩いことを利用するのだ。計画は成功し、マサドはすぐに運び人としての役割を定期的に果たすようになった。

しかし、1960年の初めに2人の関係は悪化した。直近の計画では、ジョルジがマサドに金を渡して大量のダイヤモンドを調達させることになっていた。この計画を考えたのはマサドで、彼は巨額の金をジョルジに要求していた。ジョルジはこれを怪しいと感じ、マサドは自分を騙（だま）そうとしているのだと考えた。

4月17日、ジョルジは車でマサドを迎えに行き、ダマスカスで重要な仕事があると告げた。そして車を走らせ、ベイルートから30キロほど離れたところにあるソファルという町の近くで岐路（きろ）にさしかかった。そこでジョルジがクラクションを短く2回鳴らすと、ライフルとリボルバーを持った男が現れた。男はマサドを無理やり車から降ろし、道路から20メートルほど離れた場所に連れていった。

銃を持った男の名はセリム・アブデル＝ハレク、ジョルジがマサドを脅すために雇った地元の無法者だ。マサドとの度重なる喧嘩（けんか）にうんざりしたジョルジは、父が死に際に兄たちに告げた教えの3つめに背くことを決め、彼にメッセージを伝えようとした。しかしマサドは耳を貸さず、その場を立ち去ろうとした。その瞬間、アブデル＝ハレクが発砲し、弾はマサドの腎臓を貫通した。マサドは体を折り曲げて地面に倒れ込んだ。そして大量に血を流しながら助けを求めた。

この後の展開については、ジョルジの逮捕後に激しい議論の的となる。

検察側の当初の主張は、ジョルジがリボルバーを手に取ってマサドの頭部に2発めの弾を撃ち込んだというものだった。しかしジョルジは、アブデル＝ハレクが2発とも撃ったのだと言って譲らなかった。

近くの村に住む男性が現場を通りかかったとき、道端に停められたプジョーに目をとめた。夜にこんな人けのない道に車が停まっているのはおかしいと思い、彼は1403というナンバーをメモした。

捕まることを恐れたジョルジとアブデル＝ハレクは、マサドの遺体を埋めたり殺害を隠蔽したりしている時間はないと考え、別れて現場から逃走した。ジョルジはのちに犯罪発覚のきっかけとなるプジョーに乗り込み、帰宅して風呂に入ってから海岸沿いのカジノに行った。

翌日、ジョルジは仕事でカイロに飛んだ。そのころ捜査当局はすでにマサドの死体を発見し、怪しいプジョーのナンバーを提供した目撃者から詳しく話を聞き、総力を挙げてジョルジを追跡していた。

1960年4月21日、カイロから到着した飛行機を降りた瞬間にジョルジは警察に捕らえられ、そのままベイルート郊外の拘置所へ連行されたのち、バアブダ刑務所に勾留された。ジョルジはマサド殺害を否定したが、彼と密輸を行っていたことは認めた。

3カ月後の7月、検察はジョルジとアブデル＝ハレクをマサド殺害の罪で起訴し、両者に死刑を求刑した。

8月上旬、バアブダ刑務所の鉄格子をのこぎりで切断し、アブデル＝ハレクを含む8人の受刑者が脱走した。のちに捕まった2人によると、計画を練ったのはジョルジで、彼が看守に金を渡して2人のうちの1人にのこぎりを与えさせたのだという。アブデル＝ハレクはその道具で自由を手に入れるのと引き換えに、脱獄後にはマサド殺害が自分の単独の犯行だと主張するという取引だった、と捕まった脱獄囚は語った。

ジョルジは脱獄計画へのいっさいの関与を否定したが、話はここからさらに大きくなっていく。看守への賄賂の出どころはジョルジの妻ローズで、刑務所で夫と面会したときに現金を渡したのだと、捕まった脱獄囚の1人が主張したのだ。ローズは幼いカルロスと姉と一緒に滞在していたブルマナで逮捕され、バアブダ女子刑務所の独房に入れられた。

このときも子供たちには恐ろしい事態について知らされなかった。その日はいつも授業をしにやってくる家庭教師のマドモアゼル・アリスの家に行かされたので、何かが違うということだけはわかった。

取り調べを受けたローズは、驚きに目を見開きながら、一家の車はいま盗まれていて、脱獄計画について自分は何も知らないと話した。翌日にローズは釈放され、起訴もされなかった。

一方ジョルジは、アブデル＝ハレクらの脱獄後に安全対策として食事量が減らされたことへの抗議としてハンガーストライキを主導し、それを理由にバアブダ刑務所から移送された。

彼はベイルート市内にある別の刑務所、ラ・シタデルに送られた。それで彼の事件に対する国民の関心が薄れるわけもなく、10月に裁判が始まるときにもまだレバノン国内ではトップニュースとして取り上げられていた。裁判を傍聴するために、マサドの故郷である小さな町アシュクートからはバス3台とタクシー15台に乗って多くの人がベイルートまでやってきた。

アブデル＝ハレクはまだ逃走中だったが、殺人の全責任を認めることはなかった。裁判でジョルジは、アブデル＝ハレクが土地問題をめぐる恨みから自分に殺人の罪を着せたのだと訴えたが、裁判長はその主張を認めなかった。ジョルジは有罪判決を受け、死刑を宣告された。当時37歳だった。

しかし数年後、彼の死刑判決は15年の重労働刑へと軽減された。減刑の理由は、ある裁判官が証拠を検討した結果、ジョルジがアブデル＝ハレクに依頼したのはマサドに借金を認める書類に署名させることだけであって、銃で撃つことを依頼してはいないと判断したからだった。殺害は意図しないものだったとされたのだ。

3年近い逃亡生活の末、ついにアブデル＝ハレクは再び身柄を拘束された。彼は殺人で有罪となり、終身刑が確定した。

父親が逮捕されたころ、カルロス・ゴーンは一家の騒動から彼を守るためには理想的と言える繭に包まれていた。彼が6歳で入学したコレージュ・ノートルダム・ドゥ・ジャンブールはイエズス会士が運営する私立男子校で、中東でも有数の名門一貫校だった。

ベイルートの街を見下ろす丘の上に建つそのキャンパスは改修されたばかりだった。運営者であるイエズス会士兄弟が目指したのは、欧州の進学校にも劣らない世界水準の教育をフランス語で提供することだった。卒業生たちはレバノンの実業界および政界で要職に就いた。

生まれつき聡明なゴーンは優秀な生徒だったが、クラスで1番というほどではなかった。それでも、アラビア語と英語、さらにラテン語を教わるその学校で成績は上位だった。彼がとりわけ熱心に勉強し、心から夢中になった科目は歴史だった。歴史書を読み漁り、中でも古代ギリシャと古代ローマの本を貪るように読んだ。偉人たちの物語に対して尽きることのない関心を抱いたが、それはアーサー王やオデュッセウスではなく、アレクサンドロス大王、カエサル、ナポレオン・ボナパルトなど、自ら限界を見つけ出して超えようとした男たちの伝説だった。

10代になるとゴーンの野心は形になっていった。人格は成長して安定し、やがて大学進学先について考えるようになった。母親がよく住んでみたいと憧れを語っているパリの大学もいいかもしれない。高校に入るとキャリアについても真剣に考えるようになり、成功するためには歴史に対してと同じように数学と文学にも打ち込まなければならないと悟った。将来への野望が大きくなればその分、イエズス会が養い煽った競争心もいっそう旺盛になった。ジャンブールでは生徒の成績順位が発表され、優秀者は表彰されていた。ゴーンはあらゆる教科で上を目指すようになり、高校2年になるころにはすべてのテストで最高得点を取ることを目標にしていた。

ゴーンには二面性があった。優秀な若者にとっては、特に父親が家におらず母親との絆(きずな)が強いという事情があればめずらしいことではない。長時間の勉強の合間には、ザ・フーやローリング・ストーンズに夢中な友人たちと遊びに出かけたり、中東のパリと呼ばれるベイルートの賑やかな夜の繁華街アル・ハムラへ未成年ながら繰り出したりもした。当時のレバノンは、まもなく不安と絶望に呑(の)み込まれることになる前の黄金時代にあった。

高校生活が終わりに近づくころ、ゴーンはますます学歴にこだわるようになった。彼の野心はフランスに行きたいという思いへと具体化した。この数年で残りの人生が決まると信じていた彼は、友情にさえ野望の邪魔をさせなかった。高校3年生はレバノンのバカロレア試験［大学入学資格試験］を受けなければならないので、学校は準備期間として1カ月の休みを与え、そのあいだ生徒の多くは友人同士で小さなグループをつくって一緒に修道院で勉強をした。ゴーンの親友だったファリド・アラクティンギは、ゴーンは自分と一緒に修道院に行くものと思っていた。しかし、どういうプランで勉強しようかと持ちかけると、ゴーンは特に親しいわけでない別の生徒と一緒に行くと言った。

「おいカルロス、あいつと行くのか?」アラクティンギはショックを受けてそう尋ねた。

「ああ」とゴーンは言った。「あいつは努力家だからな。君は勉強の仕方が甘い」

いとこの1人によると、ゴーンが高校最終学年のとき、彼とゴーンは一緒に遠い親戚の家を訪ねた。すると、当時ゴーンが暮らしていた祖母マリーの家から電話がかかってきた。用件は明確で、「早く帰ってきなさい」とのことだった。ゴーンはそのとおり急いで家に戻ったといとこは言う。帰宅すると、父親のジョルジが待っていた。模範囚として早期に釈放されていたのだ。ゴーンは自分の人生のうち父親が刑務所に入っていない時期などほとんど記憶になかった。それはゴーン家にとって感動の瞬間だった。

しかし、家族がそろった時期は短かった。4カ月後、ゴーンがその若い人生で最大の山場とも言える卒業試験の準備をしていたさなか、ジョルジは再び逮捕された。3万4000ドルの偽札を所持しているところを捕らえられたのだ。4カ月前の釈放後ジョルジはすぐにイタリアに渡り、印刷機を購入していた。それを使って共犯者たちとともに100万ドル以上の米ドル札を不正に印刷し、レバノンとブラジルで流通させようとしていたのだ。ジョルジは無罪を主張したが、有罪となり、さらに3年の懲役を言い渡された。

父親が長くいないあいだにやがてゴーンは男として家族を支える存在となったが、3人の姉妹がいて母親との絆が強い彼の一家は基本的に女性が中心だった。ゴーンは姉妹とも祖母とも仲がよかった。ローズは愛情深い母親だったが、学業については他に抜きん出ることを求め、ゴーンの成績が優秀だったのも彼女が注意深く見ていたがゆえだった。しかし教育に関していかに厳しくとも、ローズはゴーンを深く愛していた。夜にはたった1人の息子がぐっすり眠っているかどうかを確認し、その習慣は彼が幼いころから中学に上がっても続いた。

ゴーンはローズの鋭い分析力と数字に強いところを受け継いだ。休日には姉妹やいとこたちとよくボードゲームをし、なかでも世界征服戦略ゲームの「リスク」が好きだった。ゴーンにはお決まりと言える作戦があった。いつも日本から始めて、その地から徐々に自軍を拡大していくのだ。

父親がいないことをどのようにつらく感じていたとしても、ゴーンはその気持ちを押し殺した。決して人には話さなかったし、友人たちも訊かないようにしていた。しかし、苦悩をどれほど抑え込んでいても、父親が二度めに収監されるとゴーンは目に見えて反抗的になった。もともと悪ふざけが好きなタイプで、牛の鳴き声を発する装置を学校に持ち込み、机の中で鳴らして先生を困らせクラスメイトを笑わせることなどは以前からあった。しかし年齢が上がるにつれ、そうした冗談はときに意地の悪さと傲慢さを帯びた。ゴーンはイエズス会の堅苦しい慣習にいらだちを感じ、伝統に従ってばかりだと不満を募らせた。当時同級生だったエリー・ガリオスは、ゴーンと一緒に校舎の壁に「老人どもを排除せよ」と落書きしたと話す。それは学校を運営する年配の神父たちに対する反抗で、それら神父のうちの1人をゴーンは特に容赦なくいびっていたという。

ゴーンによる数々の侮辱はイエズス会士たちの許容範囲を超え、数日後に卒業を目前にしながら彼は退学処分となった。成績はフランスの進学校に入れる基準に達していたが、神父たちはパリ西部にあるイエズス会系最高峰の学校への推薦を拒否した。

代わりにゴーンはコレージュ・スタニスラス・ドゥ・パリを選んだ。この学校も、シャルル・ド・ゴールやクリスチャン・ディオール、モナコ公国のアルベール大公などの卒業生を輩出しているフランスの有名進学校だ。殺人で有罪判決を下された父親がいることで家名に傷を負っているレバノン人の少年としては、決して悪い行き先ではない。フランスでは高校と一部の名門大学のあいだに中間駅としての進学準備学校がある。スタニスラスはそうした中間駅のひとつにあたり、そこに入ればフランスが誇る有名大学への道が開けるのだ。

2人のおじがジャンブールの教師たちと面談し、ゴーンに投資する価値があることを確かめてから、学費を払ってやることにした。そうして1971年の秋、若きカルロス・ゴーンは生まれて初めてパリに飛んだ。

第3章

パリのレバノン人

1971年に初めてパリにやってきたゴーンはその街になじめず、心がくじけそうにさえなった。レバノンの暖かさと、感情豊かで社交的で血気盛んなベイルートの人々、彼がよく知り理解できる人たちが恋しかった。孤独な10代の若者にとって、パリの人々はもっと合理的で、よそよそしく、冷たい存在だった。

さらに、学習環境のレベルも以前とはまるで違った。コレージュ・スタニスラスでいくつか単位を落としたことは、ジャンプールの元スター生徒にとってはショックだった。それでも、このエリート準備学校に入れたのは優れた頭脳があるからこそだ。スタニスラスの校長はすぐにゴーンの数学の才能に気づいた。複雑な問題に対するシンプルな解法を見つけるのが得意だったのだ。そこで校長は、科学と工学の教育に強い名門理工系大学、エコール・ポリテクニークが君にはふさわしい目標だろうと提案した。ゴーンはこの挑戦を受け入れた。自らの野心と明確な成功のチャンスが交われば、それは彼にとって十分なモチベーションとなった。

ゴーンは学業に没頭した。このときちょうど姉のクロディーヌもパリに留学していた。姉弟の仲はよかったが、弟のスケジュールの合間を縫って数時間だけ映画を観たりコーヒーを飲んだりするのはもはや奇跡に近かった。その2年間のゴーンの生活は、学習室の机と、数フランで素早く食事が取れる近所の食堂を中心に回っていた。

１９７３年の春、ゴーンは初めてエコール・ポリテクニークの入学試験を受けたが、合格とはならなかった（これは司法試験と同様にごく一般的なことである）。その後はスタニスラスに戻り、翌年に再び挑戦した。二度めは失敗しなかったが、かなり際どい合格ではあった。工業デザインの科目でひどい点数を取ってしまい、他の年度なら不合格になっているところだった。

この年のエコール・ポリテクニークへの熾烈（しれつ）な入学競争が自分に有利に働いていたことをゴーンが知ったのは、ベイルートに帰ってからだった。彼が合格ラインを突破した物理のテストはその年あまりにも難しかったため、入学事務局は規則を変えて本来は不合格となる受験者も受け入れたのだ。ゴーンから合格を告げられた母親は有頂天になって喜んだ。そしてパリに戻ったゴーンは、もう不安を抱えた受験生ではなかった。

かつて反抗的な高校生だった彼は、厳しい3年間の受験勉強を実らせ、名門エコール・ポリテクニークの校門をくぐった。深い緑色をした背の高いその石門には、ナポレオン・ボナパルトが統治した第一帝政時代に刻まれた文字が残っていた。

“POUR LA PATRIE, LES SCIENCES ET LA GLOIRE（祖国と、科学と、栄光のために）”

それは1975年1月だった。このとき20歳のゴーンは、ようやく彼ほどの知性を持つ若者にふさわしい場所に辿り着いたのだ。軍事技術者養成という目的のもと1794年に設立され、ナポレオン皇帝が自らの手で軍に所属させたエコール・ポリテクニークは、いまや支給された制服を着て軍事戦術を学ぶ理工系大学以上のものへと進化していた。設立から200年近くの時を経た現代、そこはフランス語圏で大きな成功を収めるための登竜門となっていた。

この大学の受け入れ人数はきわめて少なく、1年の入学者が300人を超えることはほとんどなかった。学生のほぼ全員がひとかどの人物になることを期待されていた。科学者、政治家、起業家などを数多く輩出したこの学校の卒業生のなかには、3人のフランス大統領、3人のノーベル賞受賞者、第一次世界大戦時の連合国軍最高司令官フェルディナン・フォッシュ、自動車会社シトロエンの創設者アンドレ・シトロエンなどがいる。

しかしこれらの著名人に共通しているのは、フランス人であることだ。その年のたった8人の外国人新入生の1人として、カルロス・ゴーンはキャンパスに足を踏み入れた瞬間からよそ者だった。

ゴーンは学生寮に入った。そこでは選択したスポーツ別に部屋が割り当てられ、彼はサッカーを選んだ他の3人と同室になった。ルームメイトたちは4カ月前に到着していた。他のフランス人学生と同様、1974年9月に入学し、2着の軍服を渡されてミリタリーカットに散髪され、大勢で列車に乗ってフランス南部に行き必修の軍事訓練を受けていたのだ。そして、1月にキャンパスに戻るときにはすでに将校の地位を与えられていた。一方、ゴーンは外国から来た民間人だった。

カリキュラムは多様化したものの、エコール・ポリテクニークはなお軍学校としての色を残し、その使命に則って運営されていた。学生は朝7時に鳴らされるラッパの音で起床し、毎日の国旗掲揚式を目にした。そして軍人式の行進を学ぶときには、軍の正装に身を包みナポレオン時代の二角帽子もかぶった。ポリテクニークの学生にとって最も公的な任務は、毎年の革命記念日にシャンゼリゼ通りで行われる軍事パレードの先頭を行進することだ。

ゴーンは熱心な学生だったが、フランス人でないことを理由に一部の演習や活動には参加できなかった。それでも、軍の教えを中心に展開する華やかな学生生活は楽しかった。週に何度かサッカーをし、アラビア語で「ゴーン」が「木の枝」を意味することから、初めてつけられたあだ名は「ラ・ブランシュ（枝）」だった（このニックネームは、「カルロス・ザ・ジャッカル」と呼ばれるベネズエラ人テロリストがパリで大量殺人を行ったときに使われなくなった。事件以降、同級生はその犯罪者へのほのめかしを込めてゴーンを再び「カルロス」と呼ぶようになったからだ）。夜遊びも盛んに楽しみ、午後10時に校門が閉まったあとに抜け出してバーに行くなどした。

毎年、とりわけ優秀な学生たちは卒業してそのままフランスの公務員になるのがほぼ当然の流れだった。１９７０年代、それは民間企業への就職よりはるかに誉れ高い進路だとされていた。うまく立ち回れば大統領への道さえ開けるのだから。

しかし、ゴーンはそのようなキャリアにはほとんど興味がなかった。もっと自由で、自発的に動ける――そして究極的にはもっと金を稼げるはずの――ビジネスの世界に入りたいと考えた。そもそも、たとえフランス共和国のために貢献しようとしても、そこには大きな障壁がある――自分はフランス国民ではないのだから。国の主要なポストには決して就けないだろう。

フランス政府への就職を他の学生と争っていなかったこともあり、ゴーンは長時間勉強してまでトップの成績を取る必要はそれほどないだろうと考えた。自分なりに日々の生活を楽しもうと思った。数学のコースは、権威あるフィールズ賞をフランス人として初めて受賞したローラン・シュヴァルツが教える授業を履修した。経済学はティエリー・ド・モンブリアルのもとで学び、彼の講義に魅了された。

授業外の時間には、フランス国内だけの野望に燃える同級生たちを尻目に、もっと視野を広げることに魅力を感じた。「タ－ブル・アメリケン」と名付けた社交クラブを主宰するうちに、アメリカ文化への憧れが募った。その活動では、アメリカ人を招いたディナー会を開催することでエコール・ポリテクニークの学生に英語を、アメリカ人にフランス語を学習する機会を提供した。ゴーンも英語を学んだことはあったが、ポルトガル語、アラビア語、フランス語と同じレベルで話せるようになりたかった。ディナー会ではいつも動詞の活用などの細かい話になり、カルチエ・ラタンのバーに移動して朝方まで盛り上がることもよくあった。

食卓を囲むこのクラブからゴーンは恩恵を得た。1976年に40人のエコール・ポリテクニーク生がアメリカに渡ったとき、彼らはタ－ブル・アメリケンの人脈を頼りにした。ゴーンはこの機会にコロラド大学ボルダー校を訪れ、アメリカ文化に関するセミナーを聴講した（より感銘を受けたのはマーサ・グラハム・ダンス・カンパニーのメンバーが外の芝生で練習する姿のほうだったが)。そこでは数人の友人を連れてダンサーのうちの3人と一緒に学生向けバーに行き、度数の高いハーベイ・ウォールバンガーを一気飲みし、生まれて初めて泥酔した。

アメリカにいるあいだ、ゴーンはパリで知り合った友人が住むカリフォルニア州サンタクルーズの家も訪ねた。中流家庭だと聞いていたが、到着するとそこは巨大な邸宅で、ガレージにはポルシェやベンツを含む4台の車が停まっていた。これがアメリカの中流階級の暮らしなのか、とゴーンは思った。ブラジルでもレバノンでもフランスでも見たことのない光景だった。

ゴーンがチャンスの地ことアメリカからパリに戻ったとき、フランスはのちに「栄光の30年」と呼ばれる、第二次世界大戦後30年にわたる経済成長と技術進歩の時代を経験したところだった。エコール・ポリテクニークの卒業生たちが思い描ける将来は明るかった。

しかし、故郷ベイルートの状況は悪化していた。ゴーンが育ったころのレバノンは各国から金持ちがジェット機で遊びに来るのんびりとした地だったが、中東地域の紛争に巻き込まれていった結果、1975年の春には内戦状態に陥っていた。はじめのうちゴーンは、パンテオンから広場を隔てた向かいにあるサント・ジュヌヴィエーヴ図書館で勉強しながら新聞の見出しを読んで気を揉んだり、エコール・ポリテクニーク周辺の歩道に並ぶ学生カフェで話題に上がったときに話したりする程度だった。しかしそれは突如、きわめて身近なものとなった。

レバノンのポルトガル大使館に勤めていた母ローズは、ゴーンの妹で当時高校最終学年だったナイラと車で自宅に向かっていた。すると、検問所で銃を持った男たちが2人の乗る車に銃弾を浴びせ、車から降りろと叫んだ。

「お前の家はどこだ?」男たちの1人がナイラに訊いた。

怯えきったナイラは、一家がベイルートのキリスト教徒地区に住んでいると言えば相手がどう反応するかわからず、何も答えなかった。そのとき、同乗していたローズの同僚が外交官用パスポートを見せ、自分たちに何かあったら事が大きくなるぞと警告した。男たちは小声で言葉を交わしたあと、ローズたちに通行を許可した。

止まらぬ震えのなか、ローズは一家でレバノンを離れようとその場で決意した。その夜、パリにいるカルロスとクロディーヌに電話をした。

「ナイラもそっちへ行くわ。一緒に住めるところを探して」

最終的にはローズも、二度めの出所を果たしたばかりのジョルジと一緒にパリに来た。

ゴーンはベイルートにいる友人たちのことを心配し、家族が無事でいるだろうかと心から案じた。しかし、エコール・ポリテクニークの一部の外国人学生とは異なり、この紛争の政治的事情にはほとんど関心を示さなかった。この混乱についてしきりに議論するのは他の者たちに任せておけばいい。イデオロギーの対立に乗っかるのも新聞各紙が勝手にやればいい。他の外国人学生は新たな知識を母国に持ち帰って自国民の生活を向上させたいと夢見ていたのに対し、ゴーンにはマルクス主義や反帝国主義について議論する暇も興味もなかった。祖父と同じく、彼の関心は前に進むこと、人生において自分自身の立場を高めることにあった。自らの手でつかみ取り、築き上げる成功だ。

母国で起きている紛争に対するゴーンの割り切ったスタンスは揺るがなかった。非合理で無駄なことだと思った。その紛争の背景にあるロジックを理解できない彼にとって、レバノンの歴史に刻まれた悲惨な1ページから距離を置くことはたやすかった。１９６０年代に文化の中心地として栄えた母国は、いまや煙を上げる灰の山だ。これを続けてどうなる？　誰のためになる？

紛争にかかわる者たちにとっても国にとっても、そんなものはエネルギーの無駄遣いで、資源の、価値の無駄遣いだ。しばらくレバノンは勝手に自らの身を焼いていればいい。自分がレバノンに焼かれるつもりはない。

彼はレバノンに背を向け、名前の発音まで変わった。というのは、アラビア語読みの「ホスン」ではなくフランス語読みに近い「ゴーン」で通るようになったのは、彼がそう呼んでくれと言ったからというより、フランス人たちにとって発音しやすかったからだ。

エコール・ポリテクニークで優秀な成績を取れたことはいっそうの自信につながった。卒業後は、同じくパリの名門校でルイ16世が創設した国立高等鉱業学校にて経済学を学んだ。孤独だった予備校生はもういない。ジャンブールの生意気な少年が、ここにきてさらに磨きをかけた形で戻ってきた。

扱いづらく問題を起こしがちな彼の性格はどうしても周囲の目についた。教務部長のジルベール・フラーデは彼の大胆な人間性を尊重しつつ、忠告はしなければと思い、彼を執務室に呼んでこう言った。「いいか、君はいつか実業界を率いる大物になる。しかし、いまはボスのように振る舞うのをやめなさい。ボスは私だ」

教師たちの見方は正しかった。ゴーンは早く前に進みたかった。自分で何かを運営し、主導したいと考え、もはや自分の可能性発揮を阻む壁はないと確信していた。

走り出す用意はできている。問題は、どこでスタートを切るかだけだ。

フランスはどうか。アメリカもありえる。なかでも彼が特に目を向けたのはブラジルだった。ブラジルは国として成長中であるし、フランスでの学歴とフランス語の知識はかなり有利に働くとわかっていた。自分には才能があり、世界のエリートたちと闘えるという自信が十分にあった。

1978年春のある早朝、ゴーンの電話が鳴った。音はなかなか鳴りやまず、早起きが苦手な彼だが仕方なくマットレスから体を起こした。電話をかけてきたのは訛りの強い男で、「イダルゴ」と名乗ったあと、ゴーンの反応を待つことなく本題に入った。「ブラジルでプロジェクトがあるのですが、よろしければクレルモン＝フェランでお会いできませんでしょうか。旅費はこちらで負担します。いつでもご都合のよいときにいらしてください」

しょっちょういたずら電話を仕掛けていたゴーンは、友人がからかっているのだと思い、「わかりました、ありがとうございます」とだけ言って電話を切った。しかし、その日のうちに姉のクロディーヌと電話で話し、姉がイダルゴにゴーンの電話番号を教えたことがわかった。

スペイン出身のイダルゴは、フランスのタイヤメーカー、ミシュランの社員だった。かつて家族経営の小さな会社だったミシュランは、当時すでに世界的大企業に成長していた。その経営陣の指示を受け、イダルゴはブラジルでの事業拡大を率いることに関心を持ちそうな若い技術者を探していたのだ。

その日のうちにゴーンはイダルゴに折り返して詫(わ)びた。「詳しくお話をうかがえますか？」

第4章

戦時の名将

ゴーンは自分の身長の数倍ある巨大なタイヤの列を横目に歩いた。ブルドーザーや鉱山用ダンプトラックに使う種類のタイヤだ。朝の4時半から始まる彼の勤務シフトの休憩時間が来た。凍える寒さで、外は真っ暗だ。作業員たちは休憩所に集まり、豚の内臓が詰まったかぐわしいフランスのソーセージ、アンドゥイエットを赤ワインで流し込んだ。

ゴーンはこの時間にこのソーセージを食べるのはきついと思ったが、変に目立つのはどうしても避けたかったので、アンドゥイエットをつまみながらワインをちびちびと飲んだ。作業員たちとはボリュームのある食事を分け合うだけでなく、休憩時間に一緒にトランプもした。

イダルゴとの電話のあと、ゴーンはミシュランに入社したが、ブラジルで活躍するという夢はすぐにはかなわなかった。ミシュランが本社を構えるのは、中世の歴史を残すフランス中部の都市クレルモン＝フェランだ。同社の主要な工場はその周辺のオーベルニュ地方に集まっていた。火山が連なる景色で有名なその地域は、サレール牛という素朴な品種の牛の産地としても知られている。

同族企業のミシュランはいまだ19世紀時代の温情主義に則って経営されていて、社員には住宅、医療、保養所などあらゆるものが与えられた。ホワイトカラー職の新入社員は厳しい研修を受け（創業者の孫で最高経営責任者のフランソワ・ミシュランさえも免除されなかった）、その一環としてしばらく工場でも働かなければならなかった。配属先が決められるとき、ゴーンは製造部門を希望した。

研修としてゴーンに課されたのは、タイヤに使われるゴム部品の製造だった。ある意味、彼のアマゾンのルーツとこれから切り開こうとする未来との架け橋とも言える仕事である。ゴムを切り、型に入れ、丸める。エコール・ポリテクニークでは教わらなかった技術だ。

ミシュランでの最初の1週間を終え、ゴーンはパリに帰るために車が必要だった。そのとき、知り合った同僚が妻もいるけど乗るかいと誘ってくれた。5時間ほどしてゴーンを降ろしたあと、同僚の妻は感嘆していた。「ミシュランの社長にはならなくても、ブラジルの大統領になりそうな人ね」

その予測はまったくの的外れというわけでもなかった。1980年代前半、ミシュランは世界各地へと急速に事業を拡大していた。しかし優秀な管理職人材が不足していたため、やむをえず現場から引き抜いて昇進させることもあった。ゴーンは入社3年めにしてル・ピュイ＝アン＝ヴレという工業の町の工場を任され、600人の従業員の上に立つことになった。27歳の彼は、ミシュラン史上でも飛び抜けて若い工場長だった。

ゴーンにとってこの期間はビジネススクールに通っているようなもので、MBAをいくつ取得するよりも価値のある経験だと思えた。周囲で働いたりトランプをしたりしているベテラン従業員たちの話を聞き、彼らの考え方、上下関係、理不尽をどこまで許すか、上司に隠していること、上司をネタにして笑う様子などを注意深く観察し情報を吸収した。ゴーンはパリの大通りとミシュラン工場のベルトコンベアとのあいだを自在に行き来する、社交のカメレオンだった。素早い問題解決能力と社員からも役員からも敬意を集める彼のスター性がフランソワ・ミシュランの目に留まるまでに、そう時間はかからなかった。1983年、社員たちから「ムッシュ・ミシュラン」と呼ばれていたフランソワは、自社の最高財務責任者（CFO）ベフルーズ・シャヒド＝ヌーライにゴーンを幹部候補として直属で指導するよう指示した。

イランの血が半分流れているシャヒド＝ヌーライは、経営コンサルタント会社マッキンゼーと投資銀行のラザードで経験を積んだ人物だった。彼は弟子として迎え入れたゴーンを「マッキンゼー流」と呼ぶやり方で指導した——問題を分析し、解決策を見いだし、結果をスマートなプレゼンに落とし込むのだ。こうしたシャープな方法論はゴーンの感性に響いた。

ゴーンの才能を見込んだシャヒド＝ヌーライは、経営の深い部分にもかかわらせることにし、ミシュランが危機的状況にあることを明かした。ミシュランは、ライバルである国内第2位のタイヤメーカー、クレベール＝コロンブ社を破綻（はたん）から救うようフランス政府から圧力をかけられ、同社株式の9割を不本意ながら所有していた。クレベール＝コロンブは1日に約10

0万フランの赤字を出していて、そのせいでミシュランの経営まで危うくなっていた。クレベール＝コロンブを切り捨てれば問題が解決するのは明らかだが、政府を敵に回したくないミシュラン社長はその選択肢をすでに除外していた。

この問題について詳しく調べたゴーンは、乗用車用タイヤではミシュランが他社を大きく引き離すシェアを誇る一方、トラクター用タイヤではクレベール＝コロンブが勝っていることを知った。そこで、シンプルな解決策を提案した。農耕用タイヤはクレベール＝コロンブに優先的に任せて、ミシュランは乗用車用タイヤに集中してはどうかと。

最大の難関はフランソワ・ミシュランを説得することだった。タイヤのことになるとプライドの塊である彼は、ミシュランにしかまともなタイヤはつくれないと考えていた。そんな彼にとって、市場の一部をクレベール＝コロンブに譲り渡すなど容認しがたいことだった。しかし、最終的にムッシュ・ミシュランはゴーンのアイデアを試してみることにした。

その解決策は見事な結果を出し、ゴーンはすぐに高耐久性タイヤの研究開発責任者へと昇進した。肩書きとしては決して華やかで聞こえのいいものではない。宇宙研究のエキスパートなどとは違う、タイヤのプロだ。しかし、ゴーンにとっては何かのプロと認識されるなら、それは物事が順調であることを意味した。自分が正しい軌道に乗っていて、キャリアアップしている証だ——それも、急速に。そろそろ人生の他の側面についても考えるべき時機かもしれない。

ローズは息子に、レバノンの女性と結婚しなさいと常々言っていた。祖父もきっと賛成しただろう。ローズは他の国の女性が息子と一緒に世界を飛び回りながら強い絆で結ばれた家庭を築いてくれるとは思っていなかった。それは彼女自身がジョルジの妻としてやり遂げたことで、どうにか家庭を守るためにかなりの苦労を重ねてきたせいだった。

1984年9月、ゴーンはある女性と運命の出会いを果たす。クレルモン＝フェランでブリッジのトーナメントに参加したあと、ゴーンは友人と一緒にリヨンに行ってジャンブール時代の同級生の家を訪ねた。同級生の妻もレバノン人で、その妹も少し前に訪ねてきていた。妹の名前はリタ・コルダヒ。その日、フランスに初めて来たばかりの19歳だった。

リタより11歳年上のゴーンは彼女を口説こうとするどころか、ブリッジの戦術をめぐって夜通し友人たちと言い争い、そのまま眠ってしまった。リタはあそこまでカードゲームに本気になって喧嘩をするなんてどうかしていると思ったし、2人のあいだにロマンスを感じさせるようなことは何ひとつ起こらなかった。

しかし2週間後、ゴーンは自宅でパーティーを開いてリタとその姉を招いた。リタは褐色がかった肌をした小柄な女性で、真剣な恋愛はしたことがなかった。彼女は戦争で荒廃した時代のベイルートで育ち、通学時にはリュックを2つ背負っていた――本を入れたものと、家に帰れなくなる事態に備えて服を入れたものだ。ゴーンも家族から聞いてそのような話にはなじみがあった。だがリタは実際にそれを経験したのだ。人生に対しても恋愛に対しても、大きな幻想など抱いていない女性だった。出会ってからわずか9カ月後、リタとカルロスはフランスで人前結婚式を挙げた。

迅速に事を進める必要があったのだ。カルロス・ゴーンはまもなく生まれ故郷であるブラジルに行くことになっていたので、リタも一緒にその国に渡るならビザが必要になるからだ。


ミシュランがブラジルに進出したのはその7年前、ゴーンが入社したころだった。ブラジルは約束の地だと株主総会で語るフランソワ・ミシュランの目は輝いていた。トラック用タイヤの市場規模はフランスの2倍で、トラックは週に何千キロという距離を走る。

しかし、結局ブラジルでの事業は波乱となった。売上自体はそこそこだったが、ブラジル経済が大混乱に陥ったのだ。ハイパーインフレの影響で会社は抱えきれないほどの損失を計上した。１９８５年になるまでには事態があまりにも深刻化し、シャヒド＝ヌーライはブラジルからの完全撤退を公然と訴えていた。

「このままでは倒産します！」と彼は社長に言った。

しかしフランソワ・ミシュランはただ諦めるということを受け入れたがらなかったので、シャヒド＝ヌーライはいちかばちかの賭けを提案した――マネジメントの天才、31歳のカルロス・ゴーンをブラジルに派遣して事態を打開させてはどうかと。ここでもフランソワは躊躇した。ゴーンの経験不足が心配だったのだ。しかしシャヒド＝ヌーライはこの若き管理職に全幅の信頼を寄せていて、最終的にその意見を押し通した。

そうしてゴーンは真の生まれ故郷に帰ってきた。

そのときブラジルの販売チームは、3カ月払いの掛け売りでタイヤを販売しながら会社の資金を枯渇させていた。通貨クルゼイロの価値が日ごとに急落するなか、ミシュランの口座に代金が入るときには利益が損失に転じていたのだ。

ミシュランは前払い制を採用することになった。販売担当者が緊張しながら顧客にこの変更を伝えると、客はほほえんでこう言った。「フランス流のやり方は通用しないと、ようやくわかりましたか」

問題は他にもあった。インフレ対策としてブラジル政府は価格統制を行っていて、原材料費が高騰しているにもかかわらずミシュランは製品の価格を上げられなかった。ゴーンはこの問題に対処する専門チームを編成し、会社の要求が通るまで技術系官僚に対してしつこく働きかけさせた。

ゴーンは月に一度、クレルモン＝フェランに戻り、フランソワ・ミシュランをはじめとする経営陣を前にプレゼンをした。シャヒド＝ヌーライもプレゼンの準備を手伝い、数字を用いた説明を削って社長にわかりやすくしたほうがいいとアドバイスすることもあった。

ゴーンの毎月のプレゼンを聞きながら、シャヒド＝ヌーライら経営陣は現地事業が再建に向かって一歩ずつ進んでいることを理解した。当時32歳のゴーンは会社が直面する危機を素早く察知しコントロールしていた。1987年になるころには、ブラジル・ミシュランはゴーンが胸を張れるほどの利益を上げていた。ミシュランのなかでは比較的小規模な現地法人だが、興味を引かれたフランソワ・ミシュランはもっと近くで経営状況を知りたいと思った。

1988年5月、フランソワ・ミシュランはブラジルを訪れて自社の拠点を視察した。ゴーンにも「社長夫妻がブラジルを訪問する」と伝えられていた。妻のベルナデット・ミシュランは少し観光をしたいと思い、ミシュラン発行の旅行ガイドブック『ミシュラン・グリーンガイド』を読み込んでいた。数十年前に創刊されていたそのシリーズの目的は、人々に車を使わせてタイヤを摩耗(まもう)させ、買い替えさせることだった。

当時61歳のフランソワ・ミシュランは、背が高く、白髪を後ろに流した潔癖な性格の男だった。1世紀前にミシュランを創業したエドゥアール・ミシュランの孫である彼は、1955年に社長の座を継ぎ、すべての決定権を握る家長としての地位を確立した。革新をもたらすその才能は尊敬を集めたが、彼自身は習慣に従って生きる人間だった。毎日の通勤には年季の入ったシトロエン2CV(ドゥ・シュヴォ)を長年使いつづけ、シャツもコートもぼろぼろになるまで着古した。

ゴーンにとってフランソワ・ミシュランはすぐに父親のような存在となり、この関係のおかげで業界を率いる企業経営者というものを初めて身近に研究できた。ゴーンはミシュランの美点と同様に欠点も観察し、そのうちに彼と自分は気が合うと感じるようになった。ゴーンと同じく、ミシュランも断固たるグローバル主義者だった。生まれ育ったオーベルニュを離れるときは腰が重かった彼だが、いまや自分の使命は会社存続のために事業を世界へと拡大することだと信じていた。たとえそれでフランス人の雇用が減るとしても。「社長の役割とは会社を成長させることであり、そのための人材が選ばれる。生まれつきその能力がない者は社長にはなれない」と彼はよく言ったものだった。

また、2人は政治家を信じていないところも共通していた。第18代大統領のシャルル・ド・ゴールがクレルモン゠フェランの工場内部を見学しようとしたとき、当時彼に「ノン」と言える者などほとんどいなかったにもかかわらず、フランソワはその訪問を断ったのだった。

このように気が合う点の多い2人だったが、性格そのものはまるで違った。親しみやすいミシュラン社長が持つ最大の変わり者要素は、お金や物質的なモノにまったく関心がないことだった。その執着のなさをゴーンは決して理解できなかった。ミシュランはバランスシートが大嫌いで、それを作成する経理社員たちまで嫌っていた。

ブラジル訪問中のある日曜日、フランソワ・ミシュランはゴーンと一緒にカトリック教会のミサに出席した。帰り際、ミシュランはポケットをまさぐり、現金の持ち合わせがないことに気づくと、ゴーンに顔を向けた。「ムッシュ・ゴーン、少しお金を持っているかい？」

何に使うのかわからないまま、ゴーンは財布を開けて100ドルを渡した。社長は金持ちなのだから、何を買うにせよそれで十分だろうと思った。教会を出たところでフランソワ・ミシュランは振り返り、近くで手を差し出して立っていた物乞いにその金を手渡した。ゴーンは驚いた。世界有数の大物経営者が、こんなにもお金の価値について疎(うと)いとは。

フランソワ・ミシュランは確かに会社を世界的大企業へと成長させたが、ゴーンはこの社長が数字をないがしろにしているせいで数々の混乱が生じているのだと考えた。クレベール゠コロンブの件、ブラジルでの事業、数は増えつづけながらも毎年あちこちで火消しに追われている社員たち。ゴーンにとって、利益は重要だった。お金は重要だ。それが企業でも個人でも、対象を評価する究極の「スコアカード」をつくるなら最もシンプルな尺度になるのはお金だと考えた。お金を多く持っていれば、それだけ優れた存在なのだ。

フランソワ・ミシュランのブラジル訪問には隠された動機もあった――ゴーンが経営者としての資質を備えているかどうかを見極めようとしていたのだ。ミシュランはある重大な仕事の決行を考えていた。アメリカのタイヤメーカー、ユニロイヤル・グッドリッチ社の買収だ。その経営に失敗すればミシュラン社も潰れかねないほどの巨額投資となる。アメリカでこの会社を安心して任せられる人物が必要だった。

ブラジルから帰国して数カ月後、フランソワ・ミシュランはゴーンに電話をした。「ユニロイヤル・グッドリッチを買収する。君にアメリカでこの会社を経営してもらいたい」

ゴーンにとってそれは予想だにしない話だった。ブラジルに来てからの3年間、まずはミシュランの経営再建、次には事業拡大とひたすら奔走しつづけていた。自分の生まれた国のことがようやくわかりはじめてきたところだった。第一子のキャロラインも生まれたばかりだ。イパネマの家族向けアパートメントには、両親、姉のクロディーヌと妹のシルヴィアおよびその夫たちなど親族がひっきりなしに訪れた。あまりに頻繁に気兼ねなくやってくるので、リタは10人の配偶者がいるような気分にもなった。

アメリカに渡るということは、そんな一族をばらばらにして、彼らにとってのホームとなった場所を奪うということだ。母親にそれを伝えるのが怖かった。孫が生まれ、数十年にわたる混乱、別れ、不安の末にようやく家族がひとつになれたことを母はとても喜んでいたからだ。しかしリタは、アメリカに行くべきだ、とにかくこの仕事は受けなければいけないとゴーンに訴えた。これは大きな昇進であり、そして正直なところ、彼女にとって義理の家族たちといくらか距離を置くことはまったく構わなかった。

1989年の春、カルロス、リタ、キャロラインはサウスカロライナ州グリーンヴィルに降り立った。ミシュランがこの南部の都市をアメリカ拠点に選んだおもな理由は、労働組合がないからだった。組合があると労働者は問題を起こしがちだし余計なコストもかかり、報酬体系や経営判断に対して影響力を持ちすぎると考えられていたのだ。その静かな都会はゴーンにとってなじみやすかった。気を散らすものも派手な出来事も少なく、目の前の仕事だけに集中できた。

1989年9月、ミシュランはユニロイヤル・グッドリッチを15億ドルで買収することで合意し、世界最大のタイヤメーカーとなった。この買収によってミシュランの北米市場シェアは3倍に増え、世界のタイヤ市場の5分の1を占めることになった。

ゴーンはさっそく、ユニロイヤル・グッドリッチの非効率な部分を洗い出して眠れる可能性を引き出すべく帳簿を分析した。さまざまな問題が見つかるなかで、ミシュランとは給与に差があることがわかった。ユニロイヤル・グッドリッチには、いまやトップに立つ自分よりも給料の高い社員が何十人もいたのだ。ゴーンの年収はおよそ20万ドルで、フランス企業の社員としては十分な額だが、ユニロイヤル・グッドリッチの中間管理職も同じくらいの給料をもらっていた。また、目に見える格差もあった。ユニロイヤル・グッドリッチの全幹部の執務室には生花が毎日届けられていた。ミシュラン幹部の部屋には木製の椅子と質素な机くらいしかなかったのに。

「ちょっと待て……うちの給与体系はなぜこのようになっている?」ゴーンは人事部に問うた。それは心から出た疑問だった。はじめゴーンは、ミシュランの給料が低いのかユニロイヤルの給料が高すぎるのかわからなかった。

それは、昔カリフォルニアで〝中流階級〟であるはずの友人の家に4台の車が停まっていた光景を思い起こさせた。しかし、そうした豊かさを生み出す源泉のひとつ、フランスとはまるで違うアメリカ企業の給与体系を目の当たりにしたのは初めてだった。このままではいけない、とゴーンは思った。ミシュランとユニロイヤル・グッドリッチのあいだに2つの異なる給与体系があってはならない。ミシュランには北米で働く幹部――自分を含め――の給料を上げさせる。

これは反発を受けた。ミシュランがアメリカの給与基準に合わせたらフランス人幹部は誰もフランスに帰らなくなると言われた。それに対しゴーンは、給料を上げなくてもどうせ幹部はフランスに帰らないと返した。やがては他の会社に移っていくだろう、と。

ゴーンの意見は通った。2社の差が完全に埋まったわけではないが、アメリカで働くミシュラン社員の給料は上がった。

こうした数字および職場環境の格差は、この合併に伴う数々の大きな課題のひとつを象徴していた。両社の企業文化はまるで異なっていて、ゴーンの役目はそれらをうまく融合させることだった。同族経営のミシュランにおいて、社長こと家長は慎ましくあることの重要性を説き、昔ながらの価値観にこだわっていた。一方、ユニロイヤル・グッドリッチの経営陣は葉巻をくわえたニューヨーク金融界のやり手たちで、数字に強く、株式市場にも常に目を光らせているタイプだった。あるミシュラン幹部による表現を使うなら、その合併はまるで男を知らない乙女とチンピラを結婚させるようなものだった。

その奇妙な婚姻関係を成功させるため、ゴーンはユニロイヤル・グッドリッチについてもっと知る必要があった。会社を苦しめている問題は無数にあったが、ゴーンはそのうち最大の原因に目をつけた――工場である。データを詳しく見ていくと、同社が北米に持つ7つの工場のうち、ひとつを除いてすべてに価値がないことが明らかになった。前経営陣は、設備を近代化し競争力を保つために必要な資金を枯渇させていたのだ。

ゴーンは経営の斧(おの)を振るいはじめ、工場をいくつか閉鎖して、残した工場でも雇用を削減した。しかし、ミシュランと異なりユニロイヤル・グッドリッチはアメリカに構える複数の工場に強力な労働組合を持っていた。インディアナ州フォートウェインで事態は険悪化した。ゴーンはその地の工場を存続させようとしたが、そのために作業員の大幅削減を決定した。しかし組合は交渉を拒否した。ゴーンの指示を伝える役目にある工場長は部下から攻撃された。殺害の脅迫も受け、郵便で銃弾が送りつけられることさえあった。娘は学校でいじめられ、妻はショッピングモールで嫌がらせを受けた。

ゴーンはフォートウェインの工場から資金を引き出したり生産を他の工場に移したりして組合を飢えさせようとしたが、それでも組合は折れなかった。3カ月にわたる交渉が実らなかったので、ついにゴーンは工場長にこう告げた。「工場に行って、今回は完全閉鎖を通告してこい」。この作戦は成功した。その脅しの直後、工場は従業員を3分の1ほど減らして生産を再開した。

10年前にはゴーン自身もフランスの工場で夜勤の仕事を経験していたので、職を失うつらさは十分理解できた。しかし彼が他と違うのは、同情心を冷徹なロジックに置き換えられる点だ。市場原理は残酷なもので、だからこそ選択肢はシンプルだと考えた――雇用をいくらか減らすか、すべて切り捨てるかだ。

フォートウェインの工場では、ショック状態の工場長がゴーンの強硬な手腕による成功を認めた。「平時のゴーンがどんな将軍かは知らないが、彼は戦時の名将と言えるだろう」

ゴーンはアメリカのミシュランで異彩を放っていた。フランス流とはかけ離れたその強引なやり方にまわりのフランス人たちは警戒した。彼らはゴーンに「ル・ルカン（サメ）」というあだ名をつけ、「この男と争うな、腕を捕らえられたらいつまでも嚙(か)まれつづけるぞ」と言ったものだった。しかし、会社の利益が増えるにつれてゴーンの味方は増え、彼を批判する声は少なくなっていった。

外見の面でも、ゴーンは長身で肩幅の広い典型的なアメリカ人最高経営責任者（CEO）の型にはまらなかった。背は低く、それでいて常にふくらはぎに力が入っているような姿勢をし、すぐにでも行動に移る用意ができているといった雰囲気だった。格好は縁の太い眼鏡に野暮ったいスーツとオタク風だ。しかし、そうした見た目の欠点は人を惹（ひ）きつける性格で補われた。エネルギーにあふれた彼は人々の心を捉え、彼が伝える明快なメッセージは信頼につながった。遠回しな言い方は決してせず、意図をぼやかすこともなかった。全員が明確な目標を持ち、その目標に対して責任を持つことをストレートに求めた。オクラホマ州アードモアにあるユニロイヤル・グッドリッチの工場が竜巻の影響で倒壊したときには、飛んできたゴーンはすでに生産再開に向けた大胆なスケジュールを携えていた。

　このポストに就いてから2年半後、ゴーンは初めてのメディア取材としてモダン・タイヤ・ディーラー誌のインタビューに応えた。彼の名前の発音を「グーン」と書き間違えたその業界誌は、ゴーンを「謎めいた男」と評しながら、自分よりはるかに年上のアメリカ人管理職たちから尊敬を勝ち得ていることを強調した。

　実際、ゴーンはまだ30代だった。それでいながらアメリカ自動車業界の大物たちとも気楽に付き合えるようになっていった。大手自動車部品メーカーの支部経営を担うゴーンは、気づけば他社のCEOたちの社交の輪に入っていた。かつて工場労働者たちの習慣を観察したのと同じように、彼らがどのように会社を経営しているのかを頭の中に書き留めた。特に心を惹かれたのは、クライスラー社の社長であるボブ・ルッツのざっくばらんな話しぶりだった。あるときミシュランの重役たちの前に立ったルッツは、かつてあれほど他に劣っていたクライスラー車を買ってくれる人がいたのはなぜでしょうねと語った。ゴーンはこうした自信と率直さがとても好きだった。ルッツが自分の会社を厳しく批判することにも共感できた。ゴーンは率直な評価、白黒はっきりした事実を重視していた。だから数学が好きなのだ。その正解の明確さ。言い訳も遅れも許されない。数学においては、数式が正しいか正しくないかのどちらかなのだ。

サウスカロライナにやってきてから数年後、ゴーン一家はグリーンヴィルの新興高級住宅地に初めての家を購入した。家の価格は64万5０００ドルで、支払いには多額のローンを組んだ。４つの寝室を備えた風格ある佇(たたず)まいのその家は、住宅区内でも有数の大きさを誇り、本道からは奥まった場所に建っていた。約2万6０００平方メートルという広い敷地をリタはとても気に入った。キャロラインにはすでにナディーンという妹がいて、2人が家の外で走り回るのにも十分な広さだ。まもなくさらに2人の子供が生まれ、マヤとアンソニーと名付けられた。

ゴーンはその町でも屈指の大企業を経営していたが、その肩書きとキャリアのわりに自分の給料がいかに低いかを知ったら地域の人たちは驚くだろうと思った。リタはマツダのミニバンで子供たちを学校やスポーツの練習に送り出していた。他の経営者仲間が乗るのはポルシェだった。

数々の成功を成し遂げ、ユニロイヤルの欠陥に断固として立ち向かい、みるみる評判を高めているにもかかわらず、1990年代半ば当時のゴーンの年収は50万ドルにまるで届かず、一方でクライスラーやゼネラルモーターズ（GM）などの自動車メーカーのCEOはその数倍稼いでいた。ただし、彼らの給与を把握しながらも、自分とは経営者としての格が違うのだという自覚はあった。自分が勤めるのは自動車メーカーではなく自動車部品メーカーだ。さらに自分はCEOでもない。

それでも野心の塊であるゴーンは、業界の実力者たちがどのように動いているのか、その姿をいつも頭の中で詳細かつ鮮明に描きつづけた。まわりの人たちの成功の軌跡を観察し分析しているうちに、アメリカに移住しフランス企業に勤めるレバノン人の彼は、ミシュランで20年近く働くあいだに華々しい昇進を遂げたとはいえ、ここに来てガラスの天井に突き当たろうとしていることに気がついた。そして、彼は限界を嫌う男だった。

1996年、フランソワ・ミシュランは社長を引退して、息子のエドゥアールにそれまでよりも大きな責任を引き継がせる準備を始めた。息子を北米に送ってゴーンの下につかせ、ゴーンは彼に工場運営とトラックタイヤの販売を監督させた。ゴーンは、自分ではなくエドゥアールがまもなく会社を率いるのだと理解した。

リタは現実的で察しの鋭い女性だった。夫が行き詰まっていることを見抜いた彼女は、「これ以上あなたが上に行けることはない」とはっきり伝え、会社を去るよう促した。ゴーンが妻の意見について考えをめぐらせているあいだに、同様の見立てをしたヘッドハンターから電話がかかってきた。

彼と同じエコール・ポリテクニーク出身のそのヘッドハンターによると、ある自動車メーカーが新たなナンバー2を探していて、実績を上げればトップへの昇進もありうるという。ゴーンは興味をそそられた。その自動車メーカーとはルノーだった。同じくフランスの企業だが、部品メーカーから自動車メーカーへの転身が大きな飛躍であることは誰もが理解するところだ。それでも彼は躊躇した。フランソワ・ミシュランのもとを去るのはそう簡単ではない。彼個人に対する侮辱だと受け止められるだろう。ゴーンは年配のミシュランをとても慕っていて、彼との関係を壊したくはなかった。

1996年のある土曜の朝、ゴーンはパリにあるルノーのオフィスを訪ね、ルイ・シュヴァイツァーCEOと彼の執務室で面会した。2人は以前にも一度会ったことがあった。当時政府高官だったシュヴァイツァーの前で、ゴーンとシャヒド＝ヌーライがクレベール＝コロンブの救済計画をプレゼンしたのだった。

シュヴァイツァーは42歳のゴーンに感心した。すでに輝かしい経歴だけでなく、目に見える強さ、意欲、そして何よりも人を惹きつける磁力を持っている男だと感じた。2人の話は2時間に及んだ。話が終わるころにシュヴァイツァーは、君が望むならこの仕事は君のものだと告げた。

数週間後、ゴーンは再びフランス行きの便に乗り、クレルモン＝フェランに赴いて恩師に辞意を告げた。予想どおりフランソワは傷ついた。それを裏切りと受け止めた彼は、のちに若い役員にこうこぼした。「なぜ彼は私のもとを去るのか？」

ゴーンのミシュラン時代はこの悲しい言葉とともに幕を閉じた。彼の退社は簡潔なニュースリリースで発表された。しかし、熱はこもっておらずとも、彼の功績が淡々と語られることでシンプルな真実がひとつ浮き彫りになった――カルロス・ゴーンは試練を乗り越えながらグローバルに活躍する経営者であると。世界をリードせよ。彼の遺伝子にはそう刻まれているのだ。

第5章

アライアンス誕生

窓の外を流れるセーヌ川を眺めながら、ルイ・シュヴァイツァーは未来の行く末を見通そうとしていた。公務員出身の彼がいまいる場所からは見えないが、そこから川を少し上って曲がるところ、ノートルダム大聖堂から13キロほど離れた場所にはセガン島があり、そこにルノーの最も古い工場が建っている。

戦後にはフランスの復興および産業振興のシンボルであったその工場だが、いまや廃墟（はいきょ）のような抜け殻と化していた。5年前の1992年に最後の1台を生産したあと、工場は休眠状態になっていた。残念な幕引きだったが、この工場はルノーが抱えるすべての問題を象徴する存在になってしまっていた――当時のルノーは国営企業として官僚が経営を行っていたが、工場労働者が所属していたのは国内で最も手荒な集団として悪名高い労働組合だったのだ。

シュヴァイツァーは新たなページを綴（つづ）りはじめようとしていた。彼の時代に民営化されたルノーは、もう国家の完全な所有物ではないのだ。

それでも、月刊ビジネス誌レクスパンジオンの数年前の見出しがいまも脳裏に焼き付いている——「ルノーはあまりにも小さく、孤立し、フランス的すぎる」。その評価には一部同意できるところがあったからこそ、強く印象に残ったのだった。

1998年の春、世界では合併の嵐が吹き荒れていた。コンサルタントや銀行家は各企業に合併を迫り、パートナーを探している競合他社を次々と指さした。大きくならなければ踏み潰される、というのがこの時代の通念だった。

哲学者のジャン゠ポール・サルトルも名を連ねる名門一族出身のシュヴァイツァーでさえ、こうした市場の圧力と無縁ではいられなかった。それでも、彼には余裕を持てる理由があった。

自社に迎えてから1年以上が経つゴーンのおかげもあり、フランス最大の自動車メーカーであるルノーの財務は久しぶりに好調だった。計画していたとおり、ゴーンはルノーを無駄なく収益を上げられる組織へと立て直した。おかげで豊富な資金が貯まったので、ルノーは買収先を探していた。世界の自動車業界のメジャーリーグに仲間入りを果たし、長期的にそこで生き残るために最適なパートナーを。また、以前にボルボとの交渉が土壇場で決裂していたので、シュヴァイツァーとしてはそこに投じるはずだった資金の使い道を早く決めたかった。

いくつか買収候補を絞ったなかで、特に日産自動車は魅力的だった。数年前にはイタリアのフィアットやドイツのダイムラーとも交渉をしたが、結局話はまとまらなかった。一方、アメリカの自動車メーカーは規模が大きく安定性も高いので、フランスの小さな自動車メーカーと取引しようとはしなかった。

そうなると、残るのは韓国企業と日本企業だ。シュヴァイツァーおよびほとんどの役員は日本企業を推していた。日本車のほうが優れているし、アメリカ市場にも進出している。さらに日産は経営の危機にあった。資金は枯渇し、負債が積み上がり、市場シェアも縮小していた。

数字上では、日産との提携は完璧だった。ルノーはアジアとアメリカでのプレゼンス強化を目指していて、日産はすでにその両地域での地位を固めていた。日産のエンジニアは世界的に見ても優秀で、ルノーのエンジニアたちも舌を巻くような高品質の車（有名なロングセラー車のマキシマなど）づくりで定評があった。しかし日産の問題は、スポーツカーや高馬力のセダンなどエンジニアが面白くて印象的だと思う車の開発に重点を置き、一般の消費者が求める車にフォーカスできていないことだった。

1998年5月6日、ダイムラー・ベンツAGとクライスラー・コーポレーションが自動車業界史上最大となる合併を協議しているというニュースをウォール・ストリート・ジャーナル紙が報じた。世界中の自動車メーカーのトップたちと同様、シュヴァイツァーもこの合併が自社のビジネスに与える影響についてすぐさま懸念を抱いた。合併が実現すれば従業員数は42万人を超え、クライスラーのミニバンからメルセデスベンツのセダン、ジープ・ラングラーまで、年間約400万台の車を生産することになる。

シュヴァイツァーは公にはダイムラーとクライスラーの合併を重要視せず、欧州市場で新生巨大メーカーにも対抗できるだけの力がルノーにはあるとした。しかしブローニュ＝ビヤンクールにあるルノー本社の会議室では、買収契約の成立が急務として話し合われた。

6月、シュヴァイツァーは日産自動車と三菱自動車のトップに手紙を送り、ある戦略について話し合わないかと持ちかけた。話し合いには両社とも同意したので、ルノーはどちらを選ぶべきか決めることになった。

1998年の初夏、シュヴァイツァーはパリから車で1時間ほどの古風な趣ある村バルビゾンに建つホテル、オテレリー・ドゥ・バス＝ブルーのラウンジにゴーンら重役を集めた。そこで2社の強みと弱みが議論された。幹部たちの大方の意見は、時間と労力を費やして企業連合を築くなら、より規模が大きく野心的な日産との提携に踏み切るべきだというものだった。このプロジェクトはコードネーム「パシフィーク」と呼ばれた。

日産は交渉に応じるほかなかった。経営は窮地にあった。本社では電力を照明に回すために空調と一部のエレベーターが止められていた。長年日産は国内の各銀行からの融資を頼りに経営を維持してきたが、不況により貸し倒れが増えた影響で日本の融資市場は疲弊しきっていた。金融緩和を行い高度経済成長を果たした日本のバブル期は、日産にとってこれ以上ないほど最悪のタイミングで崩壊したのだった。日産は競争力のない製品を抱えながら、負債は220億ドル［2兆円超］にまで膨れ上がっていた。さらなる救済措置も期待はできない。

シュヴァイツァーは東京行きの便に乗り、日産の塙義一（はなわよしかず）社長と会った。そこで提携について大枠の構想を説明し、あとは日産に判断を委ねた。9月には塙がパリに飛び、そこから正式な交渉が始まった。両社はそれぞれ社員100人ずつに取引の詳細をまとめさせた。シュヴァイツァーは自社が独占的にこの交渉を進めたいと頼んだ。

交渉はすべて順調に思えた。しかし、1998年11月にシンガポールにて行われた会合で流れは変わった。塙はシュヴァイツァーに、日産は提携に前向きではあるが、パートナーになりうるのはルノーだけではない、と告げたのだ。日産は、合併したばかりの巨大企業ダイムラー・クライスラーや、少し前にマツダへの出資比率を引き上げて経営権を握ったフォードとも交渉を始めていた。

シュヴァイツァーは大きなショックを受けた。会議終了後、生暖かい霧雨の中立ち尽くした彼は、この取引を成立させられる確率は10%程度だろうと考えた。他の自動車メーカーに比べるとルノーが弱いことを痛感していた。資金力のあるフォードは日本にも足場を確立している。ダイムラー・クライスラーはメルセデスベンツの威光を背負った巨大企業だ。もはや残された策は日本人のプライドに訴えかけることだけだ、とシュヴァイツァーは考えた。

そして彼は塙に、ルノーは合併というよりも両社の〝提携〟を考えていると説明した。ボルボの買収に失敗したあと、ルノーが多くのボルボ社員からひどく嫌われていたことをシュヴァイツァーは知った。フランス人が自分たちの会社に対して横暴を働き、他にはないボルボのよさを消そうとしていると感じていたのだ。今回はその轍は踏まない、とシュヴァイツァーは決意していた。この取引でルノーの立場が上であることに変わりはない。結局のところ、金を出すのはルノーなのだから。それでも相手がそう感じないようにしたかった。ダイムラー・クライスラーが「結婚しましょう。私にはお金も名声もあります」とアピールするなら、ルノーは「私はあなたのことも、あなたのやり方も尊重します。だから結婚しましょう」と訴えるのだ。

シュヴァイツァーはプレスリリース案を提示するという形でアプローチをかけた。見出しは、「ルノーと日産が手を結ぶ」。その後は２ページにわたって概要が綴られた。ルノーは50億ドル分の日産株式を取得し、日産の取締役３名を最高執行責任者（ＣＯＯ）、最高財務責任者（ＣＦＯ）、商品企画責任者（ＰＬ）の職に任命する。そして最後に必要なのは、ルノーより金と権力のある求婚者たちのなかでもひときわ目立つための仕上げだ。

ついにプロポーズの瞬間が来たとき、シュヴァイツァーはカルロス・ゴーンを呼んだ。

２年近く前にゴーンが入社したとき、ルノーはコストの抑制に苦労していた。そして日産との交渉の少し前、ルノーは自動車１台あたり約３０００フランのコストダウンを目指す計画を公表した。ゴーンはその計画書を見て破り捨てた。

もともとルノーに健全な収益体質が備わったことは一度もなかった。昔から自社の車の知名度と同じくらい、従業員に優しい経営方針を持つことで知られていた。赤字になれば政府に腰低く救済を求めなければならなかった。フランスでは、ルノー車を買うと二度支払いをすることになるというジョークがあった――一度めは販売店で、二度めは所得税として。ＣＥＯの座に就いたとき、シュヴァイツァーはこの状況を変えようとした。

しかし政府はいまだにルノーの株式を大量に保有していて、シュヴァイツァーは労働組合にもっと合理的な要求をさせて会社の利益を重視させようとしたが、成果には限界があった。だからゴーンを招いたのだ。コスト削減の助けが必要だった。フランス、ブラジル、アメリカのミシュランで経験を積んだゴーンは、若くしてすでにその達人だった。

ゴーンはすぐに収益性改善の策を練った。逆算をしたところ、競争力を維持するためには2000年までに約200億フランを節約する必要があるとわかった。車1台あたり8000フランのコストダウンだ。

ゴーンから改訂案について聞いたシュヴァイツァーは、その若き側近の顔を見つめ、彼が自分のやろうとしていることを理解しているのかどうかうかがおうとした。確かに、ある程度の犠牲やリスクなしに赤字経営を抜け出すことはできないだろう。かなり野心的な計画だが、不可能ではないな、とシュヴァイツァーは言った。ゴーンも同意した。揺るぎない自信に満ちた彼の言葉には、人々に信じさせるだけの力があった。

それからまもなく、手始めにゴーンはきわめてシンプルな提案をした。工場を3つ閉鎖する、それだけだ。シュヴァイツァーはゴーンの大胆な計画を尊重しつつも、上司としてブレーキをかけなければならないと思った。妥協した結果、最終的にベルギーの工場がひとつ閉鎖されることになった。シュヴァイツァーが慎重になったのは正しかった。この決断は激しい争いを引き起こし、このときゴーンに与えられた「コストキラー」という新たなニックネームはその後も彼のキャリアを通して残りつづけた。

同時にゴーンは、官僚主義的で凝り固まったルノーの経営体制を崩す対策に乗り出した。さまざまな部署から若手社員を登用し、無駄な支出を減らすためのチームをいくつか結成した。ハングリー精神にあふれた若きマネージャーたちは社内政治に縛られることなく、収益を上げるためにすべきことについて斬新かつ現代的なビジョンを持っていた。チーム設立の目的は、部署間の垣根を取り払い、古びた権力中枢を通さずに仕事をさせることだった。そうして営業担当者が製造に、エンジニアが財務にかかわった。ゴーンの狙いは、全員に会社全体としての運営を考えさせることだった。

各部署がコスト削減を指示され、定期的にゴーンに進捗報告をした。数カ月後、購買責任者として社内で重要な役割を担っていたジャン＝バプティステ・ドゥザンは、他のチームメンバーおよびゴーンと会議室に集まった。各チームの成果を集計すると、およそ192億フランのコスト削減になることがわかった。すごい、やったぞ。すばらしい数字だ、とドゥザンは思った。

チームは疲れきっていたが、その成功に気分は高揚した。ゴーンが数字を確認する。「この結果は確かか?」全員がうなずいた。ゴーンはチームの努力を称賛した。それからメンバーを見回し、仕事に戻るよう指示した。「200億にするんだ」。きっぱりとそう言った。ゴーンは100%の達成を約束し、彼らにもそれを期待していた。

200億フラン削減の達成には数カ月かかった。しかしその改善ぶりは、フランスでは誰もが知っているひし形のロゴの斜辺をはるかに超える角度でグラフに表れた。そしていま、その成果を日本人たちに伝えるのだ。

１９９８年11月11日、日産の日本人役員たちを前に、ゴーンは自身がルノーで成し遂げたコスト削減の奇跡について説明した。２時間に及ぶ彼のプレゼンを、日産幹部たちは無表情のまま沈黙して聞いていた。眉ひとつ動かさずに並ぶ顔をいくら見つめても、彼らが感心しているのか、それとも退屈しきっているのか、ゴーンにはまったくわからなかった。

しかし、塙社長に強い印象を与えられていたことはすぐにわかった。プレゼン後に塙は、もしルノーと提携するとしたらゴーンに日産の再建を監督してもらいたい、とシュヴァイツァーに伝えたのだ。別の日産幹部、志賀俊之（しがとしゆき）も感心していた。ゴーンの比類なきエネルギーと情熱には彼も心を打たれていた。

しかし、見事なゴーンのプレゼンも最後の決め手とはならなかった。いまだダイムラー・クライスラーは手ごわいライバルだった。１９９９年1月になるころには、ルノーは日産との面会さえなかなか取りつけられなくなっていた。日産はダイムラー・クライスラーとの交渉が失敗した場合の保険として自分たちをキープしているのではないか、という疑いが強まっていった。

ルノーの財務担当重役であるアラン・ダサスが日産の幹部たちと話をしていたとき、志賀に伝言が入った。すると志賀は突然会議を中断し、ダサスらルノー幹部を部屋の外へ連れ出した。ルノー側に告げられたのは、ダイムラーの幹部が予定より早く来たので、残念ながら会議の続きはまたのちほど、という言葉だった。自分たちが候補として優勢ではないこと、このレースから脱落しないためにはプライドを捨てて辛抱しなければならないことを承知していたルノーの交渉チームは、この扱いも仕方ないと受け入れた。

日産社内ではダイムラー・クライスラーとの契約を強く支持する声が多かった。若手の幹部たちは憧れのメルセデスベンツをつくったエンジニアたちと一緒に働けるかもしれないと盛り上がっていた。ルノーに憧れる者はいなかった。それどころか、ルノーの技術力は自動車業界のなかで最低ランクに近いと見られていた。

3月9日、ルノーのチームは日本へ飛び、再び交渉を開始した。これが最後の会合になるかもしれないと考える者もいた。日産は会計年度末であるその月の末までに交渉をまとめたいと期限を設けていた。日産の熱意が冷めていることはあまりにも明らかで、ルノーの法務顧問である弁護士のムナ・セペリは交渉終了の合意書をブリーフケースに入れて持ってきたほどだった。ルノーはダイムラーに敗北するのだ。

翌日、日本にいるルノーチームに、ジュネーブ国際モーターショーに出席中のシュヴァイツァーから緊急の電話が入った。ダイムラー・クライスラーが日産との交渉打ち切りを発表したのだ。チームの日本出張は2日間の予定だったが、滞在期間は延長だとシュヴァイツァーは興奮気味に告げた。「すぐに日産本社に行きなさい、彼らは君たちを待っている。サインをしに行くんだ」

日産社内は暗い雰囲気に包まれていた。ダイムラー・クライスラーとの交渉決裂のニュースが流れたあと、株価は急落した。日産はどうしても資金を必要としていたが、ダイムラー・クライスラーはそれほどの資金を出す価値がないと判断したのだ。突然に婚約を破棄された日産は、もはや第二候補で手を打つしかないと思える状況にあった。

ルノーは日産にそんなふうに思わせまいとした。会議の冒頭、ルノーの法務責任者が立ち上がってスピーチをし、ルノーは買収でなく提携の提案を誠実に行っていることを日産に伝えた。「今後も私たちは対等な立場でありつづけます」

つい最近にダイムラー幹部を接遇するためルノーの幹部たちを会議室から追い出した志賀が立ち上がり、お辞儀をした。あとはシュヴァイツァーが最高の人材を用意するだけだ。後日、彼はゴーンを執務室に呼び、この提携が失敗に終わると考えている者は多い、だから君が日本に行かないかぎり契約するつもりはないと告げた。「私の考えでは、日本でこの仕事ができるのは1人しかいない。それは君だ。君が行かないなら私は契約書にサインしない」

リスクを負うのはお互いさまだ。もしルノーの監督下で日産が破綻すればゴーンはその責任を取って辞職することになるだろうが、それはシュヴァイツァーも同じだ。また、ゴーンはいずれルノーのCEOになるという野望を持っていまの職を引き受けた（シュヴァイツァーの勧めで、CEO就任に必要なフランス国籍まで取得したほどだ）。この新たなポジションを担い、成果を上げれば、次ははるかに重厚な王座が待っているかもしれない。

シュヴァイツァーは日本で働く場合の福利厚生を説明し、転勤のために他に必要なものを教えてくれと言った。リタは乗り気でなかった。家族でアメリカからフランスに帰ってきてまだ

2年も経っていない。レタン＝ラ＝ヴィルというパリ郊外ののどかな村に築数百年の屋敷を見つけたところで、ようやく生涯そこで落ち着けると思っていたのに。これから改装するのも楽しみだった。そんなときに、夫がまた引っ越しを言い出した。しかも日本。それなら納得できるほどの給料を要求してよ、とリタは訴えた。

いまルノーは窮地にある。夫が持つ企業再建のノウハウがどうしても必要なのだ、とリタは納得しようとした。そして再建が成功すれば日産は大きな収益を上げられる。それならゴーン一家も大金をもらって何が悪い？　金に困っているわけではないが、古い時代に建てられた屋敷を現代的な住宅にするとなれば結局かなりの資金がかかる。何より、夫には多額の報酬を受け取る価値があるのだ。それでもなお、たとえ大金をもらえるとしても自分と子供たちの日本での生活には不安を感じた。

シュヴァイツァーとゴーンはルノー本社の小食堂のひとつでランチをしながら、日本には他に何人連れていくか、誰を選ぶかなどを話し合った。ゴーンの転勤の条件としては、住居の提供と100万ドル近い年収で合意し、さらにゴーンは今後3年間かけて1000万株の日産株（当時3000万ドル相当）を受け取ることを要求した。ゴーンの掲げた目標は高かったが、彼は現実主義者でもある――この仕事の成功率は五分五分だと踏んでいた。もし失敗すれば日産は倒産し、自分は職を失い、所有する株も無価値になる。一方、成功すれば株価は急上昇する。報酬はこの巨大なリスクに見合うだけの額であるべきだ、と考えた。

これはかなりの額だとシュヴァイツァーは思ったが、もともとゴーンを相手に値切るつもりはなかった。条件を日本側に伝えることに同意し、電話を手に取った。塙はゴーンの要求する株数がひと桁間違っていないかと訊いた。「いえ」とシュヴァイツァーは答えた。「カルロス・ゴーンを日本へ行かせるにはこれだけの費用がかかるのです」

塙はとりあえず株数については受け入れた。彼も値切れる立場ではなかった。しかし、ゴーンが要求するドル建てでの報酬支払いはできないとした。支払いは日本円になる。

最後にゴーンはひとつだけ条件を出した――妻の同意が必要だと。

シュヴァイツァーはある日本人女性に頼み、リタと子供たちの日本旅行を企画してもらった。女性は日本の最もよいところを体験させなければならないというプレッシャーをルノーの全員から感じていた。彼女のガイドは無事成功し、旅が終わるときにはリタは日本への転勤に納得していた。

１９９９年3月27日、経団連会館の一室でルノーと日産の提携合意書に署名調印が行われた。シュヴァイツァーは日産との約束を守った。その場にルノーのロゴマークはひとつも見られなかった。

この提携がうまくいくと考える者は少なかった。

フォードのジャック・ナッサーCEOは、日産のような企業にはほとんど興味がないとしてこう述べた。「自分たちが苦労して増やした金を他人がせっせと増やした借金と交換する気にはなれない」

ダイムラー・クライスラーが手を引いたのは、ゴーンが長年尊敬していたボブ・ルッツから聞こえのいい助言を受けた結果かもしれない。ルッツは同社に日産との取引はやめておけと警告していた。日産に金を出すくらいなら、側面に「日産」と書いた50億ドルの金塊をはしけ舟から太平洋に投げ捨てるほうがましだと。それなら損は50億ドルだけですむ、とルッツは言った。さまざまな企業が日産の買収を考えたとき、そこには負債の山が見えた。そしてルノーに目をやると、やはり問題が山積みだ。それならあの2つがくっつけばいい、と各企業は思った。

調印から数日後にニューヨーク国際オートショーで行った記者会見後、両社はこれが合併でないことを強調するのに苦労した――少なくともいまは違うのだ。

ルノーは日産の負債を恐れていた（ルノーが日産株を36・8％しか取得しなかったのはそのためだ。支配力は手に入れつつ、2兆円超の負債がルノーの帳簿に載ることのないようにしたのである）。一方、日産が恐れたものといえば、フランス企業としてのルノーそのものだった。ルノーがどれほど甘い言葉をかけてきても、これは恥ずべきことだった。日産車の品質は素晴らしく、エンジニアも世界レベルだ。しかし、上層部の経営があまりにも貧弱だったせいで、業界史上最も盛んに合併が行われていた時期でさえ誰も日産をほしがらなかったのだ。日産社員にとっては、自分のたちの会社はもうフランス企業のもので、さらにある意味ではフランス国家のものなのだと思うと、悔しくてたまらなかった。

しかしシュヴァイツァーは、条件が整えばこの企業連合（アライアンス）がいずれ合併に発展する可能性もあるかもしれない、と集まった記者たちに語った。一方、同じ部屋で塙は別の記者たちを前に、そのような日が来ることはないと断言した。「これは企業連合です。合併でもなければ買収でもありません」と塙は通訳を通して言った。「ずっとこのままです、永遠に」

将来について明らかに意見が一致していないなかでどのようにパートナーシップを保っていけるのかと記者から質問されると、塙は空気を和ませるべく軽口で切り返した。「まあ、男女の付き合いでも、それぞれのとらえ方が違うことはありますから」

第6章 企業再建

カルロス・ゴーンは座り心地のいい椅子に腰掛け、2000万人の潜在顧客を前に日本への売り込みに取りかかった。舞台はテレビ朝日の「ニュースステーション」。この番組で、日本のテレビ界でも特に舌鋒鋭いニュースキャスターである久米宏から質問攻めに遭うのだ。久米は日本の権力者への厳しい攻撃を得意とする一流司会者で、辛辣なウィットを武器に嬉々として相手の懐へ切り込んでいく人物だった。今夜も手ぬるい質問は出ないだろう。

1999年春、ゴーンの来日はまるで宇宙人が侵略してくるというような不安と好奇心をもって迎えられた。日本では、日本企業を経営できるのは日本人だけだと考える人が多かった。外国人にとって日本企業は保守的すぎるし、体質も特異なのだから。公然と恥をさらそうとしているこの愚かな外国人の話を聞いてやろうと、経営者から街の清掃員まですべての日本人が興味津々だった。この男は、日本が誇る巨大産業のひとつである日産自動車という大企業を率いようとしている。もしつまずけば、その失敗は成功と同様にすさまじいものとなるだろう。

日本にとって自動車産業は、国が第二次世界大戦後の荒廃から抜け出して他国をしのぐ速さで立ち直るうえでのおもな原動力だった。１９６８年に世界第２位の経済大国となり、やがてはアメリカを追い抜くとも言われたとき、それを信じさせたのは日本の自動車メーカーの強さだった。

日本人の手で設計・製造された車が業界を一変させたのは１９７０年代、ガソリン価格の高騰を受けて燃費のいい日本製の小型車がアメリカで爆発的に売れたときだ。デトロイトで生産される自動車はおもにそのデザインと馬力に定評があり、品質と燃費が評価されることはめったになかった。トヨタやホンダなどのライバルが業界のこの状況を変え、他社には到底不可能と思える価格で高品質の車を売り出した。日本の自動車メーカーがアメリカでシェアを奪いはじめると、デトロイトの企業は日本企業の車づくりを真似るようになった。それが衰退の進むアメリカの工業地帯「ラストベルト」からドイツの工業都市ヴォルフスブルクにまで広がり、かつて近代自動車産業の創造を担った企業が、急速に頭角を現した日本企業から学ぶ立場になっていった。

このように日本車のまわりは明るいムードが取り巻いていたが、業界を率いる経営者たちがゴールデンタイムにテレビに登場する頻度は他の国と同じで、ほぼゼロだった。

そのため、日本で有数の人気司会者から番組に招かれたことは、ゴーン来日の話題を盛り上げた。日産の広報チームは久米にひどい目に遭わされるかもしれないとゴーンに警告し、初めてのテレビ出演ならはるかに穏やかな雰囲気の公共放送局であるＮＨＫにすべきだと強く促していた。面白みはないが安全な選択肢だ。しかし、危険回避を優先する人間でないゴーンは、難しい状況に飛び込むほうを選んだ。

久米は初めから容赦がなかった。インタビューコーナーの冒頭、ゴーンと同じく濃い眉毛が目を引く外国人で、ちょうど日本で人気があり当時の日産のコマーシャルにも出演していた人物の名前を挙げた。

「彼、ミスター・ビーンに似てますよね」と久米は言い、それからこう付け加えた。「でも、かなりのやり手です」

日産が悲惨な状況にあり、救済のためにゴーンが日本にやってきたことはみな知っていた。ただし、ほとんどの人はどうせ失敗に終わるだろうと思っていた。一方でゴーン自身は、自分にはこの挑戦に立ち向かえるだけのキャリアがあり、成功する見込みも十分だと感じていた。

久米はグラフを指し示しながら、ゴーンはベルギーのヴィルヴォールデにあった工場を閉鎖し3000人の雇用をカットすることでルノーを救った、と視聴者に語った。「ルノーで採用した方式が日産にも適用されるのでしょうか?」と、久米は通訳を介してゴーンに質問した。

スタジオの照明の下、ゴーンは姿勢を整えた。

「決まった方式というものはありません」とゴーンは答えた。「ルノーはルノー、日産は日産です。活用できていないものをいつまでも持ってはいられない、それはどの業界でも同じです。しかし、削減だけにフォーカスしても日産に活力を与えることはできないと思っています」。とはいえ、日産は魅力と競争力のある商品づくりに立ち戻らなければならず、それができなければ思い切った方策も必要になると語った。

久米は楽しんでいた。ルノーの申し子は威勢のいい男らしい。番組としては面白くなる。久米はゴーンにとってリスクあるインタビュアーだったが、むしろ彼のおかげでカリスマ的なイメージが強まり、疲れ知らずの勤労精神を歓迎する日本人に、ゴーンは徹底した働き者だというよい印象を与えられた。

その働きぶりはたちまち注目され、社内および日本のメディアでは「ミスター・セブンイレブン」というニックネームまでついた。ゴーンはその呼び名が大げさでないことをすぐに証明した。彼はまさに朝7時から夜11時まで働き、それを世間に知られることを喜んだ。「コストキラー」と呼ばれることのほうが圧倒的に多かったが、本人はセブンイレブンのほうを気に入っていた。マンハッタンのミッドタウンにも匹敵する東京の高級繁華街、銀座にある日産本社と同じ通りに建つホテルに泊まり、スーツケースひとつで生活していた。職場では15階の会議室を自身の執務室として使い、彼専用に備えられたデスクで仕事をした。毎朝ほとんどの社員よりもずっと早く出社し、退社時には電気を消した。通常の社内ヒエラルキーを飛び越え、強力なアイデアを持っていれば中間管理職とも直接会って話をし、若手社員からも会社の再建法について意見を聞いた。

最初の数カ月間、ゴーンは日本国内にある日産の各工場を訪れた。テレビのカメラマンや記者も多数同行し、外国からやってきた新任経営者の仕事ぶりを世間に伝えた。工場作業員用の水色の上着と帽子を身につけたゴーンは、通訳を伴って生産ラインを行き来しながら作業員たちを質問攻めにした。話した人数は数百人に及んだ。

ゴーンはルノーの若手幹部20人以上を選び、日本に来て自分の下で働くかどうかを36時間以内に決断させた。彼らが来日すると、日産の悪い部分をすべて洗い出すよう命じた。そしてミシュランおよびルノーのときと同様、若手幹部たちの下に各部署の管理職を集めて部門横断的なチームを複数編成することで部署間の垣根を取り払った。日産には世界トップクラスのエンジニアたちがいるのに、お役所的な組織体制が自主性を殺していた。ゴーンは会社を効率的に運営するためのアイデアを出すよう各チームに求めた。

日本各地を視察後、ゴーンの飛行距離は勤務時間と同じくみるみるうちに積み上がっていった。欧米にある日産の各施設も訪れ、従業員から話を聞いて会社を蝕(むしば)む問題点を特定しようとしたのだ。

ゴーンはアメリカ市場に注目した。規模の大きいその市場なら莫大な利益が期待できる。それなのになぜ日産車はアメリカで売れていないのか？　そしてわかったのは、日産は日本で新型車を発表したあと1年半も経ってからアメリカで発売しているということだった。そのころにはとっくに新モデルとしての勢いが衰え、販売数は減りはじめているのだ。

ルノー時代からゴーンが側近として信頼を置いているパトリック・ペラタは、1週間以内に解決策を出してほしいと日本側の担当者に依頼した。やがて出てきた彼らの案にペラタは唖然(あぜん)

とし、つかつかとゴーンの執務室に入った。その提案とは、日本での発売を1年半遅らせてタイミングを合わせるというものだった。すべてを後退させるようなやり方だ。

テネシー州スマーナの日産工場を訪れたゴーンは、ペラタと工場長を含む数人とテーブルを囲んだ。そこで、アメリカの日産子会社が数億ドルの現金を利益剰余金として積み立てていたことを知って困惑した。子会社の経営陣は東京本社の経営陣を信用していなかったのだ。ゴーンとペラタは呆然(ぼうぜん)としたまま顔を見合わせた。この状況は変えなければならない。

日産の財産目録はさらに困惑させられるものだった。ゴーンはルノーの財務部から2人のフランス人幹部、ティエリー・ムロンゲとドミニク・トルマンを指名して調査にあたらせた。その任務は、日産が実際に何を所有しているのかを解明することだ。2人は日産に目録の提出を求め、確かに届けられたが、その内容は日々変わりつづけているようにも思え、ときには所有する他社株のラインナップが日ごとに30~40社単位で変動していた。そうして最終的に辿り着いた数字は、にわかに理解しがたいものだった。日産は1394という数の他社の株式を保有していたのだ。

トルマンは数週間かけて目録をまとめた。「いったいどうしてこんなに他社の株を持っているんだ?」と彼は日本人の同僚に尋ねた。答えはまさに日本の企業文化にあった——複数の企業が「系列」という名のグループを形成して結束し、互いに株式を持ち合うのだ。相互依存とポートフォリオの多様化によって、経営の安全性を高めるとともに不況の影響を回避しやすくなるという考え方である。日産は仕入れ先と系列関係にあり、いずれかの会社が経営難に陥れば系列全体で救済できるようになっていた。

こうした系列関係はゴーンにとって意味のないものだと思えた。日産は仕入れ先企業の株式をいくつも持っている場合ではない。スーパーマーケットチェーンの株などもってのほかだ（実際に保有していた）。これら株式の売却は、現金を調達して多額の負債を返済するうえでまず確実な手段となる。

しかし、保有株式よりも真っ先にゴーンの目に飛び込んできたのは、日産が部品の仕入れ先に支払っている価格だった。ミシュランという部品メーカーで働いた経験から、自動車部品の値段の相場は知っていた。節約のため夏場に本社の冷房を切り、彼の秘書に十分な文房具さえ与えていない日産が、鉄鋼や変速機をルノーより2割も高い値段で仕入れていることに愕然（がくぜん）とした。わずかばかりの出費を惜しみながら、大金の浪費を許しているのだ。アメリカの各自動車メーカーが毎年仕入れ先に価格引き下げを求めるので有名であることを考えれば、なおさらとんでもないと思えた。

調査の結果は衝撃的だったが、まとめたデータ上に日産の機能不全を見るうちに、重大な事実が浮かび上がった。その膨大な負債額にもかかわらず、実際の日産は誰もが予想するよりはるかに健全な状態にあったのだ。

1999年10月18日、ゴーンは日産を蝕む病を把握し、その治療計画を完成させていた。チャコールグレーのスーツを着て柄物のネクタイを締めた彼は、堂々とした様子でステージに上がった。背後に掲げられた看板には英語と日本語で併記された「日産リバイバルプラン」の文字。ゴーンは縁なし眼鏡の上で眉を寄せながら、日本国内外の記者600人以上を前に、いまの日産は病気だが救う手立てはあると語った。そして、手を斧のように振り下ろしてポイントをひとつひとつ強調しながら計画を説明した。

稼働率の低い工場5つを閉鎖。2万1000人の人員削減。そして、計画の中心となるのは購買だ。購買決定を一元化して一部の部品をルノーと共同で一括大量購入することにより、3年間で20％の仕入れコスト削減を目指す。また、現在取引している1145社の部品・材料メーカーの数を半減させる。そして最後には、日産の系列解体を行う。1400社近い系列企業のうち、日産が株を持ち合うことが「必要不可欠」だと考えられるのは4社だけだとゴーンは述べた。

そして、テレプロンプターを読みながら、スピーチをたどたどしい日本語に切り替えた。「どれだけ多くの努力や痛み、犠牲が必要となるか、私にも痛いほどわかっています。でも、信じてください。他に選択肢はありません」

これほどのコストカットはいかなる会社にとっても大きな打撃となるだろうが、工場閉鎖やレイオフがほとんど行われない日本では特に、ゴーンのリバイバルプランは組織を揺るがす大ショックだった。

それでもこの計画に欧米流の大量解雇は含まれず（人件費は早期退職支援制度の導入により削減するとされた）、日産の強力な労働組合も会社の置かれた状況の深刻さを十分理解していたのでほとんど反発しなかった。

この計画が本気であることを示すため、2000年度までの黒字化、2002年度までの負債半減、2002年度の日産リバイバルプラン終了までの営業利益率4・5％達成、という3つの目標に到達できなければ、自分を含む執行委員会は総辞職するとゴーンは宣言した。

ゴーンが失敗の際の辞職を公言するつもりだったことはルノーの幹部さえ知らなかった。財務のドミニク・トルマンは彼を追って日本に来ることを即決した者たちの1人だった。妻には将来有望な医療関係のキャリアを中断してもらってまで一緒に1万キロ離れた地へとやってきたのに、1年以内に成功が見られなければ自分以外の幹部もみな退職の覚悟ができているとゴーンは言ってしまったのだ。リスクを覚悟で日本に来たのは確かだが、その賭けがいかに危険なものだったかをトルマンは思い知った。

しかし2000年前半にはすでに、もはや五分五分の賭けというわけではないことがゴーンにもトルマンにもわかった。そのとき日産の財務状況は、誰もが予想したよりもはるかに改善していたのだ。ゴーン率いるチームさえ、なぜこれほどすぐに数字が上向いたのかと首をひねるほどだった。ゴーンのリバイバルプランは自動車産業史上、最も大胆な再建計画と言えるものだった。あとはこの調子でやり遂げるだけだ。

当初は衝撃を与えたこの計画だったが、日産の人々が気を引き締めて素早い立ち直りを見せたことをゴーンは確かに理解していた。掲げられた目標と収益性回復を実現するためならと、痛みさえ進んで受け入れているようにも見えた。誰もが心の底ではわかっていたことがついに代弁されたからこそ、みなが行動に移せたのかもしれない。

計画発表から数週間後の幹部会議にて、ふだんは必要最小限の発言しかしない購買責任者の小枝至(こえだいたる)が議論に加わった。「3年以内ではなく、1年以内に20%のコストダウンを実現したい」と小枝は言った。他の幹部たちは驚いた様子で顔を見合わせた。これにはゴーンもあっけにとられた。自分が求めたスピードのさらに3倍を目指すというのか。そうして技術部門では1万5000人の社員全員がそれまでの仕事を1カ月間中断し、いかにして新たなコスト削減目標に貢献するかを考えた。このやる気が本来の日産なのだ、とペラタはすぐにわかった。その思い切った精神で、大きなことができる会社なのだ。自分たちが正しい方向に導かれていることさえわかれば、社員は力を発揮してくれる。

カルロス・ゴーンは1人で突っ走っていたわけではない。まわりにはともに走る仲間がいたのだ。

「ルノーでは3%のコスト削減をさせるだけでも相当な苦労だったのに、日産は自ら20%の削減に乗り出してくるんだ。私はどっちにいるほうがいいだろうね?」とゴーンは同僚に問いかけた。

日産は会社にとって必要なものを見つけたのだ――明快で説得力ある計画を携えた人物である。そしてゴーンが見つけたのは、なすべきことを伝えればみながすぐに取りかかってくれる場所だ。ゴーンにとって、自分の指揮下にある日産の可能性は無限だった。

日産の問題は自ら招いたものであるゆえ解決はたやすいというゴーンの見立ても、のちの目標達成を可能にした果断な号令も、すぐに彼に見返りをもたらした。

フランスでの役人のような扱われ方とはまるで別物だった。日本ではトークショーや記者会見で自分の一言一句が注目されるのはもちろんのこと、日常生活でも贅沢な経験をし、敬意を表されていると感じた。初めて日産本社に着いたとき、役員専用のエレベーターというものがあることをゴーンは知らなかった。そのため一般社員用に乗ると、エレベーターが停まってドアが開いても誰一人降りなかった。次の階でも同じで、役員フロアでドアが開くまでそれが続いた。誰も上司をさしおいて先に降りようとしなかったのだ。もはやアメリカ人エリートの部屋にある生花を羨む必要はない。ついに自動車業界のエグゼクティブとして、成功の証を手に入れたのだ。移動も日産の高級リムジン「プレジデント」だ。

追い風を受けながら、ゴーンは最初の目標をクリアした。2000年度、日産は過去最高となる3311億円の利益を計上し、ビジネス界を大いに驚かせた。日産に投資するより50億ドルの金塊を海に捨てたほうがクライスラーにとってはましだと言っていたボブ・ルッツは、自分の分析が間違っていたことを認めた。ただひとつ、カルロス・ゴーンの存在だけが想定外だったと。

確かにこれはゴーンの成功だが、日本にとっての成功でもあった。多くの日本人にとって、国の最盛期は10年前に過ぎ去っていた。この島国は世界第2位の経済大国へと成長し、一時は世界一の自動車生産国になった。しかしそれも、世界が目を覚まし反撃を始めるまでだった。聖域と思われた最大手メーカーに対してさえ不安の声が湧き、ゴーンが来日する数カ月前には

「トヨタ、中年の危機」などの見出しが報道に出ていた。

多くの日本人が、よき時代はもう終わったのだと嘆いていた。しかし思いがけないゴーンの登場により、この国には明るい未来が待っているかもしれないという希望が再び生まれた。ゴーンはその飛び抜けた勤勉さと規律正しさで、日本の名門企業を絶体絶命の危機から救ったのだ。

世間にもたらした明るいムードのおかげでゴーンはあっという間に有名人となったが、ときにそれは奇妙な形も取った。１９６０年代に流行した《明日があるさ》という曲は、こんな新しい歌詞をつけて、コーヒーのＣＭでリバイバルされた――「新しい上司はフランス人。これはチャンス、勉強しなおそう」。ゴーンは変化の象徴となった。欧米式のタフな日本企業再建法は「ゴーン流」と呼ばれた。彼がお気に入りの喫茶店に行ったり、家族で日曜の夜に近所の焼き鳥屋で食事をしたりすれば、いつも写真とサインを求められた。しかし、急激な知名度の上昇にも彼自身はひるまなかった。むしろその逆だ。これまで３つの大陸でこつこつとキャリアを積み上げてきたのだから、自分はこうして評価され注目されるにふさわしいと感じた。彼は多くの形でアイコン的存在となり、それを証明するような漫画まで登場することになった。

漫画出版大手の小学館から連絡が来て、次の作品のテーマは彼だというのだ。それはただの子供向けコミックではない。若いサラリーマンが通勤中に読んで刺激を受けるような、実業家の成功を描く漫画だ。協力すれば彼も内容にいくらか口出しできるという。一方で協力しなければ、「それでも出版します。内容は完全に我々の自由で」とのことだった。

ゴーンはすでに漫画化されているテック界の超大物実業家、孫正義に電話をかけ、話を聞いた。「協力すべきだ!」と孫は言った。「私は協力しなかったから、あの漫画のせいでひどい目に遭ったよ」。ゴーンは合計8時間以上にわたって漫画家たちと話をし、家族写真も多数提供した。

彼に対する称賛は、コーヒーのCM曲や漫画で人気を集めるスター経営者として持ち上げられるにとどまらなかった。タイム誌は「最も影響力のあるグローバル企業経営者」リストでビル・ゲイツを抑えての1人めにゴーンの名を挙げた。フォーチュン誌ではアジア部門のビジネスマン・オブ・ザ・イヤーに選ばれた。2002年に埼玉で開催されたワールドカップ準決勝を観戦したあとには写真とサインを求める大勢の人々に囲まれてしまい、20段の階段を下りるのに20分以上かかった。また、ゴーン自身が最もありがたいと感じたのは、当時の小泉純一郎首相の言葉だった。首相は選挙遊説のなかでこう発言した。誰もがカルロス・ゴーンのように、これまで正統とされてきたやり方に立ち向かってほしい、と。

日産の株価とともに知名度を上げていったゴーンは、ニューヨークのマディソン・アベニューに本社を構える大企業で日産の広告を担当しているTBWA社の幹部たちを集めた。いまや日産の広告塔になりつつあった彼は、会社のためになるのなら自分自身のイメージもプロデュースしてくれと言った。TBWAで日産を担当していた1000人以上のスタッフは、ゴーン個人の魅力である大胆さと革新性を日産ブランドと統合する仕事にさっそく取りかかった。

ゴーンの見栄えがどんどんよくなっていたこともプラスに働いた。体重は9キロ落ち、髪も豊かになった。レバノンで近視矯正手術を受けたおかげで学者じみた眼鏡も外れた。かつてはさえない服ばかり着ていることをからかわれ、ルノー退職時には色とりどりのネクタイを贈られたほどだったが、そんなセンスももう変わった。どこかの数学教授のような格好で来日した男が、いまや真のグローバルエリートにふさわしい高価なオーダーメイドスーツに身を包んでモーターショーに姿を現していた。

フランスでは、ゴーンの有名人ぶりは衝撃をもって受け止められた。

2000年7月、上流階級に人気のきらびやかな雑誌パリ・マッチでゴーン一家が特集されているのを発見したルノーの幹部は椅子から転げ落ちそうになった。ゴーンが記者にちやほやされながら東京のマンションで4人の子供たちと朝食を囲む写真、両側に列を成してお辞儀をする日本人社員たちのあいだを堂々と歩く写真、携帯電話を耳に当てながら子供たちと町を散歩する写真などが掲載されていた。そのほか、ゴーンが「東京を一望できる巨大なメゾネットに住んでいる」こと、リタがテニスの名手であること、息子のアンソニーがポケモンカードを集めていることなどが紹介されていた。

シュヴァイツァーは愕然とし、ゴーンを初めて叱責（しっせき）した。

ゴーンには見張りが必要だとフランソワ・ミシュランから警告されたこと（その具体的な意味は語られなかったが）を覚えていたシュヴァイツァーは、毎週月曜日にゴーンに電話をかけて様子を確認することにしていた。

パリ・マッチの記事が掲載された次の月曜、パリから東京に届いた電話の声は荒々しかった。「こんな取材は決して受けるべきではなかった」とシュヴァイツァーは憤った。「フランスでは、業界を率いる経営者は大いに尊敬を集めるが、スター化することは評価されない」。ゴーンはじっと聞いていた。有名人としての振る舞いにはまだ慣れていない。彼にとってパリ・マッチは、東京で取材を受けた数多くの雑誌のうちのひとつにすぎなかった。

今後はもっと気をつけますとゴーンは約束した。

翌年、ゴーンとシュヴァイツァーの考え方に再び齟齬（そご）が生じた。2001年10月、ゴーンは日産の復興を綴った『ルネッサンス――再生への挑戦』［ダイヤモンド社］という本を日本で出版した。シュヴァイツァーはそれについては構わなかった。ゴーンが日本でCEOとして有名になることになんら異論はない。日産車の売れ行きにも貢献するだろう。ただし、フランスでは決して同じ立場で振る舞わせたくなかった。翌年、ゴーンはフランス人ジャーナリストと共著で自伝を書き、タイトルを"*Citoyen du Monde*（地球市民）"［『カルロス・ゴーン経営を語る』日本経済新聞社］とした。

そのタイトルについて、シュヴァイツァーは少なくとも争いたかった。将来のルノーを率いる人物は、地球の市民ではなく、フランス社会に根ざした存在であるべきだと感じたからだ。さらにフランスでは、地球市民という言葉には祖国に対する務めを忘れたグローバル主義のエリートというネガティブな意味合いも含まれている。

ゴーンは再び月曜日の叱責を受けた。「断固反対だ」とシュヴァイツァーは言った。「『地球市民』……ルノーのボスにはふさわしくない」

シュヴァイツァーはタイトルの変更を求めたが、ゴーンはそれを拒んだ。ゴーンにとって、このときの意見の不一致は2人の根本的な考え方の違いを浮き彫りにするものだった。ルノーについて、シュヴァイツァーはグローバルに拡大するフランス企業と考えているようだったが、ゴーンはフランスで生まれたグローバル企業だと考えていた。一方でシュヴァイツァーは、アライアンスに対する解釈のずれもこのときの議論で明らかになったと感じた。彼にとって、実際にルノーは日産を支配しているのだから「対等な連合」ではなかった。ゴーンは自分の意見が違うことをはっきりと伝えた。

2001年、シュヴァイツァーは法的な仕組みの面からルノーと日産をひとつの会社に近づけるというアイデアを思いついた。そして2人の法学教授を雇い、「プロジェクト・メティス（人種混合の意）」と名付けた計画を推し進めた。

ゴーンはすぐにその動きを怪しんだ。シュヴァイツァーは日産に対するルノーの支配力を強めようとしているのではないかと感じたのだ。そして、その見立ては正しかった。

ゴーンは、日産とルノーを無理やり合併させればアライアンスごと崩壊して、その目的さえ果たされなくなると主張した。両社にはそれぞれ独自の歴史と文化があり、日本のように仕事が個人のアイデンティティとなるような国ではそれらが特に重要なのだ。日本のサラリーマンにとって、朝起きてから寝るまでの時間を捧(ささ)げる会社は自分が属する部族のようなものになる。仕事や勤め先を転々と替える者はまずおらず、合併は経営の失敗を認めることに等しい。シュヴァイツァーは地雷原に足を踏み入れようとしている。ルノーがもっと魅力的なパートナーにならないかぎり、2社を無理やりひとつにしてもうまくはいかないだろう。日産のエンジニアがルノーのエンジニアをどれほど下に見ているかゴーンは知っていた。日産のほうが自動車メーカーとして優れている点はいくつもあり、ゴーンの指揮下なら企業そのものとしても優れていると言えた。

ゴーンはプロジェクトの中止を求めて激しく抵抗し、最終的には「ルノー・日産BV」の立ち上げという形で話がまとまった。ルノーと日産がオランダに共同設立したその合弁会社の目的は、どちらかの会社の監督というよりも、アライアンス運営の円滑化である。企業文化も国の文化も大きく異なる組織を統括する、国際司法裁判所や国連の縮小版のようなものだ。その役割はフォーラムであり、意見発信の場、議論の場であり、それ以上でもそれ以下でもない。

また、2社は提携条件を再交渉して「改定アライアンス基本契約（RAMA）」と名付けた文書にまとめ、互いの株式の買い増しを禁じることでどちらも相手の支配権を奪えないようにした。

支配を強めようとするルノーの動きをかわすゴーンの手腕が日本に伝わると、日産内のゴーン信者たちは彼を救世主としてだけでなく会社の独立性を守る守護神としてもみなすようになった。

シュヴァイツァーがフランスから見るかぎりでも、たとえゴーンが目立ちたがりで、かつプロジェクト・メティスをめぐる考え方が自分と違うとはいえ、日産での見事な仕事ぶりは明らかだった。引退を前に、シュヴァイツァーはルノーの経営権を彼に譲る計画を進めることにした。

しかし、日産からルノーに戻る期日が近づいていた2004年、ゴーンのほうからシュヴァイツァーに相談があった。自分がいなくなるのは日産にとってまだ早すぎると判断したのだ。「日産はまだ成熟していないと思います。いま私が離れれば多くのプロジェクトが頓挫しかねません」とゴーンは言った。

そして、ゴーンはシュヴァイツァーにあと4年ルノーに残ってほしいと頼んだ。しかしシュヴァイツァーはそれを拒んだ。そうなると残された選択肢は、自分が1人で世界屈指の巨大自動車メーカーを2社同時に経営することだ、とゴーンは言った。結局のところ、シュヴァイツァーが続投を拒んでもゴーンは日産を手放さないというのだ。ばかげている、とシュヴァイツァーは思った。どう考えてもばかげているじゃないか。たとえゴーンのような男でも、8時間の時差があり1万キロも離れた2つの会社を経営できるわけがない。

しかし、調整する時間も余裕もない。シュヴァイツァーは引退を望んでいたので、もはや他に選択肢がなかった。そして最終的に、日産での後任を用意できるまでの短期という条件付きで、ゴーンによるCEO兼任に合意した。ゴーンはできるだけ早く後任を見つけると約束した。

２００５年４月29日、特別招集されたルノーの株主総会にてゴーンの取締役およびＣＥＯ就任が投票により承認され、シュヴァイツァーとゴーンは肩を並べてステージに立った。集まった報道陣の写真撮影に応じるとき、シュヴァイツァーは唇をきゅっと閉じて硬い笑みを浮かべながらルノーの経営権をゴーンに引き渡した。

ゴーンは凛然（りんぜん）たる態度でそれを受け取った。

第7章

2つのブリーフケース

2つの会社を経営することになったゴーンのスケジュールは一夜にして2倍に増えた。2006年5月にはパリでルノーの年次株主総会に出席し、6月のいま、1万キロ離れた場所でまた別のフォーチュン500企業の株主総会を取り仕切ろうとしていた。横浜みなとみらいにある巨大な会議場に並べられたマイクの後ろに立つと、ゴーンは日産モードに切り替えた。かつてスモッグに覆われた鉄道の要所であり造船所でもあったその地区は、30年にわたる再開発を経て、輝くオフィスタワーのジャングルへと変貌を遂げていた。日産の新拠点にふさわしい街だ、とゴーンは考えた――まわりのビル群と同じく海をテーマにしたその本社で、海となんら関係のない自動車を売るとしても。貝をモチーフにデザインされたパシフィコ横浜の会議場でゴーンが前にした1500人以上の株主たちはみな、喜びと不安の入り交じる思いを抱えていた。

瀕死の状態から立ち直った日産は、いまや世界各地に事業を拡大していた。ゴーン来日から数年後の2003年、日産は中国の大手自動車メーカーである東風汽車と契約を結び、その後、中国での販売台数は3倍に増えた。さらに中東地域でも躍進し、大金持ちの族長たちが次々と日産車の販売代理契約を結んだ。

その1人、スハイル・バハワンはオマーンからはるばる来日し、ゴーンと握手を交わさずには決して帰国しないと言って譲らなかった。そしてオマーンに戻るとすぐ、マスカット郊外に世界最大の日産ショールームを建てた。

こうした成功はあったものの、国内市場でのシェア低下と株価低迷により日産の直近の年次決算はやや期待外れの結果となっていた。登壇したゴーンは株主を安心させようとしたが、会場の人々の関心はそれよりも切実な問題に向いていた――ゴーンはまだ日産に残るつもりなのか？

まったく異なる2つの国で巨大グローバル企業を2社同時に経営しつづけるなど、どう考えても無理な話だ。しかしゴーンは後継者計画について明言を避け、「優秀な人材は十分います」とだけ株主たちに向けて語った。「私が去るときが訪れ、その後誰がこの会社を率いることになってもみなさんを失望はさせません」

ゴーンにとっては、両社の経営を続けていける自信を膨らませていたというのもあったが、ある意味、単にそうせざるをえなかったのだ。ルノーのコストを削減したのも、日産を倒産から救ったのも自分だ。このアライアンスの奇妙な仕組みを保ち、あらゆる面でかけ離れた2つの企業間の架け橋になれるのはこの世界に自分しかいない。いたって順風満帆ないま、他の誰かに手綱を渡すつもりはない。業績の落ち込みと株価の低迷はどちらもきっと一時的なものだ。

数年にわたり緊縮経営を行ってきたゴーンだが、いまは楽しんでいる部分もあった。以前よりは財布のひもを緩めていて、その理由のひとつは日産の伝説的なスポーツカー「ＧＴ－Ｒ」の復活計画だった。ゴーンはこのモデルに対して大きな野望を抱き、生産のあらゆる工程に直接携った。ドイツ製の名だたるスポーツカーに対抗すべく、ＧＴ－Ｒは一からの再設計が進められていた。日産が費やせるかぎりの資金で最高のスポーツカーをつくるという執念のもと、研究目的でゴーン自らポルシェ９１１を運転していたときには、バイクと接触事故を起こし思わぬ形で注目を集めてしまった。そのときにはわが子も１人乗せていたのでリタにも小言を言われた。バイクの運転手は軽傷で済んだが、日産のＣＥＯがポルシェを運転する姿はメディアに大きく取り上げられた。

支出に厳しいことで有名なゴーンだが、どれほどのコストをかけてでも世界クラスの車がほしいと日産のエンジニアたちに伝えていた。マーケティングとＰＲの予算についても同様だ。日産はナショナル ジオグラフィックを招き、その革新的な車の魅力をアピールするドキュメンタリーを撮影してもらった。また、ビートルズ、ボブ・ディラン、ジャニス・ジョプリンなど伝説のミュージシャンたちを撮影してきたモータースポーツ界出身のロック写真家、ジム・マーシャルを雇い、ゴーンの密着取材を任せた。

「どうかご安心を。私たちは安心しています」とゴーンは株主たちに語った。「現在、非常に優れた魅力的な製品を開発中です」

横浜で株主総会を終えるとすぐ、ゴーンはその街と7時間の時差がある地での仕事を片付ける準備を始めた。その日の晩に自宅で夕食をとったあと、荷物をまとめて空港に向かい、深夜0時前に日産のプライベートジェットに乗り込んだ。そして16時間半後の午前8時半には、パリ西部のブローニュ＝ビヤンクールで幹線道路とセーヌ川に挟まれた場所に建つルノー本社の、風通しのよい役員室に座っていた。目の前にいくつもの山となって積み上がっているのは、前回ここに来たとき以来たまりつづけた書類だ。

パリに着いたときすでに、ゴーンはおなじみとなったルーティンをこなしていた。日産の書類が入った黒いブリーフケースをしまい、ルノーの書類が入ったそっくりのブリーフケースを開けるのだ。国を行き来するたびに入れ替えるその2つのブリーフケースは、新しい生活をまさに象徴していた。2つの世界を股にかける日々で、それぞれの問題に目を行き届かせるために携える道具である。

ゴーンがひとたびルノー本社の玄関を通れば、いつも社内の空気はたちまちせわしなくなった。幹部は全員呼び出されてゴーンと一対一で短い会議をした。商品企画の責任者は予算についての話し合いを求め、人事担当者は競合他社からの引き抜きを考えていた。ルノーでのナンバー2であるパトリック・ペラタにはたいていゴーンに話したいことが10以上あったが、月一度だけの2人で話せる場では最も重要な3、4ほどの要件に絞り、残りは自分で処理していた。

ゴーンは両社のニーズにうまく対応できていると感じていたが、幹部たちはそう思っていなかった。一部の部下は彼のスケジュールについて愚痴をこぼしたが、不可能と思われた偉業を両社でやり遂げてきたゴーンについて、うまくやれるわけがないと表立って言う者はいなかった。

そうした疑念の解消と自身のプロモーションを兼ね、ゴーンはメディアを招いて大陸横断の日々を密着取材させた。フォーブス、ウォール・ストリート・ジャーナル、ビジネスウィークが記者を派遣し、過酷な移動の様子を追った。記者たちはみな、ゴーンの生活はクレイジーだがうまくコントロールされていると感じた。1日13時間働き、「N155AN」の機体番号で登録した社用ジェット上で1カ月に48時間を過ごす。もちろん肉体的には限界だろうが、それに見合う結果は出ているようだった。

メディアを味方につけるだけでなく、ゴーンには政治家や官僚にうまく気に入られる生来の才能も備わっていた。そもそも彼らのほとんどは、自分たちが求めるものを理解して――つまり雇用と経済成長だ――それを提供してくれるゴーンに干渉しようとはしなかった。アメリカ、中国、日本のいずれの国の政治家も彼を手放しで称賛した。

彼の魅力に唯一落ちないように思えたのは、フランス人、特にフランスの政治家と公務員だった。ゴーンと彼らは互いに気に入らない存在だった。彼らもゴーンと同じく名門学校出身だが、多くはゴーンと違ってそのまま政府に入り、省庁や国家機関で働いていた。

しかし、フランス政府を敵に回すのが得策でないことをゴーンはわかっていた。いまだルノーの筆頭株主であるフランス政府は取締役会にも参加している。だからこそ今回のフランス訪問では、避けられないであろう経営指導を恐れつつも財務大臣のもとを訪れたのだ。また、ひとつデリケートな問題について政府の意見を知る必要もあった。ゴーンはGMの筆頭株主と水面下で話を進め、その最大手メーカーをルノー・日産アライアンスに迎え入れようとしていたのだ。このような計画は前代未聞だ。もし実現すれば、アメリカ、ヨーロッパ、アジアという3つの巨大市場に深く根を下ろす比類ない自動車メーカーが誕生する。

フランス政府が自分を支持したがらないだろうことはわかっていた。ルノーと日産の関係については、ルノーの立場が強いことから政府はほとんど注文をつけていなかった。しかし、すでに欧州全域で事業を展開しているGMは別格の存在だ。この提携でルノーが主導権を握ることはないだろう。政府を納得させるのは難しいだろうが、いまや自分にとって手の届く範囲にあるはずのグローバル帝国構築のためには必要不可欠な要素だと思えた。

6月30日、時差ボケを抑え込んだゴーンは、ネガティブな意味を込めて「ベルシー要塞(ようさい)」とも呼ばれるフランス経済・財務省の庁舎に到着した。セーヌ川沿いの賑やかな大通りをまたぐ、サッカー場4面分の広さの建物だ。

この要塞を支配するティエリー・ブルトンは、国際的な大企業の経営を複数経験してから財務大臣になったためずらしい政治家である。自らIT企業を立ち上げてITバブル崩壊前に売却した経験もある。かつて独占企業だった電気通信事業会社フランステレコム（現オランジュ）の経営にも携わり、その民営化に貢献した。ゴーンと比べれば経営者としての成功の規模は小さいが、彼も事業再生のスペシャリストとして評価されていた。

豊かな白髪を後ろに流し、ときに上品な笑みをふっと浮かべるブルトンの物腰は、フランスの支配階級らしいしなやかなものだった。世間へのアピールもうまい彼は、白のフォルクスワーゲン・ビートルに乗ることで自分は権力に溺（おぼ）れていないのだと世に示していた。

軽い社交辞令を交わし、自動車産業およびルノー・日産アライアンスについていくらか話し合ったあと、ブルトンは鋭い質問攻撃を開始した。

手始めは、相手の存在そのものを問う質問だ。

「いま私が話している相手はどなたなのでしょうか?」

ゴーンは困惑した。「どういう意味ですか、大臣?」

「ルノーのCEOですか? それとも日産のCEO? 私はいま誰と話しているのか、それを知りたいんです」とブルトンは言った。

ゴーンは、いまはルノーのトップとしてここにいるが、たとえばある月はルノーから始まって日産で終わるというようにスケジュールはきちんと区切っていると説明した。テーブルに置かれたゴーンの手帳にブルトンが目をとめる。「スケジュールを拝見しても?」と問いながら、返事を待たずに手帳を手に取った。

「東京、東京、東京、東京」。ブルトンはそう言いながらページをめくっていく。

「おっ、パリだ」。そして首席補佐官に手招きし、ゴーンが実際にフランスにいた日を示すページの数をメモしておくよう指示した。それからさらに数ページめくり、ルノーにいる時間は数分前にお聞きした印象よりもずっと少ないようですね、と指摘した。「現実の状況がそう単純じゃないことはわかりますがね」

スケジュール管理の話をそこで終えると、次はゴーンの経済的関心のありかを把握しておくことがいかに重要かをブルトンは強調した――つまり、報酬のあり方だ。

「ルノーでの給与はいくらですか？　日産では？」とブルトンは尋ねた。

ゴーンは椅子の中で身じろぎ、ルノーでの報酬は公開されていますと返した。

「ええ、でも日産については知りません」とブルトンは言った。「他言はしませんよ。ただ知りたいんです、いま私が話している相手は誰なのでしょうか？　私には大事なことなんですよ」

ゴーンはうろたえたが、再び回答を拒んだ。

「さて、これは問題だ」と言ってブレトンは椅子の背にもたれた。「ここでそんなやり方は通用しませんよ」

そしてブルトンは、2つの会社を同時経営することで生じる企業統治の問題について説教を始めた。実際にはパートナーでも提携先でもない〝競合〟の自動車メーカーを同時に経営しているあなたがルノーの利益を優先しようなど、どうして信じられるだろうか？　しかもその企業からはルノーよりも随分と多くの金をもらっているようだというのに。

ルノーと日産の関係を整理する必要がありますね、とブルトンは言った。こうしてこの問題を片付けたうえで、GMの話に攻撃の狙いを定めた。アライアンスの拡大を考える前に解決すべき大きな問題がいくつもあるでしょう、と告げてブルトンは話を終えた。

ゴーンは無表情のまま、お時間をいただきありがとうございましたと言ってその場をあとにした。

その直後、GMによるアライアンス加入の可能性が新聞で報道された。ブルトンはすぐに広報担当官に電話し、翌日にフランス国内のいずれかのトーク番組に出演できるよう手配させた。日曜の午後に出演した番組で、司会者から最初に問われた話題はGMのニュースについてだった。

「企業統治のルールを尊重しなければなりません」と、ブルトンは先日のゴーンとのやりとりにそれとなく沿った発言をした。しかし、その後の数週間で彼はその取引に反対する姿勢を明確にした。一方、そのころのゴーンはすでにアメリカの大富豪カーク・カーコリアンと数カ月にわたり連絡を取り合っていた。強硬姿勢の取締役を送り込むことで有名なカーコリアンのGM株保有率は約10％に及んでいた。GMに必要なのはゴーンのような剛腕タイプの人物だと考える彼は、ルノーも日産も手放してしまえと説得しようとしたこともあった。ゴーンはその提案をありがたく思ったが、ルノーのCEOと兼任しはじめてからまだ1年めという状況で日産を見捨てたくはなかった。

ゴーンが日本を好きな理由は仕事だけではなかった。日本人の礼儀正しさ、時間を守るところ、紳士的な態度にはいつも感心していた。春に1週間ほど続く桜の季節を初めて体験したときは心から魅了された。自宅からそう遠くないところに、東京とは思えないような素敵な場所を見つけていた——小川沿いの桜並木だ。そこに腰を下ろして日本食を味わいながら繊細に咲き誇る桜の木々を眺めていると、新たなホームと言えるその地に溶け込んでいる気持ちでじんわりと心が温かくなった。

また、日産の救世主と呼ばれて国の人気者になっていたことも大きかった。それを手放してまでGMに行くことはないだろうと思った。そうして彼らしく、ロジカルな一手に出たのだった。GMをこちらに引き込めばいいと。

しかし、GMをアライアンスに参加させる交渉は初めから失敗する運命にあった。ルノーと日産の提携が現状ではほとんど機能していないと考えるフランス政府がGMの加入に反対していることは、すでにゴーンに知らされていた。3社連合でGMが最下位の立場に甘んじるはずがない。

何より、GMもこの取引には魅力を感じていなかった。

最大のハードルは、GMがアライアンスの仕組みを理解できていないことだった。透明性に欠け、ゴーンがいなくとも機能できる構造を持たないこのアライアンスに参加しようとするなら、ゴーンを絶対的なリーダーとして認めるしかない。しかし、実際の現場でアライアンスはどのように機能することになるのか？　誰が意思決定をするのか？　誰の利益のために、どのタイミングで？　自社の最大の利益につながる決定がなされていると各参加企業が確信することなど果たして可能なのか？

答えは明らかだ。ゴーンがすべての決断を下し、それぞれ独自の企業倫理と取締役会を持つ3社はその決定にただ従うことを求められる。利益相反の問題はさておき、ゴーンがいなければシステム全体が崩壊するのだ。

財務の天才であるGMのリック・ワゴナーCEOと、彼をミシュラン時代から知るゴーンがパリで面会した9月下旬、もはや行き詰まりは明白だった。夏のあいだに交渉はほとんど進展していなかった。「あなたの株主にとっては素晴らしいことですが、私たちのメリットはそこそこといったところですね」とワゴナーは言った。そして、両者は交渉を打ち切ることに合意した。

ゴーンにとってこの経験は、外部の人間にアライアンスについて理解してもらう難しさを思い知る機会になった。その認識は、結婚のよさを幸せな夫婦に訊くのと、醜いいがみ合いの末に離婚したばかりの人に訊くのと同じくらい隔たりがあった。「モチベーションしだいです。互いに前向きなら多くの相乗効果が生まれますが、そうでなければほとんど効果は生まれません」とゴーンはメディアに語った。

結果は残念だったが、GMとの交渉が完全に無駄だったわけではない。ゴーンはビッグスリーの一角を成す企業の財務の内情を知ることができた。かねてからいずれはアライアンスを拡大させたいと考えてきたが、今回それが実現していれば100億ドルのコスト削減につながったかもしれないことを知り、いよいよ拡大が必要不可欠だと感じられた。世界最大の自動車メーカーを経営するということについてゴーンは想像をめぐらせた。そして今回の交渉の書類を東京の自宅マンションの金庫にしまい込み、時機が来ればいつでも取り出せるようにした。

ＣＥＯを兼任しはじめてから数年が過ぎたが、ゴーンはどちらの地位も手放さなかった。パトリック・ペラタはそんな彼に対して心配を募らせていた。１９９９年に日産に加わったペラタは、当時ゴーンのすぐそばで再建にかかわった。しかし、二足のわらじを履くようになってからのゴーンのことは経営者として評価できなかった。日産でのゴーンは鋭い切れ味で仕事をこなしていた。進行中のプロジェクトについてはすべて詳細な点まで把握していた。ミスもなかった。しかし、ルノーでのゴーンにはミスが絶えなかった。さらにペラタが気になったのは、経営陣が優秀な人材の採用や昇進を審査する人事会議にゴーンがほとんど姿を見せないことだった。ペラタの考えでは、適材を適所に置くことはＣＥＯの仕事として最も重要なもののひとつだ。ゴーンがその優先順位を下げて他の者に判断を委ねていることは大きな危険信号だと思えた。

ゴーンと同じ場にいると、社員たちがゴーンに真実を伝えていないことがペラタには感じとれた。日産でのゴーンは見事にそれを見抜いて彼らを叱った。しかしルノーでのゴーンはまるで目をつぶって飛び回っているかのようで、どこに着地することになるのかほとんど気にかけていなかった。

また、問題が見られたのはルノーだけではない。日産でもほころびが生じているように思えた。日産がゴーンの指揮下に入ってまもない時期、ペラタが彼のすぐそばで働いていたころ、意思決定は電光石火で行われていた。あれほどの短期間で日産を立て直せたのは、大企業のお役所的体制を素早く断ち切ったからこそだ。しかしいまや、ゴーンが不在の会議は幹部たちが自分の領分を守るために言い争う場へと成り下がっていた。

ゴーンは日産の業績に対する批判的な質問に対していつも皮肉で返した。記者、金融アナリスト、投資家たちからはゴーン・マジックの効力が切れてきたのではないかという声が出はじめ、数多くの根拠のうち特に挙げられたのは営業利益率の低下だった。その数字が8％強のとき、ゴーンは「メディアからは日産が苦戦中だと思われているようで何よりです」と答えたこともあった。競争の激しい自動車業界においてこの利益率は非常に堅実な業績なのだと、たびたび指摘していた。しかし、日産社内ではゴーンが自動車開発の細かい部分にあまり関与していないことが明らかになりつつあった。

当時、日産の最も大胆なプロジェクトのひとつである電気自動車「リーフ」が完成間近にあった。これは、トヨタを追い抜いて自動車の未来を先導しようというゴーンの賭けだった。トヨタはハイブリッドカーの「プリウス」でエンジン技術の最先端を走っていたが、そこに完全な電気自動車（ＥＶ）を登場させることで出し抜こうという考えだ。

個性的な見た目のリーフだが、バッテリーの航続距離、価格の高さ、充電インフラの不足をめぐる長年の懸念にもかかわらず、人々をＥＶに惹きつけようとする試みとしてはそれまでで最も野心的なものと言えた。しかし、アメリカでリーフを紹介するためにロサンゼルスのドジャー・スタジアムに向かう道中で、ゴーンは「この車についてメディアに何を言えばいい？」と幹部の1人に訊いた。幹部はそれまでのゴーンのコメントを共に振り返り、排気管がないことに関する気の利いた言い回しを提案した。この人はどうしてしまったのだろう、と思いながら。

かつてのゴーンは製品の細部にまで非常なこだわりを見せ、開発の全段階で生き生きと専門的なやりとりをしていた。そして新車が発表されれば、展示会では詳細かつダイナミックなプレゼンテーションを披露した。それがいまでは、まるでプライベートジェットの中からはるか下の車売り場を眺めているかのようだ。

ペラタはゴーンが経営の才を失いつつあることを警告したかった。この問題は、2人が東京からモスクワの南東1000キロに位置する単一産業都市トリアッティに移動している道中で顕在化した。ルノーは「ラーダ」ブランドを製造するロシアの自動車メーカー、アフトワズの株式を25％取得したところで、2人はその契約成立後初めての株主総会に向かっていた。

ゴーンとペラタは社用ジェットのガルフストリームで湖のように広いヴォルガ川の上空を飛行しながら、短い仮眠をとったあとにコーヒーを飲んでいた。ゴーンは彼の経営スタイルについてスタンフォード大学経営大学院の教授が書いた論文の原稿を取り出した。40ページ以上にわたるその論文は、発表前にゴーンが確認できるように大学から送られてきていた。それは、教授がルノーと日産の上層部に取材するために交わした取引の一環だった。

ゴーンはその内容のほとんどをとても気に入った。フォーチュン500に名を連ねる2つの大企業の経営を1人の男がこなしている様子、彼のおかげで2社の多様性が強みになったことなどが事細かに記されていた。しかしゴーンが気に入らなかったのは、ペラタの発言の引用だ。

ゴーンが日産とルノーの同時経営を始めて以来いずれの会社でも意思決定が遅くなった、とペラタは述べていた。いまやゴーンには工場の現場を視察する時間がなく、それが優れた意思決定の妨げになっていると。

ゴーンはペラタに、この発言を取り下げるか、少なくとも肯定的な文脈を付け足すよう求めた。「厳密には、2つの会社を経営しながら以前と同じ仕事をするとはもちろん言えない」とゴーンは言った。「管理する時間も、チェックする時間も少なくなる……しかし、考えるべき点はこうだ。たとえやり方はそれまでと違っても、1人の人間が2つの会社を経営するほうがいいのか。それとも、その男には片方を経営させて他の者を呼び入れるのがいいのか。現場にいることが目的ではない。大事なのは、2つの会社からどんなパフォーマンスを引き出せるかだ」。彼の関心はいまだ「スコアカード」に向いていたのだ。

「いいかい、カルロス」とペラタは、ほとんど呼べる者のいないファーストネームで彼を呼んだ。「両社のトップである君には、もう工場の現場に行く時間がない。社員たちは君に嘘をついている。真実を伝える勇気がないからだ。でも君にはそれを自ら確かめる時間がない。いまは君が日産だけにいたころのようにうまくいってはいないよ」

ここまで話していくらか肩の荷が下りたペラタは、同窓の友でもあるゴーンにこの際きちんと懸念を伝えることにした。「君も人間の時間を生きているんだ。無理があるんだよ」。そして、ゴーンの怒りを感じつつも、引用された発言を訂正はしないと言った。「あれは私の心からの言葉だ」

ゴーンは教授に電話をし、ペラタの発言を大幅に削除させたうえで、たとえ非常勤状態でも2社の経営は順調だという自身の主張を挿入させた。最終的にペラタの苦言は、あまり重要でない内容として本文の奥深くに埋め込まれてしまった。

しかし数カ月後、ゴーンは突然ペラタを呼び出し、彼をルノーの最高執行責任者に任命した。やはり自分の話にはちゃんと耳を傾けていたのだ、とペラタは思った。いまは心のどこかにしまっておくのだろう。そして、いつかまた自分が伝えた言葉を思い出す日が来るはずだ。

2008年、日産のプライベートジェットから広大な世界を見下ろすゴーンは、すべての頂点に立っている気分だった。キャリアの躍進に加え、世界屈指の権力を持つ国々の政府およびそのトップたちと親交を深め、駆け引きをしているのだから。

このはるかな高みから思うままに駒を動かす力が自分にはある。少なくとも彼はそう信じていた。

第 2 部

第8章

スワップ契約

2000年代半ばに入るころのゴーンは、高級レストランで食事をし、世界中を飛び回り、人々に教えを説く有名人だった。日産とルノーでCEOを務める彼の出世物語はもはや伝説となり、世界中の雑誌、討論会、ケーススタディなどで華やかに取り上げられた。日本では愛され、フランスでは愛されはしないまでも恐れられ、世界中で尊敬を集めていた。そんな彼が努力の結果手にしたのは、自分にとって当然の権利と彼が考えるもの、つまり巨額の報酬だ。日産とルノーを合わせると年収は1800万ドルを超え、なんとその8割が日産側の報酬だった。給与に加え、日産は日本とフランスでの住居費をはじめ彼のさまざまな贅沢を経費や福利厚生として負担していて、その額は年間50万ドルに及んでいた。さらに、一時帰国手当として妻と子供たちにもビジネスクラスとファーストクラスの航空券が支給された。子供たちの教育費についても、まずは日本とフランスの私立学校、のちには4人の子供全員が通ったカリフォルニアのスタンフォード大学まで、日産がすべて授業料を負担した。その他の福利厚生としては、社用車、所得税分の給与かさ上げ、出張でイベントに出席する際の衣装代などがあった。

常に頭の中で数字、バランスシート、そして「スコアカード」を計算しているゴーンは、数字に強い人間をそばに置いておくのが好きだった。アラン・ダサスはまさにそのタイプの男だった。ダサスを日本に呼び寄せる前、ゴーンは彼をルノーのF1チームの管理責任者に任命し、F1が会社の資金を吸い取るブラックホールにならないようにさせていた。

経理のエキスパートであるダサスが日産のCFOに就任して1年め、世界的な金融の歯車が狂いはじめた。2008年9月、リーマン・ブラザーズの衝撃的な破綻は銀行と企業のあいだにあった信頼の絆を打ち砕き、世界全体を深刻な不況に陥れた。消費者は車を買うのをためらい、銀行は金を貸すのをためらった。自動車の販売は急激に落ち込み、アメリカ、ヨーロッパ、アジアの各自動車メーカーはコスト削減に奔走しながら生き残りをかけた闘いに突入した。

日産も無傷ではいられなかった。需要の大幅低下と在庫の急増により、資金の蓄えは枯渇に向かっていった。株式市場からの資金調達も絶望的だった。株価は鉛の風船のようにするすると落ちていった。

9月、ダサスはパリのゴーンに電話をし、容易ならぬ事態について伝えた。「年末まで日産がもつかどうかわかりません」

はじめゴーンは大げさだと言ってその懸念を聞き流したが、20分後、あらためてダサスに電話をかけた。ダサスは、日産が資金調達のために売却できる資産のリストをすでにつくりはじめていると告げた。ゴーンは状況の深刻さを経営陣全体にも広めるよう指示した。

「私の仕事を――これまでの10年間の仕事を無駄にするつもりはない」とゴーンは言った。

「破綻は必ず食い止める」

数週間後、ダサスはゴーン個人も金のトラブルに陥っていることを知った。ゴーンは新生銀行とのあいだに問題を抱えていた。遡ること1999年、日産と最初に結んだ契約で彼は日産にドルでの給与支払いを要求したが認められず、支払いは価値の変動が激しい円で行われていた。その給与をドルに換えるため、ゴーンはスワップ取引とも呼ばれる通貨防衛契約を新生銀行と結んでいた。しかし、金融危機が深刻化するにつれてその契約が裏目に出た。円高ドル安が急激に進んでいたからだ。新生銀行はきわめて不利なレートでドルを買っていて、ゴーンがその為替差損を埋め合わせなければならなかった。さらに、ゴーンが担保として提供していた日産株の価値が急落したため（10月にはピーク時の80％減にまで落ちた）、銀行は追加担保を要求した。

巨万の富を持つゴーンだが、いまやこの取引での評価損は2000万ドルに上っていた。

ゴーンはダサスに、新生銀行の担当者と話をして回避策を探ってくれと頼んだ。しかし、銀行と交渉したダサスの部下からは、なす術がないと告げられた。支払いの責任を果たすほかはない、銀行も資金繰りに苦労しているのだ。

金融危機のさなかにそれほどの資金をすぐ用意することは難しかった。限られた選択肢のなかからゴーンが選んだのは、スワップ取引により生じた損失を日産に付け替えることだった。こんなことになったのはそもそも会社のせいなのだ、はじめから自分はドル建てで払うよう求めていたのだから、と理由づけた。新生銀行は日産の取締役会の同意を条件にこれを認めた。

２００８年10月31日に取締役会議が開かれたとき、決議事項のひとつがまさかゴーンの財布の穴を緊急に塞ぐためのものであることなど役員たちは知る由もなかった。それでも、承認された決議にはひとつ注意書きが含まれていた――日産はＣＥＯおよびその他の役員が銀行と契約したこの種のスワップ取引において一時的に保証人となるが、それは会社にいっさいの損害を与えないことを条件とする、と。そして必要な署名を得たのち、書類が新生銀行に届けられた。

こうして、日産のおかげでゴーンは２０００万ドルの支払いを逃れた。

個人的な財務の危機を抑え込んだゴーンはその後も衛星のように地球を飛び回りつづけた。海を隔てた3つの地にいる3人のアシスタントが作成したスケジュールのもと、1カ月のうち1週間はパリのルノーで、1週間は横浜の日産で過ごした。残りの時間はあちこちを移動し、たいていは日産にとって最大の販売市場であるアメリカに1週間ほど滞在した。

２００８年11月、ゴーンはマンハッタンにいた。セントラルパークを見下ろす高級ホテル、マンダリン・オリエンタルで開かれた資金集めパーティーに出席していたのだ。そのイベントはベイルートの母校、コレージュ・ノートルダム・ドゥ・ジャンブールの卒業生が企画したもので、最も有名な卒業生であるゴーンのスピーチが聞けるということもあって200人以上が集まっていた。

すっかり演説の達人となったゴーンは、得意とするテーマである多様性とグローバル化について雄弁に語った。多様性が新しい発想を生み、それがビジネスの成功につながる。かねてから飽くことなく説きつづけてきた考えだ。メモもなしに始めたそのスピーチで、まずは多様性の推進がときに難しいものであることを語った。「外国人を好きな人はいませんからね」と、3つのパスポートを持つ彼は笑顔で言った。しかし、多様性をうまく利用できる者こそが「今世紀の勝者となるのです」と続けた。

カルロス・ゴーンの存在以上にこの主張を実証するものはない、とゴーンは思った。「地球市民」であり、苦境にある企業の運命を変えられるとして名高い自分は、グローバル化の進む現代の市場において理想的なCEOだ。

熱のこもったスピーチを終えたゴーンへのスタンディングオベーションはしばらく続いた。それから、父親譲りの濃い顔立ちと自信に満ちたオーラを持つ長女キャロラインと、ヒョウ柄のドレスと気さくでおおらかな雰囲気をまとった妻リタと一緒に写真撮影をした。

その夜ゴーンを称えた多くの人々のなかにキャロル・ナハスがいた。黒い服に身を包み、ふわりとした金髪をなびかせ、繊細で魅力的なほほえみを浮かべた華やかな女性だ。いまはニューヨークに住んでいるが、育ったのはベイルートで、しかもゴーンと同じ地域だという。12歳下の彼女とは初対面だった。キャロルはゴーンのもとに近づき、握手をし自己紹介をした。「キャロルです。あなたの元同級生エリーの妻、ファビエンヌのいとこです」。和やかなやりとりを少し交わしたあとキャロルは、自分が支援している慈善団体を代表して数カ月前にゴーンにメールを送ったが返事をもらえなかったと言った。

「すまない、キャロル。メッセージを見逃したようだ。毎日いろんな用事のメールが何十通も来るから」とゴーンは正直に言った。多くのレバノン人、特にノートルダム・ドゥ・ジャンブールの卒業生がそうであるように、キャロルもゴーンの権力と功績に憧れを感じていた。テレビでその姿を見たこともあり、日本に渡って日産を救った敏腕実業家として紹介する記事も読んだことがあった。2人はおやすみと言って別れた。

その後もキャロルとは連絡を取り合った。


日本に帰ってまもなく、大変だった1年がようやく幕を閉じようとするころ、ゴーンは新生銀行からの負債逃れが束の間のものだったことを知った。その問題あるスワップ契約が証券取引等監視委員会の目に入ったのだ。日産が含み損を出してまでドルを買うことをどう説明するのか、と委員会から問われた。日産はこの利益相反をただちに解消しなければならない。

クリスマスイブの日、日産のナンバー2である志賀俊之がこの問題をゴーンに告げた。一瞬間を置いたあと、ゴーンは今回の処理を取り消すと答えた。日産の帳簿に恥ずべき汚点を残すことなくスワップ契約の名義を自分に戻すための猶予はもう1カ月余りしかなかった。

危機を乗り切る次の手段として、ゴーンは2人の知人に資金援助を求めた——スハイル・バハワンとハリド・ジュファリだ。

バハワンはオマーンの自動車販売代理店で日産車を販売している大富豪で、以前はゴーンと握手を交わさずには決して帰国しないとまで言っていた人物だ。父親が経営していた小さな輸入会社での勤務経験を経て、いまやITアウトソーシングからロールスロイスの販売まで、あらゆる事業を手がける巨大コングロマリットを経営する実業家である。このようなキャリアをゴーンはいつも尊敬していた。

ジュファリはサウジアラビアの大富豪で、アラブ湾岸諸国での日産車販売を大きく拡大させるためにゴーンが少し前に契約を交わした相手だった。彼のことはミシュラン時代から知っていて、毎年スイスのダボスで開催される世界経済フォーラムでもたびたび会っていた。バハワンのような叩き上げタイプではないが（ジュファリは1970年代に形成されたサウジアラビア最大級のコングロマリット「ジュファリ・グループ」の経営を引き継いでいた）、国際的な人脈を開拓する彼の能力にゴーンは一目置いていた。彼を実業家として信頼し、湾岸諸国にかかわる件について助言を求めることもあった。

ゴーンは新生銀行の件を解決するため密かにこの2人に接触することにした。本来ならこれは彼個人の問題で済んだだろう。しかし彼らは日産のパートナーという立場にあったため、この依頼は会社とも結びつきができてしまった。結局ゴーンは利益相反取引からまた別の利益相反取引へと飛び移ったのだ。

2009年前半、アラン・ダサスはコスト削減と不要不急の投資とりやめなど、あらゆる手を使って可能なかぎりの節約にいまだ取り組んでいた。それと同時に、彼にはゴーンから命じられた別の秘密任務があった——デトロイトの三大自動車メーカーのひとつである競合企業、クライスラーの買収計画策定である。求められたとおりにダサスが立てた計画は、「ジープ」と「ダッジ」という人気ブランドを持ちながらも多額の債務を抱えるクライスラーをいっさいの現金を使わず救済するという、完璧と思えるものだった。

「よくやってくれた」。めったに部下を褒めないゴーンがそう言った。しかし、その賛辞にダサスが浸る間もなく、ゴーンは状況があまりに不透明だとしてこう結論づけた。「しかし、この計画はやめにする」

すぐにゴーンの次なる要求がダサスに突きつけられた。自動車メーカーとしての日産が、ビジネスパートナーである企業や個人に対して手早く数百万ドルを貸すことは可能だろうか、と言うのだ。

日産がただお金を送るということはできないが調べてはみる、とダサスは答えた。

1月19日にゴーンと会う前、ダサスは「緊急」という件名で同僚にメールを送り、貸付を必要としている企業の具体的な社名を尋ねた。数時間後に届いた返事に書かれていた会社は、オマーンのスハイル・バハワン・オートモービルズ社と、ハリド・ジュファリがサウジアラビアに所有するアル・ダハナ社だった。

日産の他の幹部と同様、ダサスもゴーンが個人的な金銭問題の解決にジュファリとバハワンを利用していることなどまるで知らなかった。ダサスの部下が貸付のための書類を作成し、目的は「一般的な事業目的、および日産の商業的・財務的発展をサポートするため」とした。しかし、ダサスは納得していなかった。確固たる理由なくして日産が取引先に金銭を送ることはできないと感じた。

その思いと自分が受けた指示との葛藤を抱いた彼は、日産のCEO室長に就任したばかりのグレッグ・ケリーに助言を求めた。ケリーは管理部門の統括を担い、ルノーとの関係という大きな問題も、取締役会のアジェンダづくりという比較的小さな問題も扱っていた。ゴーンがやってくる前から20年にわたりアメリカの日産で働いていた彼のこの会社に関する知識は十分で、かつゴーンを満足させておく術も心得ていた。

1月24日、ダサスとケリーは日産の顧問弁護士と電話で話し、ジュファリへの貸付をとりやめることにした。その代わり、日産に投資してくれそうな資産家や企業をジュファリに有償で探してもらうことにするのはどうかと3人は話し合った。日産には資金調達が必要で、ジュファリは中東地域で極めて有力な人脈を持つ人物と言えるからだ。

しかしダサスの懸念は消えず、ケリーにもそれを伝えた。通常なら日産が資金調達先を探す際は大手の投資銀行に依頼するが、ジュファリの会社はあまりに小規模だ。

翌日の日曜、ケリーはゴーンにこうメールした。「アラン（・ダサス）は、日産の資金調達先を探してもらう代わりにジュファリ氏の会社に報酬を支払うというのは法的にも事業目的という面でも懸念があると言っています」。その後ゴーンからダサスに連絡はなかったので、ジュファリに直接金を送る話は立ち消えたのだろうとダサスは思った。

しかし、まだスハイル・バハワンのほうが残っていた。日産から車を買って中東の消費者に販売しているオマーンの大富豪だ。彼のスハイル・バハワン・オートモービルズ（SBA）は負債を抱えすぎているという理由から、ダサスは同社への貸付もできないと考えた。しかしゴーンが中東での事業拡大に必死であることは知っていたし、すべての要求を拒否しようとはしなかった。

ゴーンからはSBAに30億円の援助をしたいと聞いていたので、ひとつ解決策を考えた。これまでは日産が日本から車を出荷後180日以内での代金支払いをSBAに求めていたが、それを200日以内へと延長することで、SBAはおよそ30億円を手元資金として追加的に計上できるというものだ。

それは華麗な財務ソリューションだった。1月下旬、ダサスはSBAの財務責任者に提案書の草稿を送った。提案書のコピーを見た日産の中東地域担当者たちは、これほど譲歩した条件では中東での事業における資金繰りが悪化すると懸念したが、本社の財務担当者は「これはゴーン氏からの直接の指示なので、状況をご理解ください」と説明した。

ダサスは日産の利益を考えながらもSBAによい提案をするよう全力を尽くしているつもりだった。だからこそ、1月31日にSBAから提案を退けられたとき彼が落胆したのは当然だった。SBAはさらに自社に有利な対案を出してきたのだ。

「それはさすがに不可能です」とダサスは答えた。

しかし1週間半後、SBAの支援が最優先だというゴーンの指示により、ダサスは再びこの件に取り組むことになった。ダサスはSBAの幹部にメッセージを送り、伝達に不備があったことを詫びたうえで、10日前に拒否されたものよりもさらによい条件を提示した。

SBA幹部は、スハイル・バハワンが同意したと返信した。

バハワンはゴーンの要請どおり日産から援助を受けることになったが、ジュファリのほうはまだ解決策が必要だった。

そこでゴーンが2009年3月に設立したのが「CEOリザーブ」というものである。これはつまり、ゴーンがあらゆる理由のもと、いつでも好きなように会社の資金を使うための予算枠だ。予算手続きによる遅れを回避して重要な支払いを迅速に行うという名目で設けられたこの予備費の仕組みは、驚くほどシンプルなものだった。当該地域の責任者が数枚の書類に必要事項を記入すれば（ある書類はチェックボックスひとつにチェックを入れるだけで済んだ）、その追加支出が正当化される。その後、ゴーンを含む3人がチェック付け作業をして署名する。これで完了だ。

ゴーンは年間4000万ドルのCEOリザーブ予算枠をどう使うか日産の幹部たちにアイデアを求め、彼自身にもいくつかアイデアがあるとした。2009年5月、ゴーンはハリド・ジュファリに300万ドルを送りたいと側近に告げた。数週間前に個人的な財務危機から救ってもらった相手だ。日産の新しい承認プロセスのもと、ジュファリへの支払いは迅速に行われた。その名目は、今後ジュファァリが電気自動車のプロジェクトに携わる予定で、最終的にはサウジアラビアでの日産車工場設立を考えているからというものだった。

ジュファァリへの支払いは毎年行われるようになった。最初の年は３００万ドル、翌年は３６０万ドル、その翌年は３９０万ドルという具合に、金額自体は必ずしも大きくなかった。日産の中東部門の責任者はジュファァリがどんな理由をつけてこの金を受け取っているのかと疑問に思ったが、これくらいの金額を与えていないとやる気を起こさないのだろうと考えて納得した。

やがて、スハイル・バハワンを含む中東の他の多くの販売業者もＣＥＯリザーブを通して日産から資金を受け取るようになった。この効率的なシステムを気に入ったゴーンはルノーでも同じ仕組みをつくり、そこからもＳＢＡに資金を送った。

金融危機のさなかで、日産は数週間のうちにとんだ馴(な)れ合い契約を中東の取引先2社と結んだのだった。バハワンには特別に寛大な支払い条件が認められ、ジュファァリには日産から特別ボーナスが支払われるようになったのである。

２００９年初めにゴーンがスワップ取引の問題を解決するためバハワンおよびジュファァリと交わした取引は、日産が彼らの事業にさらなる支援を提供するという名目とうまくかみ合った。バハワンとの個人的取引の際、ゴーンは書面にこう記していた。「本日私たちは、スハイル・バハワン氏から2年間の期限で30億円の貸付を受けることをここに認める。年利１・９%

を支払い、2011年1月20日までに全額を返済することを約する」。この金額は、日産が支払い条件緩和によってバハワンに提供した額とまったく同じだ。

リタとゴーンはこの手書きの文書に署名し、2009年1月20日の日付を記入した。ゴーンはそれを東京の自宅マンションの金庫にしまい込んだ。

その月にはサウジアラビアの大富豪ハリド・ジュファリもゴーンに対して30億円の信用状を発行していた。バハワンからの多額の借り入れとジュファリの信用状のおかげで、ゴーンはスワップ取引の損失分を支払えると新生銀行を納得させられた。ただし損失はまだ日産の帳簿上に残っていて、日産がゴーンに代わって赤字でドルを買うことになる前に取り消される必要があった。付け替えた損失は2月20日にゴーンのもとに戻された。*

こうしてゴーンは自らの資金繰りの危機を免れた。しかし、これによって彼は自身の利益と会社の利益との境界線を曖昧(あいまい)にしてしまった。

その報いはやがて降りかかることになる。

*ゴーンは、SBAに有利な支払条件を提供しジュファリに特別な送金をした行為が資金援助の見返りであったことを否定している。ゴーン、バハワン、ジュファリの3人とも、日産が2社に対して行った援助には正当なビジネス上の理由があったと述べている。またゴーンは、彼らから金銭的支援を受けたことが利益相反行為に該当するとも考えていないという。

第9章 過剰報酬

ゴーンが返事をくれなかったことをキャロル・ナハスがとがめてから1年後、2人はニューヨークのセントラルパーク近くにあるペニンシュラホテルで楽しく昼食をとっていた。会うのはこれで3度めだ。ゴーンと同じくキャロルも各国を転々とする人生を送っていて、サウジアラビアとギリシャでの生活を経て、現在はニューヨークでレバノン人のエリート銀行家である夫と暮らしていた。夫とのあいだには2人の息子と1人の娘がいる。ゴーンはブリッジに熱中する以外は余暇のほとんどを家族との時間に捧げていたが、社交的で活発なキャロルにはたくさんの友人がいた。

ペニンシュラでのランチを終えるとゴーンは手帳を取り出した。細かく仕切られた彼のスケジュール表は、滞在する国に応じてページが色分けされていた。ゴーンはキャロルにまた会いたいと思った。

「1カ月後の午前10時はどうだろう？」とゴーンは言った。
キャロルは笑い、いいわと答えた。
パリでリタ・ゴーンが夫の浮気を知るまで、それほど時間はかからなかった。実際、ゴーンとリタの関係はしばらく前からぎくしゃくしていた。お互いに顔さえ合わせないように、暗黙の了解でスケジュールを組んでいたほどだ。ゴーンがフランスにいるときには、リタは日本にいる。ゴーンが日本に戻ってくるとなれば、リタはたいていフランス行きの便に乗るのだった。

夫婦の関係が悪化しはじめたのは日本に来てからだった。リタにも自身の夢があり、ゴーンの妻として家族の面倒を見るだけでは満たされなかった。日本語がある程度できるようになると〈マイレバノン〉というレストランを数店舗立ち上げ、その経営に心血を注いだ。しかし、彼女は夫にその努力を軽んじられていると感じていた。また、リタは日本語で自伝を出版し、そこで夫婦円満や子育ての秘訣（ひけつ）を語ったが、ゴーンにはそれが気に障ったようだ。リタが褒められるたび、ゴーンはすぐにそれを否定して彼女を貶（おとし）める発言をした。彼がインタビューでまわりの女性のことを褒めるときには、母親と姉妹と娘たちの名前を出していた。リタは、自分は彼の目に映っていない、まるで存在していないみたいだと感じた。

一方、ゴーンも不満をため込んでいた。彼から見れば、リタは常に自分と張り合おうとしていて、自分の成功に及ばないとわかると腹を立てていた。また、自分に恥をかかせるためリタは豪華なパーティーにわざと安いドレスを着てくるのだと感じていた。共にいくつもの国を渡りながら4人の子供を育ててきたパートナーだが、新婚期から感じられた性格の不一致は――当時は彼女の若さや親と離れているせいだと考えていたが――いまも乗り越えられていないとゴーンは思った。

2人は長年にわたって激しい夫婦喧嘩を繰り返してきたが、リタはまさか夫が浮気をするとは思ってもみなかった。キャロルとの不倫を知ってから数週間で、リタはパリのアパルトマンを出てレバノンの母親のもとに帰ってしまった。

この時期、ゴーンは頭痛の種に事欠かなかった。家の中に逃げ場はない。子供たちも不倫に腹を立てているからだ。職場にも逃げ場はない。いまだ車は売れないし、ルノーでも日産でも危機的な状況がたびたび起こるので全力で解決に取り組まなければならなかった。何より、いまも彼は自分のしている壮大な仕事にふさわしい報酬を得ることに執着していた。スワップ契約の件も厄介だったが、それとは比べ物にならない頭痛の種が、今度は日産の側から迫っていた。

日産でのゴーンの報酬は、本社で「秘密の番人」と呼ばれる大沼敏明(おおぬまとしあき)が扱う領域だった。大沼が秘書室長に就任した初日、ゴーンは彼に思慮深さと勤勉さの2つを求めると言った。大沼はこの2つの柱を自分の生き方および働き方の規範とし、粛々(しゅくしゅく)と実践した。常に隙のない服装の彼はまるでベテラン執事のような雰囲気を漂わせ、いつでも姿勢を正して準備万端の状態だった。

大沼はもともと完璧主義者だったが、ほとんど英語を使えないことがその性格と相まって事を複雑にしていた。週3回英語の個人レッスンを受け、社内通信は英語で読むことを自らに課していた。時間が許すかぎり、ゴーンとの会議の前には長いリハーサルをした。話す内容をすべて台本にして、暗記できるまで繰り返し練習した。また、会議には議題を1ページの紙にまとめて持ってきたが、たいていゴーンはそれを修正していた。それでもゴーンは彼を信頼し、その徹底した勤勉さ、忠誠心、思慮深さを高く評価していた。

大沼はゴーンだけでなく他の取締役9人の給与処理も担当していた。彼がそれらを一括で日産の財務部に請求し、ゴーンから受け取った内訳に従って給与の支払い手続きを行う。つまり、株主が定めた取締役全体の報酬の上限額の範囲内で、それぞれの役員にふさわしいと考えられる報酬を決定する権限はゴーンにあった。そこには自分自身の報酬も含まれる。大沼の他には、ゴーンの報酬がいくらなのかを誰も知らなかった。彼が望むとおりのその額を。

2010年に入ると、ゴーンの目の前に暗雲が立ち込めてきた。日本政府は役員報酬の開示に関する規則を見直し、企業に年収1億円以上の役員の所得を報告することを義務付ける方針を発表したのだ。

このときゴーンの報酬は公開されていなかったが、開示基準ははるかに超えていた。最近にも日産は取締役1人当たりの平均年収が250万ドルであることの公表を余儀なくされたばかりだった。それに比べて、トヨタの取締役の平均年収は50万ドルだった。日産の株主はこの贅沢な報酬額の理由を求めていた。CEO室長のグレッグ・ケリーはゴーンに短いメッセージを送り、近いうちに役員報酬の開示を行うことを知らせた。過去まで遡っての開示となるので、これまでの1年分のゴーンの報酬が公開される。

ケリーが送信ボタンを押すと、すぐに電話が鳴った。

「これには反対する必要がある」とゴーンは言った。政府と特に強いコネクションを持つ日産の幹部、とりわけナンバー2の志賀俊之に、少なくとも規則の成立を遅らせるべくロビー活動を始めさせるようケリーに指示した。しかし、日本政府は頑強だった。世界的な金融危機のもと多くの労働者が失業や給与カットに直面するなか、各企業は経営陣の身を守っていた。いまだ不況下にある日本の国民はそれに憤り、せめてもの社会的公正を求める声が上がっていたのだ。

16億円近い自身の年収を開示するというまずい事態が迫っていることを把握したゴーンは、ダメージ回避のための対策を練ることにした。この巨額の報酬は日本でもフランスでも反発を浴びるだろう。日本のビジネス界で最高額の年収をもらっていると知られれば、日本で自分の名を上げた倹約精神と徹底した効率主義を今後説くことなどできようか。

単に自分の報酬を公開しなければいいという考えも頭をよぎったが、規制当局を甘く見ないほうがいいとケリーら側近たちから忠告された。そこでゴーンは、大沼ら幹部にある数字を尋ねた――日本での信用と評判を失墜させかねない猛反発を買わずにすむ給与の上限はいくらなのか。どこまでなら許されるのか。

幹部たちはひとつの数字をはじき出した。8億9000万円だ。

ゴーンは新しい開示規則が適用される前に自分の給与をこの額まで減らすよう大沼に指示した。新生銀行の問題があった直後に給与の半分を返すことになるのは痛手だった。しかも、離婚の危機が迫っているというときに。

大沼は指示どおりにとりあえずの火消しをした。しかし、ゴーンはこのままでは終わらせまいと考えた。そこで、長期的な対処法についてケリーに相談した。減額した分の報酬を受け取る方法、なんらかの合法的な手段はないだろうか。開示することなしに。

グレッグ・ケリーには、アメリカ人らしい前向きな意欲および物事の本質を重視する資本主義的な考え方が備わっていた。まさにゴーンが日産とルノーにどうにか吹き込もうとしていた姿勢だ。ケリーの役目は日産で働く優秀な人材を満足させることであり、日産における最重要人物でなんとしても満足させなければならないのがカルロス・ゴーンであることを彼は承知していた。その意識に加え、平日12時間、土曜9時間、たいていの日曜7時間を仕事に捧げる熱心な働きぶりから、彼はゴーンが最も信頼する部下の1人だった。

ゴーンの給与が巨額であろうことをケリーは十分わかっていたが、そこにはなんの問題も感じなかった。さらに多額の報酬をゴーンに支払おうとする企業が数多くあることを知っていたからだ。ゴーンには競合他社から絶えず引き抜きの声がかかっていた。２００９年の春には、オバマ大統領の任命によりアメリカ自動車産業救済のためのタスクフォースを率いていた元投資銀行家のスティーヴン・ラトナーが、ＧＭのＣＥＯにならないかとワシントンのフォーシーズンズホテルの個室で持ちかけてきたこともあった。

グローバルな視座を持つエリート経営者の市場というものが存在すると日本人に理解されないのなら、自分の役目は日産の最大の宝を逃さないためにできるかぎりの手を打つことだとケリーは考えた。そしてまず、日産本社にいる社内弁護士のトップに対応を相談した。返事は簡潔で、日本の枠を超えていく必要があるという明確なメッセージが返ってきた。次にケリーは、ふだんから法務関連の助言を求めている人物に電話をした。テネシー州に住む生真面目でやり手の日産弁護士、スコット・ベッカーだ。2人はゴーンに多くの報酬を確実に与える方法を探った。日本の法律において、ゴーンは非連結子会社（日産が一部の議決権を所有するが経営は独立している会社）から受け取った報酬なら開示する必要がない。ただし、この回り道はタダでは通れないとベッカーは忠告した。ゴーンはその会社の運営に貢献している必要があるというのだ。

ケリーの頭にはある子会社が浮かんでいた。ルノーと日産の折半出資でオランダに設立した2社の連合体のような組織、ルノー・日産BV（通称RNBV）だ。彼のなかでは、ゴーンがルノー、日産、RNBVのトップという3つのポストに対して報酬を受け取るのは十分に筋が通っていた。仮に規制当局やメディアがこの追加的給与の存在をつかんでも、正当な労働の対価だと反論できる。とはいえ、余計な注目を集める必要はない。この処理は秘密裏に行われるべきだ。

3月、ケリーはその報酬支払いの仕組みを詳細に記した文書を大沼に送り、大沼が具体的な手続きを監督することになった。ゴーンは隙のないものにしてくれと指示した。4月、ケリーはベッカーとルノーの顧問弁護士ムナ・セペリにあらためてチェックを依頼した。「今週、CEOはRNBVによる報酬支払いについて、その金額を公にせずかつ合法的に行いたいと述べています」とケリーはセペリにメールで伝えた。「刑事罰はありうるのでしょうか、あるとすればその内容は?」

RNBVの利用は理想的な選択肢ではなく、ケリーの耳ではいまだベッカーの忠告が鳴り響いていた――この回り道はタダでは通れない。ケリー自身、ゴーンの減給を正当化できると確信しきってはいなかった。ゴーンはRNBVから受け取る900万ドルに見合う時間をそこに割いていないのだから。

しかし、いまのところこれ以上の策はないのだ。

2010年6月、日産はゴーンの〝公式の〟報酬を公開し、8億9000万円という数字が世に伝わった。ここまで減らしてもなお、日本企業の役員報酬としては最高額だ。世間は怒りに沸いた。新しく首相に就任した菅直人(かんなおと)さえゴーンを批判した。「ゴーンの給料はなぜこんなにも高いのか。首切りがうまかったからだ」

ゴーンは株主総会の場で自己弁護し、業界平均と比べれば自分の給与ははるかに低いと語った。「この給与額を日本の基準で見れば、あまりにも高いと言えるかもしれません」と認めながら、「しかし、グローバルな基準で見ればまったく高すぎることはないのです。むしろ標準より下です」と述べた。

フランスでは、ルノーの労働組合がゴーンの給与はもはやスキャンダルだと言って痛烈に批判した。

これでも、本来はもっとひどい状況になりえたのだ。開示に対する世間のひと通りの反応とその後の会議がいくつか終わり、ケリーは逆風がこの程度ですんだことに安堵した。ゴーンの給与をめぐる議論は次に世界的なニュースが出れば静まるだろうし、RNBVを通した報酬支払いも9月に始まる予定だ。

しかし、一度の支払いも完了しないうちに計画はケリーの足元で音を立てて崩れ去った。2010年8月、フランスの証券取引当局が情報開示のルールを変更し、ルノーは自社が「重要な影響力」を持つ子会社についても報告しなければならなくなったのだ。もはやゴーンがRNBVからの報酬をフランスで開示せずに受け取ることはできず、つまりは世界中の誰もが知るところとなる。

ケリーはこの悪い知らせを伝えるためパリのゴーンに電話をしたが、説明はルノーの法務顧問トップであるセペリに任せた。

ほどなくしてセペリから電話があった。「彼、だいぶいらだっていましたよ」とセペリはケリーに言った。

RNBVの試みを通してわかったのは、ルノーが絡む企業構造のなかで情報の開示なしにゴーンに給与を支払うことは、不可能ではないにしても非常に難しいということだった。しかし、オランダで登録した日産の関連会社を利用するという手段は有望に思え、そのチャンスはすぐに訪れた。

２０１０年夏、日産の経営陣は革新的な新興企業に投資を行う特別ファンドの設立を検討していた。業界を揺るがすようなプロジェクトがシリコンバレーなどで生み出されていく状況を把握しておかなければ、電気自動車や自動運転車の開発競争に日産が遅れをとりかねない、とゴーンが懸念を示したからだ。

ゴーンはこの社内ベンチャーキャピタルファンドの構想を急いで実現させようとした。９月、ゴーンはケリーとＣＦＯを執務室に呼んで計画の概要を説明した。ケリーは執行委員会の承認を得るための提案書作成を命じられた。５０００万ドルあれば本格的な投資ができるだろうとゴーンは考えていた。

会議のあと、ゴーンはケリーを呼び止めた。

「この会社から給与を受け取ることはできそうか？」とゴーンは尋ねた。

ケリーは調べてみますと約束した。

翌月の執行委員会会議で、ゴーンへの報酬支払いにファンドを利用する可能性は伏せた提案書をケリーが読み上げた。オランダに設立されるこの新しい投資ファンドの名称は日産と関係ないものしたいというゴーンの求めで、ファンドはＺｉ－Ａ（ジーア）キャピタルと名付けられた。名称のアイデアは、本社に移ってきたばかりの弁舌巧みなイギリス人弁護士ハリ・ナダによるものだった。Ｚｉ－Ａはアラビア語で「光」を意味する単語をもじったもので、Ａは「自動車（automotive）」、Ｚは日産を代表するスポーツカー「フェアレディＺ」にちなんでいる。委員会は全会一致でその案を可決した。

投票が終わると、ゴーンは経営陣に顔を向けた。「全員、投資のアイデアを出すように」

第10章

抜け道

ゴーンが母親のいるブラジルに帰り新年を祝っていたとき、フランスではルノーで巨大な——かついくらか不可解な——企業スキャンダルが勃発した。

２０１１年１月中旬、フランスでの事態は収拾不能になりつつあった。以前にルノーは中国の競合他社に企業秘密を売ったという理由で３人の幹部を解雇していたが、事件の証拠については説明していなかった。解雇された３人は解雇を不当だとして訴訟を起こし、一方で中国政府は事件へのいっさいの関与を否定していた。世論ではルノーとゴーンが悪者になっていた。

スキャンダルの波紋が広がるなか、ゴーンは２週間以上フランスを離れていた。ようやくパリに戻った彼は最も視聴者の多い夜のニュース番組に出演し、疑惑を晴らすとともに自分がトップとしてきちんとこの問題にあたっていると証明することにした。

照りつけるライトの下、キャスターは核心に迫った――あなたは今回の解雇を正当化する具体的な証拠を持っているのか、と。

ゴーンは眉を跳ね上げ、スタッカートのきいたいつもの話し方でキャスターと100万人の視聴者に向けてこう断言した。「いいですか、我々には確信があります。確信していなければここにはいません」

「しかし、証拠とは金銭の記録なのでしょうか？　他の社員からの通報ですか？　具体的な根拠があるのですか？」

「証拠は複数あります」。ゴーンはきっぱりとそう答えた。

その夜、解雇された幹部たちの弁護団は出演が受け入れられるかぎりのあらゆるニュース番組に登場し、ゴーンの言う証拠を公にするようルノーに求めた。

ルノーの経営陣は解雇の原因となった社内調査に疑問を持ちはじめ、憂慮すべき事実が判明した。今回の告発書と情報セキュリティ報告書はすべて、たった1人の人物による個人的な意見を根拠としていたのだ。その人物の話を仕入れた元情報将校は、ルノーが提供した25万ユーロでその告発情報を買い取っていた。しかし、それ自体が証拠になるような情報はそのなかにひとつもなかった。

その情報は真実なのか？　信頼できるものなのか？　それは誰にもわからない。それでも幹部たちの解雇を決めたのは会社だ。

3月上旬には、セキュリティ報告書に記載された口座がすべて初めから存在していなかったことが確認され、フランス当局に報告された。それはきわめて重大な発見だったが、このニュースは2011年3月11日に発生した福島第一原子力発電所の事故の陰にすっかり隠れた。地震とその直後の津波による被害は甚大だった。被災地にいた日産社員は多くなかったが、日産は大きな打撃を受け、複数の組み立て工場の閉鎖を余儀なくされた。また、各部品メーカーが被災地に持つ倉庫を使えなくなったことで、通常なら見事な効率性を誇る日本の自動車サプライチェーン全体が機能不全に陥った。

　この状況で日産はCEOを必要としたが、ルノーの解雇騒動が起きた当初と同様にゴーンの不在が目立った。今回はプライベートジェットの着陸が許可されないので帰れないのだと彼は言った。「それなら民間機で帰ればいいのに」と、側近の1人は心のなかでつぶやいた。しかし、ゴーンにはフランスでやり残していることがあったのだ。

　3月14日、ゴーンは解雇された3人のルノー幹部と面会し、会社が判断を早まったことを謝罪した。そして、責任を取るためにその年度の自身のボーナス230万ユーロの返上およびストックオプションの受け取り辞退を取締役会議で決めた。その晩、ゴーンは再びフランスのテレビに出演し、「私が間違っていました、私たちは間違っていました。うまく騙されてしまったようです」と述べた。財務大臣および政府の報道官はルノーの「呆（あき）れた素人ぶり」を批判した。15年前にゴーンをルノーに迎えたルイ・シュヴァイツァーでさえ、ゴーンを解任しようとする動きに加わった。日本での世間の反応もよいものではなく、初めてゴーンが公然と批判された。

数日後、ゴーンはペラタとともにフランス経済・財務省を訪れ、クリスティーヌ・ラガルド財務相の執務室に通された。冷静沈着な性格で知られるラガルドだが、すぐに怒りを露わにして2人を叱責した。この数カ月、ゴーンは平静を装いつつ、海を隔てた地にある2つのグローバル企業を経営することは不可能でないにしろとても難しいと痛感していた。

翌週、ゴーンはようやく日本に来て津波と原発事故による被害の状況を確認した。一方、本社ではケリーや大沼など数人の幹部が第二の優先事項を抱えていた。日産でのゴーンの給与が減ってから1年、その対処がいっそうの急務となっていたのだ。ルノーの件でさらに大金を失ったこと（少なくとも書面上）をゴーンが快く思っていないからである。

ゴーンが本社に到着する少し前、グレッグ・ケリーはまたしても行き詰まりだという結論に行き着いた。新たに立ち上げられたベンチャーファンドのZi－Aキャピタルを通じてゴーンに報酬を支払うという案を探っていたが、あまりにも問題点が多かった。「Zi－Aには実体がありません」。ケリーはゴーンにそう言った。投資ファンドでありながら、まだ何の投資もしていないのだ。ゴーンがZi－Aから報酬を得ることは可能だが、その金額を株主に開示しなければ法律違反になる。

グレッグ・ケリーの絶え間ない努力に加え、志賀俊之ともう1人の日産幹部からなる別のチームもゴーンをなだめるためのさまざまな解決策を練っていた。そのうちの選択肢のひとつを提示されたとき、ゴーンはいつになく平静を失い、立ち上がって声を荒らげた。入社時にはもっと高い報酬を約束されていたのだ、とゴーンは志賀に言い、開示せずに追加報酬を得る方法を考え出せと指示した。

4月23日、ゴーン、志賀、もう1人の日本人幹部は会議をし、ゴーンの引退後に毎年一定額を顧問料として支払う「貢献謝礼」という形での対処を決めた。そうすればゴーンは給与の半分を手放さずに済む。退職まで待てば入ってくるのだ。この取り決めにより、ゴーンの給与は「支払い報酬」と「繰り延べ報酬」の2つに分けられた。文書に記載された内容によると、2011年3月の時点でゴーンの引退後の顧問料は10億円と定められていた。これはゴーンが全額開示を避けるために給与を減らして以来受け取り損ねていた額とまったく同じである。

すべての条件について合意がなされると、大沼は横浜港を一望できるゴーンの広い執務室に入った。2人は合意書にサインし、それを大沼は廊下を挟んだ自分の執務室にしまい込んだ。

そのころケリーは、Zi-Aキャピタルを通じた報酬支払いの計画が失敗して以来、いかにして日産にゴーンをつなぎ留めておくかを考えていた。ゴーンがルノーのCEO職を解任されれば——あの産業スパイ冤罪(えんざい)事件後は実際に危うかった——日産からも去ることになるだろう。ルノーは日産の一部の役員人事権を握っているからだ。ゴーンの後任は日産を合併から積極的に守ろうとしないかもしれない。ケリーにとっては何がなんでもゴーンをとどまらせる必要があった。

ケリーが考えていたのは、ゴーンが日産を正式には去ったあとも10年間、取締役会議に参加させる特別な顧問契約だった。その契約でゴーンには年間1000万ドル、総額1億ドルが保証されると同時に、彼が競合他社に行くのを防ぐことができる。

しかし2011年の夏、ゴーンのほうからケリーに声をかけてきた。訊きたいことがあったのだ。日産からブラジルとレバノンにオフィスおよび滞在先を秘密裏に提供してもらうことは可能だろうか、とゴーンは尋ねた。日産の事業拡大のためにそれらの国でじっくり取り組みたいのだと。

「調べてみます」とケリーは答えた。納得できる話だと思った。ゴーンは新興市場の可能性を信じていて、かねてから日産の進出をプッシュしていた。ケリーはゴーンがその二カ国を頻繁に訪れていることも知っていたし、多くの日産幹部がその際のゴーンの安全を心配していた。

ゴーンはリオのコパカバーナ・ビーチ近くのコンドミニアムに目をつけた。目立たない場所ながらも美しいビーチを見渡せる物件だ。ゴーンに頼まれて部屋を見に行った姉のクロディーヌは、きっと気に入るわと弟に伝えた。

この計画が法に反していないと確信したケリーは、物件をいかにして密かに購入するかということに目を向けた。うってつけの手段がある――Zi－Aキャピタルだ。まだ投資を始めていないこのベンチャーファンドには資金が潤沢にある。その金で不動産に投資するのだ。カルロス・ゴーンのために。

ケリーはZi－Aの名付け親である日産弁護士のナダに購入の最終手続きを依頼した。「販売会社には日産の関与をいっさい知らせず、公知とならないことが絶対条件です」とナダは不動産業者に伝えた。

2011年11月21日、ケリーは作成を進めていた年収1000万ドルの顧問契約合意書をゴーンに提示した。その破格の報酬に加え、ケリーは土壇場でダメ押しの条件をつけた。日産がパリに加えてブラジルとレバノンの不動産をゴーンに贈るというものだ。ゴーンはこの書類にサインをしなかったが――してはならないとケリーから言われたのだ――ケリーと西川がサインをしてゴーンの金庫に保管された。

2週間後、リオの家の購入が完了した。買い得感を高めるため、売主は580万ドルという価格に家具と美術品も含めていた。ナダは英領ヴァージン諸島にZi－Aの子会社を2社設立した。その目的は、日産とリオのコンドミニアムのあいだに十分な距離を置き、日産の上級幹部にさえコンドミニアムの所有者がわからないようにすることだ。ナダはZi－Aから移した資金で支払いを進めた。そうしてゴーンはクリスマスをそこで過ごせることになった。

一方、ベイルートにゴーンが選んだ物件は940万ドルの歴史ある建物で、住むためには大規模な改修が必要だった。その価格にケリーは息を呑んだが――ゴーンからレバノンの社宅探しを頼まれたとき、数百万ドルの廃墟を指定されるとは想像していなかった――ナダに詳細を伝え、ナダはその購入に必要な会社も設立した。

ケリーはようやくひと息ついた。自分は会社に尽くしたのだ。日産がいまのCEOを失うことはないだろう。

仕事面でのゴーンの日々は落ち着きを取り戻した――いったんのところは。しかし、私生活はいまだ混乱していた。リタとはすでに離婚に合意していた。合意は簡単だった。問題は、どこで離婚するかだ。リタにとってそれは単純な問題だった。2人はフランスで結婚したので、リタが資産の半分に対する所有権を持つのはその国だ。

一方、ゴーンはレバノンでの離婚を望んだ。2005年に2人は婚姻関係をレバノンに移す宣誓書にサインしていた。レバノンの法律では、配偶者それぞれが自分の名義で各資産を保有する。ゴーンはそのほうが税金の面で有利だとリタに言い、彼の個人弁護士が書類を作成した。

当時のリタはそれに納得したが、いまレバノンで離婚すれば、ゴーンがベイルートに購入しリタの名義で登記した40万ドルの建物以外、リタは何も所有権を主張できなくなる。レバノンのブドウ園から多額の貯金まで、他の資産はすべてゴーン名義だからだ。

リタとの離婚交渉が行き詰まったゴーンに、銀行家の友人が助けになりそうな人物を紹介した。カルロス・アブ・ジャウドというレバノン人弁護士だ。銀行家はゴーンにこんな話をした。何人もの屈強な男たちが壊そうとしたが穴さえ開かない壁がある。そこにちっぽけなトカゲがやってきて、小さなひびを探しはじめる。トカゲは1つ、2つとひびを確かめ、やがて構造的な弱点につながるひびを見つける。すると、あっという間に壁がガラガラと崩れ落ちる。そのトカゲこそアブ・ジャウドだ、と友人は言った。

アブ・ジャウドは中東で屈指の有名弁護士だった。高級車を何台も所有し、自宅のワインセラーには最高級のフランスワインをずらりと並べていた。離婚専門の弁護士ではないが、頭の回転が速く、猛烈な仕事ぶりで知られていた。ミスター・セブンイレブンは理想的な弁護士を見つけ、彼のおかげでリタとの離婚協議は大きく進展した。アブ・ジャウドはベイルートの彼女に家にどうにか入れてもらい、じっくりと話し合って、ゴーンとの交渉を再開させたのだ。「私の理解では、リタが心の奥底で望んでいるのは、できるかぎり早く話し合いの決着をつけることです」。2012年6月にアブ・ジャウドはゴーンおよび他の弁護士たちにそうメールした。

ゴーンがいくつも譲歩した末、リタも折れてレバノンでの離婚に合意した。2012年10月12日、2人はベイルートで離婚協議書にサインした。この離婚によりリタは3000万ドルの現金を受け取ることになった。また、今後15年間ゴーンから毎年約200万ドルの支払いを受け、支払われない場合には銀行による保証が約束された。さらに、ゴーンが4人の子供の養育費および彼らが安定した職に就くまでの学費を負担することも明記された。

長年にわたる険悪な関係の終了は、めでたいとさえ感じられた。

地中海を望むレバノンの山間に所有するブドウ園で、濃紺のスーツに淡い色の開襟シャツを着たゴーンはマイクを握ってゲストたちを歓迎した。リタとの離婚協議書にサインをした翌日、彼はパーティーを開いていた。隣にいるのは新たなパートナーのキャロルだ。出席者には、大使から実業家、ファッションデザイナーまで、ベイルートのさまざまな一流有名人がいた。ワインのスペシャリストたちはゴーンが手がけた最新のヴィンテージについてゲストに詳しく紹介した。レバノンの雑誌はこのパーティーの様子を見開き写真で掲載し、ベイルートを拠点に世界中で活躍する人々が一堂に会したと報じた。

ここ数年ゴーンは苦しい日々を送ってきたが、その晩は幸せに包まれていた。キャロルのことはエレガントで優しくて思いやりのある人だと感じていた。友人たちはゴーンがどれだけ彼女に惚れ込んでいるかをよく話題にした。芸術、デザイン、建築を愛する彼女は日常の些細なことを慈しむ心をゴーンに教えた。彼女のアドバイスでゴーンはファッションさえ変わり、タイトなパンツにしわのないシャツ、スーツも仕立てのいいオーダーメイドを着るようになった。

最終的に日産がゴーンに買い与えたベイルートの家も、実はキャロルが選んだものだった。ゴーンが子供時代を過ごした家の近く、歴史あるアシュラフィエ地区の角地でほぼ朽ちかけていた物件だ。壁はくすんだ灰色で、電気も水も通っていない。しかし、ゴーンはキャロルのセンスを信用しきっていたので、一度も実物を見ることなく日産に購入させたのだった。

オーダーメイドのスーツや美意識の向上よりも、互いへの愛があるからこそゴーンはかつてのように来年、再来年と将来の計画を立てつづけるのでなく、いまその瞬間を楽しめるようになった。それは大きな進歩だった。時間に厳しくて有名なゴーンだが、キャロルの遅刻癖なら快く受け入れた。それまでの彼が待たされても我慢した相手はウラジーミル・プーチンだけだったというのに。

カルロス・ゴーンは10代でベイルートを離れて以来、常に闘い、何かを追い求め、さまざまなものを築き上げてきた。そしていま、所有する土地、世界を股にかけて活躍する友人たち、そして自分の腕に手を添える美しい女性を見回した。

すべて自らの力で手に入れたものだ――そして、それはほんの一部にすぎなかった。

第11章

ヴェルサイユ宮殿

パリのモーターショーにて行われた共同記者会見で、ディーター・ツェッチェの隣に座るゴーンは誇らしさを隠しきれない様子だった。世界の一流自動車メーカーが集うなかで、ドイツの各ブランドは最高の格式を誇る存在だった。「ドクターZ」の呼び名でも知られる眼鏡姿のツェッチェは、メルセデス・ベンツの親会社であるダイムラーのCEOだ。

ツェッチェは、前日に見学したルノーの主要研究施設で見た光景に感動したことを語った――フランス人とドイツ人のエンジニアたちが共に働く姿である。ルノー・日産アライアンスとダイムラーは、エンジンや変速機など自動車のさまざまな重要部品を共同開発・生産することでコスト削減を図るという提携関係の期限延長に合意していた。

記者との質疑の時間になるとまず、この提携は合併の前段階なのかという質問が出た。

「答えてもいいですか?」とゴーンが言い、ツェッチェは豊かな口髭の下でそれを承諾した。

そしてゴーンは、この提携の理念は互いの独立性を侵害することなく双方に最大の効率性をもたらすことだと説明した。「結婚しなくても楽しい交際はできますから」

２０１２年9月のその日、２０１０年に実験的に始めたルノー・日産との協力関係をさらに強化するとしたダイムラーの決定は、アライアンスとそれを率いる人物に対する強い信頼の表れだった。ゴーンはこれまで同様の提携を通じてロシアや中国といった難しい市場でも事業拡大に成功していて、その過程でアライアンスをＧＭ、トヨタ、フォルクスワーゲンと並ぶ世界のトップ自動車メーカーへと進化させた。しかしその成功の裏で、いまやアライアンスが手なずけられない獣と化してしまったことをゴーンは理解していた。それを何よりも浮き彫りにしたのが金融危機だった。その危機は自動車メーカーを含むあらゆる企業を窮地に陥れ、もちろんアライアンスも例外ではなかった。ルノーはフランス政府による数十億ユーロの救済措置に頼らざるを得ず、日産は資金が底をつく一歩手前だった。

もう10年以上〝交際〟を続けていたルノーと日産だが、2社は1人のＣＥＯと、アムステルダム郊外のずんぐりした建物に入るＲＮＢＶというセカンドハウスを共有しているにすぎなかった。１９９９年に提携を開始したとき、ルノーと日産が手を組む理由はいくつもあった。日産は迫り来る倒産の危機を回避するため、ルノーは新市場開拓のため、互いを必要としていた。しかし年月が経つにつれ、提携のモチベーションは低下していった。

ルノーと日産は別々の組織として機能していた。財務から研究、設計、生産に至るまで、企業の体制として交わる部分はなく、車の部品も共通しているものは5％に満たなかった。両社がそれぞれ力を入れていた電気自動車、ルノーの「ゾエ」と日産の「リーフ」を開発したのは競合関係にあるチームで、採用されたバッテリー技術も競合するものだ。ゾエとリーフの共通点はドアハンドルくらいだった。2社を隔てるものはゴーンが持ち運ぶ2つのブリーフケースだけではなかった。効率性と競争力の時代において、これはメリットの少ない経営モデルであることが明らかになっていた。

両社がいざ協力しようとすれば、そこには苦難がつきものだった。2009年以来、イラン出身の弁護士ムナ・セペリはその協力関係の評価および強化に取り組んできた。スケートボード大会で優勝経験があり、M&A専門の弁護士としてニューヨークでキャリアをスタートさせたセペリは、強い愛社精神を抱くエンジニアを特に日産側で多く見かけ、その意識の壁を乗り越えるのはきわめて難しいと感じていた。

ルノーと日産が同じ部品を使おうとして話し合うたび、たちまち塹壕戦が始まった。共同開発を目指した小型車のライトスイッチとエアコンシステムをめぐっては、合意に至るまで数カ月にわたる激しい議論があった。両社の管理職を対象にした社内アンケートでは、文化面でのギャップが根強く残っていることがわかった。ルノーのあるエンジニアはこう嘆いた。「日本人がイエスと言うとき、それは理解したということであって、同意したということではない。それなのに、こちらがすぐに返事をしないと同意したのだとみなす。これは不公平です」

一方、ルノーに移ったある日本人幹部は、ルノーのやり方には「基本的なもの」が欠けているため日産ほどの成功を収めるのは難しいのだと回答した――ルノーでは社員が意思決定のプロセスに関与していないことが問題だと。「彼らには日産の仕組みが理解できないのです」と彼は述べた。

　最終的にセペリが行き着いた結論は、大幅なコスト削減を実現するにはルノーと日産を合併してひとつの会社にするのがどう考えてもベストだ、というものだった。それは大幅な人員削減を伴うことになると指摘する人たちに対しては、両社が経営を合理化できなければすべての雇用が危険にさらされると反論した。

　ゴーンは基本的には合併に賛成だった。合併すればアライアンスの運営効率は上がる。しかし、周囲の状況がそれを不可能にしていた。ルノーの筆頭株主であるフランス政府はルノー主導の合併を望んでいたが、日産の幹部は自分たちが主導権を握るべきだと主張していた。ゴーンはこの行き詰まりを打開するためのあらゆる方策を探った。そのうちのひとつはグレッグ・ケリーおよびアメリカの法律事務所と秘密裏に練った計画で、日産主導の合併を行うことでアライアンスをフランス政府の影響下から切り離そうとするものだった。

　企てにかかわったある日産幹部は、この計画をヒンドゥー教の破壊の女神にちなんで「プロジェクト・カーリー」と名付けた。ゴーンが再建した財務の強みを活かし、日産から見れば実際には従属的立場にあるルノーを力ずくで取り込むのだ。

　ゴーンはまもなくこの案を棚上げしたが、かといって現状のままというわけにはいかないと思った。投資家たちはアライアンスの将来性を疑問視していた。フランスの証券取引所におけるルノーの時価総額は１００億ユーロほどで、43％を所有する日産株の価値を下回っていた。

つまり、日産の株式を除けばルノーは負債の塊だったのだ。ルノーの株価低迷は主要市場である欧州がユーロ債務危機にあえいでいる影響もあったが、アライアンスの寿命に対する投資家の冷めた見方を表してもいた。ゴーンがＣＥＯの座を降りればアライアンス存続の保証はほとんどないだろうと。

アライアンスに新たな推進力を与えるため、ゴーンは２０１２年10月のルノーの取締役会をアムステルダムのＲＮＢＶオフィスで行うことにした。取締役の大半が初めて足を踏み入れる場所だ。

ゴーンは数人の幹部を会に招き、アライアンスの状況について報告させた。それらのプレゼンは、ボトルが半分満たされているとも半分空っぽだとも言える現状を表していた。ルノー法務顧問のセペリは、経営陣は２０１５年までにルノー車と日産車の部品共通化率を最低28％にまで上げることを目指していると説明した。この計画は、自社傘下の多くのブランドに共通のプラットフォームを用いた開発を強いることで業界の新たなベンチマークを生み出したフォルクスワーゲン社にインスパイアされたものだ、と彼女は語った。

質疑応答の時間になると、低迷するルノーの株価には現状のアライアンスからこれ以上のものを期待できないという投資家心理が反映されている、とフランス政府高官の取締役が言った。「構造を変える」ことについてどう考えるか、と彼はゴーンに問うた。

ゴーンにはそれが遠回しの言い方だとわかった。その政府高官が求めているのは、合併の見通しに関する最新情報だ。だからそれに関連する回答をした。自動車産業の歴史は失敗した提携関係で埋め尽くされている、とゴーンは言った。最近では、書面上ではうまくいくはずだったダイムラーと三菱自動車の提携が悲惨な終焉を迎えた。過去10年を見れば、フォードとマツダ、GMとフィアット、ダイムラーにとってさらなる大失敗となったダイムラー・クライスラーなど、同様に提携が挫折し解消された例がいくつもある。

アライアンスの両社側でさらなるコスト削減が必要であることにゴーンは同意し、削減額を年間40億ユーロへと倍増させることを約束した。それ以上削減するためには本格的な合併が必要だが、それはリスクが高すぎるとゴーンは主張した。「慎重にならなければなりません」

会議後ゴーンは、アライアンスをよりひとつの会社のように運営するためのアイデアを両社の側近たちに求めた。これは、自身の発言と現実との不一致を彼が認めていることを暗に示していた。

数カ月後にゴーンがそれら側近のうちの2人と会ったとき、セペリはあらためて合併を提案し、2社を統合するのには最も効率的な手段だと言った。一方、日産代表としてルノーの取締役も務める西川廣人は難色を示した。

「よく考えてくれた」とゴーンはセペリに言った。「しかし他の案がほしい」

ゴーンの頭にはすでに考えがあった。会社の上層から統合していくという従来の合併のやり方ではなく、下層からの統合を目指していたのだ。

「トップダウンの方法ではなく、ボトムアップの案をくれ」とゴーンは言った。

そうしてゴーンが選んだ案は、副社長を新たに複数人指名し、その役割（研究開発、製造、購買などの最高責任者）をルノーと日産の両方で果たさせるというものだった。

セペリは日々の業務に大きな問題が出るだろうと思った。組織の機能を下から統合していくためには、ゴーンにとってはすっかり日常だとはいえ、社員がヨーロッパと日本を往復しつづける必要がある。さらに、たとえ彼らが時差ボケに耐えられたとしても、ゴーンのこの提案が新たな副社長たちにルノーと日産に対する意思決定権まで分け与えるものかどうかは定かでなかった。これは暫定対策でなければならない、とセペリはゴーンに言った。長期的に考えれば、〝ミニゴーン〟たちに頼ったところでうまくいかないのは明らかだ。

「ミスター・ゴーン、誰もがあなたのように自分用のジェット機を持っているわけではないんですよ」とセペリは言った。「みんな過労死してしまいます！」

それでも、ゴーンは側近たちにさっそくこの計画の実行に取りかかるよう指示した。いくら奇妙な案でも、このボトムアップのアプローチは両社が許容できる唯一の計画だ。これが最善の策なのだ。

１９９９年以来、ゴーンはルノーと日産を近づけるべく努力してきたが、結局両社は小さく数歩を歩み寄ったにすぎなかった。しかし成功はそうした溝を覆い隠すものであり、ルノーと日産には豊富な成功体験があった。さらに、世界経済の回復に伴って自動車産業全体が急成長し、両社は規模・収益性ともに拡大していた。

利益が上がれば上がるほどアライアンスに対する批判の声はかき消されていった。矯正措置を施さずともゴーンが立ち上げたこの同盟は魅力をさらに高め、彼の伝説もますます凄みを増した。経営大学院はゴーンが目指していることについてこぞって研究論文を発表した。それはつまり、メンバーが互いの利益のために協力し、くだらない私利私欲を捨てて相互の繁栄のために努める、企業版の欧州連合をつくり上げることだ。

合併？　コングロマリット？　そんな古い言葉は当てはまらない。

ゴーンは大手コンサルティング会社が作成した「自動車史上における10大提携」の表を投資家に見せるようになった。その表を見れば、実際に株主に価値を提供したのは彼のアライアンスだけであることが一目瞭然だった。

これは祝福に値することだ。

２０１３年6月、ゴーンは広報責任者が翌年の主要イベントをまとめたパワーポイント資料に目を通した。そこにはカンヌ映画祭をはじめ、サッカーのワールドカップや全仏オープンなどのスポーツイベントも含まれていたが、アライアンス誕生15周年をヴェルサイユ宮殿で祝うという豪華な行事もあった。２００人を招く大規模なパーティーにしたいとゴーンは思っていた。予算は30万ユーロだ。

ヴェルサイユ宮殿を会場にすればみんな出席するだろうとゴーンは考えた。そのディナーパーティーはアライアンスおよび海外の取引先のための祝賀会だった。統合の仕組みはボトムアップでつくったが、結束したトップダウンの権力を、抗えないその力の存在感を強めようというわけだ。

このイベントは決してルノーと日産の社員のためのものではなかった。招待客リストに含まれたのは、日米の政治家、そしてブラジル、ブータン、ナイジェリア、韓国の各国首脳などだった。さらに、元官僚やこれまで中国やロシアで契約を交わしてきた実業家に加え、日本の大手企業のトップも招待することにした。

1月下旬、彼らのもとにメールで案内状が送られた。カルロス・ゴーンの「ルノー・日産アライアンスをお支えいただいているパートナーのみなさまに敬意を表し、本夕食会にあなたとご同伴者様を心をこめてご招待いたします」というメッセージを添えて。ディナーを担当するのはミシュランの星を獲得したシェフ、アラン・デュカスだ。そして、世界有数の権力者であるからこその偶然だろうか、日程はちょうどゴーンの60歳の誕生日と重なっていた。

しかし、その後の数週間で、著名なゲストのうちほぼ全員が出席できないとわかった。多忙すぎる者もいれば、たとえ会場がヴェルサイユ宮殿でも夕食会のためだけにフランスまで飛んでいく気にならないという者もいたようだ。中国人招待客は全員辞退し、ゴーンは中国政府が指示したのだろうと考えた。ロシア人たちも来られず、欧米による制裁措置で渡航が制限されているからかもしれないとゴーンは踏んだ。

少し困ったことになった。すでに200人規模のパーティーを予約してしまったからだ。開催費は200名でも20名でも同じだが、ヴェルサイユ宮殿に20名というのは控えめに言っても寂しすぎる。日程を変更したところで、多忙な人々の今後の予定を当てにすることはできないので無意味だ。中止してしまうのも、出席を確定している数少ない人たちに失礼になる。

大手自動車メーカー2社のトップである彼にとって、その提携を祝うパーティーの空席を埋める手段はいくつもあった。しかし、ルノーと日産の現・元幹部を招きたくはなく、アライアンス構築に貢献した何千人という人々も出席はできるだろうが除外したかった。ルイ・シュヴァイツァー、パトリック・ペラタ、志賀俊之などは候補に入らなかった。これは企業版の結婚式のようなもので、誰が招かれて誰が招かれなかったかという問題を起こしたくなかったのだ。また、日本をはじめ世界各地にいる社員のフランスへの飛行機代を会社が出すことにも抵抗があった。それでもパーティーは決行しなければならない。すでに費用をかけているのだから、何がなんでもできるだけ多くの席を埋めるのだ。

２０１４年3月9日午後7時30分、２３００の部屋を持つルイ14世の宮廷で日産・ルノーとカルロス・ゴーンの功績を祝福するため、黄金の門の前に黒塗りの車が次々と到着しはじめた。

黒ネクタイやイブニングドレスをまとった約１５０人の招待客が正面玄関までに通る石畳の中庭では、18世紀の廷臣たちを再現するために雇われた数十人の俳優が三角帽と絹のストッキングという姿で彼らを迎えた。

ゴーンは社交的な雰囲気を漂わせ、ルイ16世よりは14世らしいと言えた。カクテルでの乾杯を終えると、まるで一般人が改装後の自宅の地下室を披露するように、「鏡の間」を囲む王族の居室を案内した。数ある控えの間にゲストが入るたびに雇われた演奏隊や廷臣姿の役者たちが出迎え、かつてこの宮殿を満たしていためくるめく放蕩を表現した。

全員がディナーの席に着いたところで、ゴーンは挨拶のため壇上に立った。全員がひとつの巨大な長テーブルを囲み、アライアンスとかかわりのある財界人や政治家も座っている。日産が工場を持つセッジフィールドを選挙区としていたトニー・ブレア元イギリス首相の妻、シェリー・ブレアの姿もある。彼女の向かいに座るのは、日産が２００３年に工場を設置したミシシッピ州選出の元アメリカ上院議員トレント・ロットだ。

それでも、長テーブルの中央、ゴーンの正面に座る金髪の女性ほど彼を満面の笑みにさせた者はいなかった――恋人のキャロルだ。今日の彼女は、黒いスパンコールに覆われた、床まで届く長さのエリー・サーブのドレスに身を包んでいる。その他、ゴーンの子供たちと姉のクロディーヌもテーブルを囲んでいた。

白い大理石の胸像の前にまっすぐ立ったゴーンは、顎を少し上げ、２つの自動車メーカーの提携を目指した旅の始まりを振り返った。「ご存じの方もいらっしゃるかと思いますが、今月はルノー・日産アライアンスの誕生15周年にあたります。当初は、２つの平凡な自動車メーカー、しかもフランスのメーカーと倒産寸前の日本のメーカーを合体させたところで、どうすれば世界的な競争力を持つ組織をつくれようかと疑問視する声もありました」。それから左手を固い拳にしてこう続けた。「このような提携は誰も試みたことがなく、模範にできるものなどいっさいありませんでした」

ゴーンはその「戦史の回廊」に集められた聴衆を見渡し、この提携は自動車業界だけでなくあらゆる産業において「最も長く続いている異文化アライアンス」であると語った。

「今夜、この荘厳で歴史ある会場にお集まりいただいたみなさま、アライアンスとそのリーダーたちを支え、励まし、豊かにしてくださったみなさまに心から感謝の意を表します」との言葉でスピーチは締めくくられた。

主催者のスピーチ、豪華な食事、そしてマカロンとシュークリームが積み上げられたいっそう豪華なデザートが終わると、髪粉をまぶした貴族風のかつらと羽付き帽子をかぶった司会者を先頭に、キャロルがゲストを鏡の間に案内した。美しく手入れされた庭園の広大な芝生を見下ろすその部屋で、一行は17の大窓と鏡がつくるアーケードを歩いた。花火が夜空に咲き、その光が鏡、ダイヤモンド、シャンパングラスに反射した。王のための一夜を締めくくるシーンとして、絵に描いたように完璧な光景だった。

その後の数日間、このパーティーはフランスでも日本でもいっさい報じられなかった。唯一、レバノンのフランス語新聞に掲載された記事がその催しについて伝えた。「ヴェルサイユの自動車王」と題されたその記事は、「カルロス・ゴーンのルノーと日産を祝う夜」について、宮殿の入り口でゲストを迎える矛槍兵(むそうへい)、アラン・デュカスが振る舞うディナー、その晩のクライマックスである見事な花火などをきらびやかな言葉で表現した。その日曜の招待客にはシェリー・ブレアと複数のアメリカ上院議員もいたが、「レバノンの友人も大勢いた」と記事は伝えた。

記事はその友人たちの名前を30人以上挙げ、そのなかにはゴーンがかなりの額の株を保有している銀行のCEOであるマリオ・サラダーもいた。ゴーンとワイン事業を共同経営するエティエンヌ・デバンの名前もあった。また、ベイルートにあるセント・ジョセフ大学の学長であるサリム・ダカシュ神父も出席していて、その大学には翌年に「カルロス・ゴーン経済・医学図書館」が開設される予定だった。キャロルの子供であるダニエル、アンソニー、タラ、両親のグレタ・マラスとアルファン・マラス、そして兄のアランも出席していたが名前は報じられなかった。

実際、結局その晩はうわべにビジネス色を添えた誕生日会のようなものだった。ゲストのほとんどはアライアンスと漠然としたつながりしかなかった。多くはゴーンと親交あるいは仕事上の近しい付き合いがある人々で、他はゴーンとキャロルの親族だった。キャロルはゴーンのためにハッピーバースデーの曲を流すことさえ提案したが、さすがにその案は流れた。

最終的な費用が出ると、総額で53万ユーロを超えていた。最も大きな出費はディナーだった。ケータリング費は11万5000ユーロに上り、その3分の1近くが有名シェフのデュカスに直接支払われた。請求書は大沼敏明に送られ、秘密の番人である彼がRNBVの銀行口座から支払うことになった。

このパーティーにかかった正確な費用はルノーと日産の社員には明かされなかったが、開催の噂を抑え込むことはできなかった。両社の役員たちは傷つき困惑していた。

ルノーのCFOであるドミニク・トルマンもそのイベントについては開催後に初めて知っ

た。月曜の朝にルノーのオフィスに出社したとき、宮殿での盛大なパーティーについて聞いたかと財務部の部下に尋ねられた。

「なんのパーティーだ?」とトルマンは返した。

第12章

資金ルート

カルロス・ゴーンはほとんど誰に対しても距離のある付き合い方をした。彼の小さな親交の輪に入るのは、キャロル、近しい親族、そして少数の学生時代の友人だけだった。そうした友人の1人、慎重派の弁護士ファディ・ゲブランは、リタとの婚姻関係をフランスからレバノンに移した人物でもあった。ゴーンとゲブランは幼なじみで、レバノンのコレージュ・ノートルダム・ドゥ・ジャンブールでも共に学んだ仲だ。卒業後も2人は親交を続け、両者ともフランスの大学に進学した。

レバノン内戦が終わると、ゲブランは喜び勇んで帰国し法律事務所を立ち上げた。市の主要裁判所近くの建物の1階に入る地味なオフィスを借り、アソシエイト弁護士とアシスタントを1人ずつだけ雇った。仕事の話は妻にも3人の子供にもほとんどしなかった。言語の学習に情熱を注ぎつづけてきた彼は、フランス語、英語、アラビア語はもちろん、ロシア語、日本語、ヘブライ語でも会話ができた。

働きはじめてからのゴーンとゲブランのあいだに物理的な距離はあったが、2人は近しい関係を保っていた。グローバルだが非常に特化したある分野をゲブランが専門としていたからだ——タックスヘイブン（租税回避）である。2011年にパリ近郊で開かれたビジネスセミナーで、ゲブランは従来型の企業よりもオフショア企業［規制や租税を回避する目的で国外に設立された企業］のほうが優れている点を熱く語り、その活動を禁じないレバノン政府の決定を称賛した。レバノンでは銀行の秘密保護が徹底していて、巨額の資金が匿名で金融システム内を行き来できた。どれほどの額が口座を出入りしても、オフショア会社に課される税金は年間数百ドルで固定されていた。何より、基本的にレバノンの各銀行は海外に住む富裕層に対し、2桁の利息をつけるから金を預けてくれと頼み込んでいる状況だった。レバノンに金を預けておけばリッチになれる、というのがもはや通説だった。

レバノンの緩い規制を熟知するゲブランは、その慎重な性格と相まって、彼を信頼し資産運用を任せるレバノン人富裕層を中心に、小数ながらロイヤリティの高い顧客を獲得していた。この種のビジネスの基本は信頼関係であり、特に顧客のために設立した多くの事業体の正式な所有者がゲブランであるからこそ信頼は不可欠だった。顧客にとってのメリットは明らかだ。彼らが真の所有者であることは伏せられ、その秘密は誰も開けることのできないゲブランの頭という金庫に保管されるのだから。ゲブランが顧客のオフショア資産管理を手伝わせていたのはアシスタントのアマル・アブ・ジャウドただ1人で（離婚時の弁護士カルロス・アブ・ジャウドとは無関係）、設立した会社の取締役に彼女を加えることもあった。

ゲブランの最重要クライアントであるゴーンは、彼に全幅の信頼を寄せる顧客の1人だった。ゴーンは彼をルノーと日産両社の法律顧問として頼りつづけ、中東の実業家仲間にも紹介していた。さらに仕事上の問題だけでなく、ワイン事業の立ち上げなど私的な事柄についても彼に相談した。

しかし、彼に対するゴーンのおもな依頼は、秘密裏に資金を動かすことだった。２０１３年７月、ゴーンはゲブランに「バラ」は届いているかとメールで尋ねた。ゲブランはちょうど複雑な資金ルートを完成させたところで、それを通じて２００万ユーロが動いていたのだ。ゲブランは「ヨーロッパ産の２００万本」が向かっていると返事をした。

その豪華な花束の送り主は、ゴーンと長い付き合いのあるオマーン人大富豪のスハイル・バハワンだった。金融危機の際にゴーンは彼から30億円を借り、まだ返済を終えていなかった。

今回のバハワンの金は、ゲブランが設立したブラジレンシスというオフショア会社に流れた。ゴーンの名は契約文書に登場しないが、姉のクロディーヌが金の受取人となっていた。

この会社には表向きの目的があった。２０１３年前半を通してゲブランとバハワンが取り交わした書類には、ブラジレンシスの事業はオマーンの人々によるヨーロッパの不動産探しおよび購入をサポートすることと定められた。しかし、ある文書にはどこか不自然な条項が含まれていた――そうした不動産取引が成立しなくとも、バハワン一族が投入した資金はブラジレンシスにとどまるというのだ。

仲介契約から数週間後の7月、ゲブランはパリから北へ進んだ森の中にある高級住宅地ラモルレイにある住宅物件の詳細をバハワンに送り、購入のための頭金として200万ユーロを振り込むよう依頼した。

まもなくバハワン一族は最初のバラを届けた。

それから数カ月のあいだに、ゲブランはさらに3通のメッセージをバハワン一族に送って購入候補の物件をいくつか挙げ、それに対する振り込みをドルやユーロで求めた。そうしてブラジレンシスと関係のあるレバノンの2つの銀行口座に遅滞なく送金が行われた。

そして12月、ゲブランはバハワンに不動産取引が結局すべて白紙になったと知らせた――すべてである。市況の悪化が原因でどの物件も購入されなかったのだという。しかし契約どおり、資金はブラジレンシスの口座にとどまることになる。「この取引の成り行きを確認するために今後も連絡を取り合いましょう」とゲブランはメッセージを結んだ。

こうして、数カ月間でバハワンはブラジレンシスに900万ドルを送ったのだった。

ブラジレンシスへの送金はほんの手始めにすぎなかった。2015年、ゲブランは新たにグッド・フェイス・インベストメンツという会社を立ち上げた。これもベイルートを拠点とし、やはり会社の書類にゴーンの名前は出てこない。その会社にも金が送られたが、今回の送金主はバハワン本人ではなかった。今回の送り主は、バハワンが経営する自動車販売代理店のゼネラルマネージャーでインド出身のディヴェンドゥ・クマールだ。彼はグッド・フェイス・

インベストメンツの会長でもあり、ゲブランは彼のためにレバノンに銀行を立ち上げた。クマールがスイスに持つ銀行口座からレバノンの自分の口座に送金しているように見えること自体奇妙だが、その契約書類にも不可思議な条項があった。グッド・フェイスの口座に対する振り込みの受取人はクマールだが、それは名義だけで、その資金を真に手にするのは別の人物なのだ。

要するにブラジレンシスのやり方と似てはいるが、不動産物件がかかわることはなく、ゴーンの姉を巻き込むという不要なステップもなかった。

ときに、クマールはグッド・フェイス・インベストメンツにいくら送金すべきかわからないこともあった。その場合ゲブランはゴーンに相談した。

2016年8月、ゲブランはゴーンにこうメールした。「親愛なるカルロス。ディヴェンドゥの見積もりを内密にこのアドレスに送ってもいいかい？　間違いがないか確認してもらえるから」

ゴーンは電話で話せないかと返信した。電話でのやりとりのあとゲブランはクマールにメールをし、クマールは300万ユーロの送金に同意した。

そうしてクマールから3年のあいだに数千万ドルがグッド・フェイス・インベストメンツに送られた。

レバノンに金が届くと、ゲブランが次の送り先を決めた。その背後でゴーンも案を出した。

この時期のゴーンが何を求めていたのか、なぜ数千万ドルもの現金が必要だったのか、その理由を確実に知ることは難しい。しかし、毎年地球上で数人しか参戦できない、驚くべき競争がそこにはあった――誰が最新かつ最高の船を持っているかである。カルロス・ゴーンはまだ自家用クルーザーを持っていなかった。

宇宙旅行を除けば、豪華な船を所有することは最も派手なお金の使い方とも言え、余るほどのお金を持っているのだという看板にもなる。維持費だけ見ても、ひと握りの人にしか手の届かない贅沢だ。四半期ごとの黒字で成功を測ることに慣れていたゴーンだが、いまや船の大きさでもそれを測ろうとしていた。

彼が目をつけたのは、イタリアのフェレッティ・グループが製造する最高級クルーザー「ナヴェッタ」だ。まるで水面に浮かぶ豪邸のようなそのクルーザーを持てば、自宅にいるようにくつろいでクルージングを楽しみながら、世界中の他の大富豪たちにアピールすることができる。パンフレットは、上品なデザインの船体と、1300万ユーロという価格にふさわしい「詩的な空間」を約束していた。ゴーンは大幅な割引を受けたが、全個室にクイーンサイズのベッドとテレビをつけるなどのカスタマイズに200万ユーロ近くを奮発した。屋上を含めて4つのデッキがあり、チーク材の床とジャグジーがこだわりだった。ゴーン用のマスタースイートにはさらに7人が入れる4つの寝室が備えられた。バスルームは合計で13を数えた。

造船所での仮称は「ナヴェッタ36」だったが、その全長が121・6フィート、つまり37メートルであることから、ベイルートを拠点とするクルーザー販売仲介業者のアラン・マアラウイが名称を「ナヴェッタ37」にするようメーカーに働きかけた。２０１４年12月、マアラウイはゴーンにこうメールした。「ついにフェレッティ・グループの取締役会が納得し、名称変更の要求を受け入れたことをお知らせします。37メートルというサイズどおりです」

マアラウイは船の購入手続きに関与しているゲブランとも連絡を取っていた。ゴーンの名前を契約書に載せるべきかと彼が問うと、ゲブランはノーと答えた。彼は匿名を希望していると。

最初の支払い、つまり合意した総額の約10％の支払い期日が近づくと、ゲブランはゴーンにメールを送り、資金をブラジレンシスの２つの口座から近東商業銀行（ＮＥＣＢ）のひとつの口座にまとめたことを知らせた。

２０１５年2月、ゲブランは資金移動の書類にサインしてもらうためゴーンの姉にメールをした。「親愛なる（マ・シェール）クロディーヌ」と書き出し、調子はどうかと挨拶したのち、リオの住所を尋ねた。

「こんにちは（サリユ）、ファディ！　とても元気よ。今日から始まるカーニバルの準備をしているの」と、数十年来の知り合いであるゲブランにクロディーヌは親しげな言葉で返した。そして、１週間続くその祭の期間中は国の郵便サービスが遅くなるので、もし急ぎなら速達便を使うほうがいいと言った。

3月5日までにはゲブランのもとにクロディーヌからサイン済みの書類が戻った。そしてゲブランはＮＥＣＢにナヴェッタ37購入のための振り込みを依頼した。

そのメッセージのなかでゲブランは、ブラジレンシスの口座からNECBの口座にまとめた資金のうち750万ドルを、ゴーン個人がNECBに所有する口座へ移すようにも依頼した。しかしその派手な金額ゆえ、6日後にNECBからゲブランにメールが届いた。銀行の監督委員会が送金の詳しい内容を求めているという。ゲブランはすぐに返信し、送り主はゴーンの姉だと伝えた。そうしてNECBは送金を実行した。

クルーザーはまだ建造中だった。まだレバノンにたっぷりと残っている金について、ゴーンは他の使い道を考えていた。

そのころ別の大陸では、アンソニー・ゴーンがアメリカのスタンフォード大学で最終学年を迎えようとしていた。彼が在籍するのは、「万能型」リーダーを養成するシンボリック・システムズ（略称シムシス）という専攻だった。

2015年、カルロス・ゴーンの末っ子である彼は、シリコンバレー屈指の有名投資家ジョー・ロンズデールのチーフ・オブ・スタッフとして働いてもいた。ロンズデールなどのベンチャーキャピタリストがとてつもないリターンを得ていることをアンソニーが父親に話すと、ゴーンは目を輝かせてすぐにある提案をした。アンソニーがシリコンバレーで有望なベンチャー企業を発掘し、ゴーンがそこに投資するというものだ。そうして2人はベンチャーキャピタルファンドを設立し、ショーグン・インベストメンツLLCと名付けた。父親と同様、アンソニーも歴史、特に軍や政治の指導者に関する歴史に情熱を傾けていた。かなりの日本好きでもあったので、日本史に登場する将軍に興味を持ったのだった（Shogun は Ghosn のアナグラムにも近い）。

2015年10月、ゴーンはゲブランに連絡し、今回はグッド・フェイス・インベストメンツから「シリコンバレーのスタートアップ企業に投資するファンドに」550万ドルを送金するよう依頼し、ショーグン・インベストメンツがウェルズ・ファーゴ銀行に所有する口座の情報を提供した。翌日、ゲブランはNECBの顧客担当者に送金手続きを依頼し、グッド・フェイス・インベストメンツは「投資先を分散したい」のだと説明した。

この資金でアンソニーは自身の会社を含む数十のスタートアップに投資できることになった。

「おはよう、タントゥム」とゴーンはアンソニーにメールした。「このあいだの電話のあと、ショーグン・インベストメンツへの300万ドルの送金を注文しておいた（グラブタクシーズ用の200万ドルと、かなりの成功を収めそうだとお前が考えている友人の会社用の100万ドルだ）」

2016年、アンソニーは成長中のスタートアップを取り上げるメディア、ブレイクアウト・リストのインタビューに応えた。最も憧れる人物は誰かという質問に対してアンソニーは父親だと答え、いくつも理由を挙げた。「父は自らを律し、多くを成し遂げ、社会に大きく貢献してきました。本当に尊敬しています。家族に多くの機会をくれました」

父が懸命に稼いだ金を託してもらえているのだと思っていたアンソニーだが、実際彼が受け取っている金はスイスにあるクマールの口座からベイルートを経由してカリフォルニアに運ばれていた。

ゴーンが信頼するゲブランによって設立されたオフショア会社のおかげで、最終的にバハワンとその副官クマールから合計約５０００万ドルがゴーンの管理する組織に流れた。

ここで大きな疑問が湧く。なぜバハワンとクマールはゴーンに対してこれほど気前よく金を送るのか？

ルノーと日産にゲブランの資金ルートを知る者はいなかったが、以前から幹部たちは前述の疑問と表裏を成す疑念を抱いていた――なぜ自分たちの会社はバハワン一族が経営するＳＢＡに対してこれほど気前よく金を送っているのか？　バハワンとゴーンが近しい間柄にあることは知っているが、だからといってＳＢＡがゴーンのＣＥＯリザーブを通じて大金を受け取っている理由にはならない。しかもＳＢＡの業績は芳しくないというのに（ルノーではＣＥＯリザーブを通じて支払いを受けている販売代理店はＳＢＡだけだった）。

数年後、この２つの疑問に対する答えは単純だと検察により主張される。つまり、ＳＢＡへの約５０００万ドルの不審な送金と、ブラジレンシスおよびグッド・フェイス・インベストメンツへの約５０００万ドルの送金により、ひとつの資金ルートができあがっていたのだ。日本およびフランスの検察当局の主張によると、ゴーンはＳＢＡを利用して日産とルノーの資金を自分個人の懐に入れていたのである。

検討してみると、送金のタイミングと金額は確かに怪しかった。

２０１７年の年初からの８カ月間で、ＳＢＡはＣＥＯリザーブから３度の支払いを受けた（ルノーから2度、日産から1度）。同期間にＳＢＡは自社の口座からバハワン一族の個人口座に３度振り込んでいて、そのうち２つには「Reno」、ひとつには「Nissan」と記録されていた。合計額は４４０万ドル近くだった。

ＳＢＡがこれらの送金を行った直後、まったく同じ額をクマールがスイスのＵＢＳ銀行の口座からレバノンのグッド・フェイス・インベストメンツにユーロで送っていた。クマールからグッド・フェイス・インベストメンツに送金されるとすぐ、ゲブランはユーロを意味する「ヨーロッパ人」という薄っぺらな暗号でゴーンにそれを知らせた。さらに、「みな2年間はアメリカ人になる」という表現を用い、ユーロをすべてドルに換えて普通預金口座に2年間入れ利息をつけると伝えた。

ゴーンはそれを了承し、「ありがとう（メルシー）！」と答えた。*

＊ゴーンはＳＢＡを通じて会社の資金を受け取ったことを否定している。同販売代理店への支払いは合法的なインセンティブであり、中東での自動車販売促進に役立ったと彼は述べた。スハイル・バハワンの弁護士であるクリストフ・アングランによると、ルノーと日産から受け取った資金をゴーンに送るという計画への関与をバハワンは断固否定している。アングランはバハワンの無実を示す証拠をフランスの司法当局に提出済みだという。

第13章

2倍の議決権

ルノーの役員会議で西川廣人はめったに発言しないので、他の役員のなかには彼の声を聞いたことがないと冗談を言う者もいた。また、彼が話すとしても必ず「ゴーン氏によると」から始まるとも言われていた。

たいていの場合、単に西川は英語とフランス語の入り交じる会話が通訳されるのをイヤホン越しに必死に聞いていたのだった。それでも、日産幹部としてルノーの取締役を10年近く務めてきた彼は、フランスの企業文化における暗黙のシグナルがわかるようになっていた。嘘くさい笑顔や鋭い目つきの意味、そしてルノーの役員が本社に集まったときに起こる派閥争いのようなものを理解できた。そんな西川が最も注意深く観察していたのは、ルノー株の15%を保有し取締役の指名権を持つフランス政府とカルロス・ゴーンとのあいだで繰り返される争いだった。

日産の多くの社員と同様、当初は西川もゴーンのことをまるでスーパーマンだと思っていた。２００２年当時、若き管理職だった西川は、日産を合併に誘うルノーの努力を間近に見ていた。特に感心したのはゴーンの粘り強さだった。ルノーの役員から日産について質問されるたび巧みに話題を変えるゴーンを見て、彼が日産の利益を真摯に考えていること、そしてルノーの取締役会――およびフランス政府――を牽制する力があることを確信した。ルノーでルイ・シュヴァイツァーらが合併を強く求めていたとき、ゴーンは一貫して日産の独立性を守るために闘い、確かに守り抜いたのだ。

しかし年月が経つにつれ、かつては日本最強の守護神だと感じたその男に対する西川の信頼は薄れていった。彼の憧れのスーパーヒーローは次々とボディブローを食らい、そのたびにフランスに対して譲歩していった。２０１１年、西川はゴーンが産業スパイ冤罪事件を受けて解任寸前まで追い込まれるのを目の当たりにした。そのときゴーンがルノーと日産をより緊密に結びつけるという約束と引き換えに自身の立場を守ったことを、西川は知っていた。２０１３年、ゴーンは日産のハッチバック「マイクラ」の生産を、インドに建てたばかりの工場から人件費の高いフランスのルノー工場に移すと発表した。この移転によってインド工場の生産能力を確保するというのが根拠だったが、日産の管理職らはそのロジックに疑問を呈し、エンジニアたちはルノーの工場労働者に日産車の製造を任せることはできないと不満を訴えた。

はじめは憧れ、のちには好奇心、やがては懐疑の眼差しで、西川はゴーンがひとつ決断を下すたびに周囲の寛容さが変化していくのを――あるいはなくなっていくのを――観察した。寡黙だが優秀な彼は、ゴーンがルノーでは、日本におけるほどの影響力を持っていないことに気づいていった。

2014年になるころには西川の懸念は大きくなっていた。この年フランスでは、高まる脅威に対処するための新たな法律が制定された。外国人投資家たちがフランス企業の株を短期的に大量買いすることで産業を空洞化させている、と政府が考えたゆえの動きだった。この法律は、高炉2基を休止しようとする鉄鋼最大手企業と政府との対立の場になったフランスの町の名を取って「フロランジュ法」とも呼ばれた。

西川は大きな危険を感じた。この法律によって、株式を2年以上保有しつづけた株主には、その会社に対する2倍の議決権が与えられることになるからだ。これから2年以内に、ルノー株の15%を保有するフランス政府はさらに多くの議決権を手にする。ルノーに対する政府の発言力は大きくなり、その結果として日産に対する発言力も強まるだろう。もしルノーが再び日産の買収に乗り出そうとしたら、ゴーンはそれを阻止するだろうか？

しかし2014年夏、フランスで新たな経済大臣が就任し、西川をはじめとする日産の面々はそこに希望を見いだした。メディアに通じた元投資銀行家のその人物、エマニュエル・マクロンの主導のもとで、国はルノーを含む多くの民間企業の株を売却しはじめるかもしれないと日産幹部たちは考えたのだ。そうなればフロランジュ法の影響もなくなる。しかし、37歳の彼は自由放任主義を貫くだろうと法の適用反対派が次々と予想するのをよそに、マクロン自身はカルロス・ゴーンらCEOたちに戦いを仕掛けようという気になっているようにも見えた。

ゴーンは心配などいらないと考えた。以前、大統領府副事務総長時代のマクロンにエリゼ宮殿で会ったとき、ゴーンは彼に好印象を抱いていた。マクロンは車のつくり方について説教するわけでもなく、自分はルノーのために何ができるだろうかと謙虚に問いかけてきた。率直で明快な話し方をする、てきぱきとした男だった。また、フロランジュ法には「株主の承認があれば、企業は2倍議決権の規定を適用しなくてもよい」というオプトアウト条項があった。ゴーンはまさにそうするつもりだった。この問題は次の株主総会で解決されるはずだと確信していた。

しかし、マクロンが大臣に就任してから数週間のうちにゴーンはターゲットとなった。マクロンはルノーおよびアライアンスの後継者計画が進展していないことを強く懸念していた。かつて有望だった2名の人物はゴーンの側近の座を去っていて、明確な後継者候補がいなかったのだ。

アライアンスはほとんどゴーンの力のみによって支えられている砂上の楼閣なのではないかとマクロンは感じていた。ゴーンがいなくなれば、日産はルノーをもはや不要だと判断するかもしれない。そのためフランス政府の高官たちは、後継者計画および両社をより緊密に結びつける手段について何度も執拗（しつよう）にゴーンに尋ねた。そのたびゴーンは対処すると言ってお茶を濁し、政府の者たちは再び計画の提示を求めつづけるのだった。しかし、具体的な計画が出ることは決してなかった。

口先だけの対応に業を煮やしたマクロンは、自分の権限の範囲内にあるものを使って支配力を強めることにした——国家が所有するルノー株である。そして、政府が保有する企業関連資産の管理を担当する国家出資庁（ＡＰＥ）長官レジス・トゥリーニに、ルノーは２倍議決権ルールを適用するつもりなのかゴーンに探りを入れるよう指示した。

トゥリーニとのランチの席で、ゴーンははっきりとこう述べた——日産がルノーのフロランジュ法適用を望んでいないのだと。日産が保有するルノー株に議決権が伴わないことも大きな理由だという。しかしこの答えにトゥリーニは納得せず、何か裏の目的があるのではないかと感じた。

「しかし、日産の代表は誰ですか」とトゥリーニは言った。「あなたでしょう？」

会社を代表するのは取締役会だと言ってゴーンは矛先をかわし、日産の取締役たちが２倍議決権ルールの導入に激しく反対していると説明した。この規定をきっかけにまた合併を持ちかけられることを恐れているのだと。トゥリーニはその言葉を信じなかった。かねてからゴーンは、ルノーの筆頭株主であるフランス政府の提案を拒むための言い訳としていつも日産を使っていた。しかし、彼の知るかぎりゴーンは日産の取締役会を完全に掌握していた。その構成員はゴーンの部下だけなのだから。フランス政府に支配されることを恐れているのはゴーンだ。理由はシンプルで、アライアンスの将来、自分の後継者、そして自分の給与について政府に大きな発言権を持たせたくないからだ。トゥリーニはそう考えた。

それから数カ月経って２０１５年になると、２倍議決権について話し合おうとするトゥリーニなどフランス政府の担当者は、なかなかゴーンに連絡が取れなくなった。「ゴーン氏はどちらに？」とトゥリーニはたびたび尋ねたが、いつも部下たちは知らないと口をそろえた。そして3月、ルノーは年次株主総会に向けての決議案を発表した。そのなかには2倍議決権制度の不採用も含まれていた。

これは宣戦布告だ、とトゥリーニは思った。ルノーのCEOがフランス政府に恥をかかせるのを黙って見ているわけにはいかない。そこでトゥリーニは、政府のルノー株保有率を密かに上げる計画を考えた。ゴーンがフロランジュ法適用を阻止するのに必要な数の株主賛成票を得られなくするのだ。そうとなれば、できるだけ目立つことなく大急ぎで株を買い増す必要がある。

トゥリーニが最初に依頼を試みたいくつかの銀行はこの取引にかかわろうとしなかった。しかし、この手のきわどい取引に関して定評のある銀行がひとつあった——ドイツ銀行である。ドイツ銀行の幹部はこの提案に乗り気で、投資銀行部長はその大胆さを楽しんでさえいる様子だった。次に経済省がすべきことは、10億ユーロという税金の投入だ。ここからはマクロンも本格的にかかわった。4月7日の時点で、政府とドイツ銀行はすでに同意書に署名していた。ドイツ銀行がルノー株を買い、10日間かけてフランス政府の名義に変更するという内容だ。

そしてそれをマクロンがゴーンに知らせる。

7日の夜8時過ぎ、マクロンは元老院の議事堂を出てゴーンに電話をし、彼らしい単刀直入な口調でこう告げた——国はルノー株を買い増したので、翌朝にはそれを証券取引所に発表する。フランソワ・オランド大統領もこの計画を知っている。そうして通話は3分もかからないうちに終わった。

ゴーンはめずらしく、あまりのショックで言葉を失った。まるで予想していなかった事態だ。政府は公金を投入してまで自分を打ち負かそうとしている。特に納得できないのは、自分が利用するつもりのオプトアウト条項は政府が定めた法律に含まれているのに、それでもなお政府が自分たちの意向を押し付けようとしていることだ。それなら初めからこの制度を義務化すればよかったではないか。

あまりに非論理的でまったく不公平だ、とゴーンは思った。

アライアンスの未来だって危うくなる。トゥリーニの考えは半分正しかった。確かにカルロス・ゴーンは多くの面で日産自動車そのものだ。しかし、すべてを掌握しているわけではなかった。日産幹部が嫌がるというゴーンの言葉は本物だった。日産が黙ってこれを受け入れるわけはないのだ。

翌週、ゴーンが開いたルノーの取締役会に役員たちが集まった。コの字形のテーブルに座る面々のなかには政府代表のトゥリーニと日産代表の西川もいた。

ルノーの全株式の保有状況を示すスライドが映し出された。ゴーンはスクリーンに顔を向け、それが意味するところを説明した。何かの変更がないかぎり、政府は2倍議決権制度の不採用を否決するのに十分な力を持っていて、フランス国家の議決権は倍になる。

ゴーンは、いつも発言に慎重な西川に日産の姿勢を説明するよう求めた。西川は少し気を引き締めてから、日産の最高法務責任者ハリ・ナダとレイサム・アンド・ワトキンス法律事務所が用意したコメントを読み上げた。

日産は、「アライアンスの将来を危険にさらす」ものであることから、フランス政府によるこの動きを「非常に深刻に」受け止めている、と西川は述べた。フランスがこの計画を実行に移した場合、日産は「ルノー株の所有を通し、他のすべての株主と同様の議決権を得られるよう可能なかぎりの手段を講じるべきである」。

その意味するところの深刻さを理解した役員たちは凍りついた。つまり日産は2002年に合意した不可侵協定のRAMAを破棄し、ルノーへの出資比率を高めるために敵対的な行動を取る用意がある、と宣言したようなものだ。ゴーンはいつもアライアンスに関していたって耳あたりのいいスピーチを行い、相互利益で結ばれた友好的なパートナー関係だと語ってきたが、ここにきて日産はそれを打ち砕く覚悟を明らかにしたのだ。

テーブルを囲む顔がトゥリーニに向けられた。いったいフランス政府は何を目指しているのか？「政府はいつからこんなに速く動けるようになったのでしょうね」と取締役の1人が言った。また別の者は、ゴーンをやりこめたいがゆえの行動なのではないかとほのめかしてこう言った。「政府は他の会社の株も買い増しているのでしょうか、それともルノーは特別ですか？」

トゥリーニは、日産の反応および西川の読み上げたコメントにゴーンの指示が絡んでいないわけがないと思った。これほどの集中砲火を浴びるのは初めてのことだったが、自身の立場は堅持した。政府はもう何十年もルノーに出資しているのだから、その分の利益を主張する権利は十分にある。それほど昔から政府は株主なのだ、他の株主たちも受け入れるだろう、とトゥリーニは考えた。

そして4月30日に開かれたルノーの株主総会で、フロランジュ法のオプトアウト条項の議案は否決された。

フランス政府としては、ゴーンに勝利したのだ。その日、マクロンはローマでイタリアの大統領と会談をしていた。ルノーに関する朗報を聞いたあと、マクロンはフランス大使館で記者の取材を受けた。やがて話題は各フランス人CEOたち、そしてゴーンへと移った。彼の問題は忠誠心だとマクロンは言った。「彼はもはや日本人です。彼にとって、事は単純です。横浜での彼は皇帝で、1000万ユーロをもらっている。しかしフランスでは一経営者で、報酬は150万ユーロです」

一見したところのフランス政府の勝利の裏で、西川を通して日産がアライアンスを脅かしたことは2社のあいだで尾を引いた。ルノーと日産の提携関係は混乱に陥り、雰囲気はすっかり険悪になった。数週間後、トゥリーニは政府を去って民間企業へと転職した。後任に就いたマルタン・ビアルは、アライアンスの膠着(こうちゃく)状態に終止符を打つべく新たな協議を開始した。ゴーンは両社共のトップであることを理由に話し合いには参加しなかった。代わりに西川を日産代表として交渉に当たらせ、グレッグ・ケリーとハリ・ナダを顧問につけた。

西川は民間機でパリに飛び、出張のたび利用しているその街の西端のホテル、ル・メリディアン・エトワールにチェックインした。話し合い開始の場となったルノーのオフィスで、ひょろりと背が高く、短く刈り込んだ髪型が特徴的な西川が出入りする姿は目を引いた。この交渉の突破口が開かれるのか、あるいは決裂してゴーンのアライアンスが終焉を迎えるのかとメディアが必死に探るなか、両社の交渉チームは予測されづらいように市内のあちこちのレンタル会議室に集まって話をした。

ビアルは日産を安心させるためにはどうすべきかと西川に尋ねた。西川はこじれたこの状況の打開策として、相手に妥協させる案を用意していた。彼が明確に伝えた日産の立場はこうだ——ルノーは日産株の半分近くを所有しているので、日産に自分たちの決定を押しつけることもできてしまう。日産を安心させたいのなら、日産に対する議決権を放棄すべきだ。そうすればルノーが日産に支配力を振るう術はない。

それこそがおもな懸念だったのだ。つまり、フランスが日本を支配することである。ビアルはそれで構わないと思った。フランス国家にとって日本の自動車メーカーを経営することにほとんど関心はない。ルノーの影響力を制限することで日産が安心するなら、喜んでそれに応じよう。そもそもゴーンが両社でCEOと会長を兼任しているのだから、何も変わりはしないだろう。彼が交渉における両陣営を代表しているこの状況下で、日産の取締役会による提案にルノーが反対票を投じたことはこれまで一度もない。もしもルノーがいざ反対すべき状況になれば、協定を破り捨てて戦争に突入したっていいのだ、とビアルは考えた。

2社はアライアンス協定RAMAの修正条項を作成した。それは、ルノーが日産の事業に干渉していることが判明した場合に、日産にルノーの株式を買い増す権限、さらには敵対的買収さえ開始する権限が付与されるという内容だった。この新たな合意が成立すれば、日産はルノーに対してこれまでゴーンが成しえたよりもさらに強固かつ確実な防衛策を手にすることになる。

そして12月11日のルノー取締役会にて、最後の関門が無事突破された。日産の交渉チームにとってこの合意は大きな勝利だった。それまでの日産は実質的にルノーの子会社でありつつ、その立場に伴う厳しい現実、とりわけルノーの利益を優先した決定が下されるという事態から、ゴーンのおかげで守られている状況にあった。しかしいまルノーは、ゴーンを通さないかぎり日産の経営にほとんど影響力を持たなくなった。日産本社では、夜10時過ぎまで残っていた役員や弁護士たちがルノー取締役会による議決の結果を知って高揚感に包まれた。これで日産は基本的にルノーから独立したのだ。

ゴーンはアライアンスの頂上からその展開を見下ろし、被害状況を確認した。両社の距離を縮めるために彼が敷いてきたレールはものの数カ月で崩れ去った。両社からの信頼回復には何年もかかるだろう。特に、マクロンの奇襲によってひどい扱いを受けたと感じている日産側の不信感は大きい。ゴーンはいつも無敵の様相で日産の保護を約束してきたのに、今回は危うく大惨事に見舞われる寸前だったのだ。結局、この騒動を収拾したのはゴーンではなく日産だった。

日産本社では、それまでなら考えられなかった疑問が囁かれはじめた――もはやカルロス・

ゴーンは必要なのか?

フランスでも、ゴーンの印象は必ずしもよくなかった。役員室でも公の場でも、彼の振る舞いは慣習から外れているだけでなく、それを積極的に無視してやろうという姿勢が見えた。彼の婚約者も、少なくとも富をひけらかすことを好まないフランス人の感覚とはずれていた。2016年2月、キャロルは2人の友人を連れてヴェルサイユ宮殿を訪れた。秋に自身の50歳の誕生日パーティーを開くための会場を選んでいたのだ。アライアンスは2014年に名高いこの場所で誕生15周年を祝ったので、自分も似たようなことをしたいと思った。高級感があって、おしゃれな演出やダンスなどでゲストを楽しませられる会を開きたい。キャロルが目をつけたのは宮殿の本館ではなく、ルイ14世が宮廷から離れたいときに隠れ家として使っていた離宮の大トリアノンだった。

ゴーンは120人のゲストを迎えるために25万ユーロの予算を組んだ。ルノーが宮殿の改修支援のために結んだスポンサー契約の一環として、大トリアノンの使用料自体は無料だった。

その夏、ゴーンのチーフ・オブ・スタッフとして彼の公私をサポートするフレデリック・ル・グレーヴが、いくつかの点を整理するためイベントの主催者に次のように連絡をした。「アヌシュカへ。ゴーン夫人から要望を詳しくうかがってきました。短くまとめれば、シンプルかつシックでエレガントなディナーを希望していて、この夜会（ソワレ）には大きな期待を寄せているようです」。長い要望リストのなかにはきわめて豪華なデザートテーブルなどが含まれたほか、音楽を流すタイミング、アンティーククリスタルのグラス、モエ・エ・シャンドンとヴィンテージ・シャンパーニュをサーブするバランスなどが細かく指定されていた。「エントランスのレッドカーペットについては、濃いピンクでなく赤にしていただきありがとうございます」

その夜をさらに盛り上げるべく、キャロルとイベントプランナーはマリー・アントワネットの世界観をテーマにしたパーティーを企画し、それに合わせたケーキの盛り合わせもふんだんに用意することにした。廷臣に扮した俳優も用意し、特権階級の気分に浸れる雰囲気を完成させるのだ。

10月8日、ベイルートに住む大勢のエリートのほか、ニューヨーク、ロンドン、香港からやってきたキャロルの友人たちが会場に集まった。レバノンのメディアはその晩の注目すべきポイントを伝え、彼らのファッションもそのひとつだった。「おしゃれなレバノン人のマルワン・ハムザはマーク・ジェイコブスのスーツの上にシルクのアバヤを羽織り、エルメスの黒いシャツの襟元にリボンを通し、足にはグッチのモカシンミュールを履いて登場した」

「自宅にみなさんを招いているような、堅苦しくない雰囲気にしたかったんです」と、のちにキャロルはセレブの暮らしを伝える雑誌タウン&カントリーに語った。

その会でゴーンは短いスピーチをし、いまの自分の人生に光を与えてくれている人、数カ月前に妻となったその人に敬意を表したかったと語った。「だからこそ、この素晴らしい場所でパーティーを開きたいと思ったのです」

アライアンスを崩壊させかけたフランス政府との戦いのあと、ゴーンはもはや神格化された存在ではなくなってしまったが、ヴェルサイユ宮殿で二度めのパーティーを開いたこと、そしてそれがメディアに報じられたという事実は、彼が自分の地位を安泰だと感じられる根拠となった。のちにこのパーティーがフランスで世間の非難を巻き起こすことになるなど、彼は知る由もなかった。日本でもパーティーの開催は知られ、日産幹部のなかにはこれほど豪華なイベントの資金をゴーンがどこから調達しているのかといぶかる者もいた。それはいっそうの危険を生んだ。西川はゴーンの力が無限でないことを数年前から悟っていたが、他の日産社員も新たな現実に気づきはじめていたからだ――ゴーンはもうスーパーマンではないのだと。

第14章

変わりゆく潮流

パリで仕事中のジアド・ゲブランに、取り乱した様子の兄から電話があった。ベイルートにいる父親のファディ・ゲブランが入院したとのことだ。しかも余命は短いという。だが、用件はそれだけではなかった。ファディ・ゲブランはそれまで20年にわたって富裕層の顧客のためにペーパーカンパニーをいくつも設立していて、顧客にはカルロス・ゴーンもいた。そうした会社の多くは弁護士であるファディ・ゲブランが自分の名前と事務所の住所で登記し、顧客の名前が表に出ないようにしていた。父親が亡くなれば、ジアドと兄にはそれら数十社が自分たちの名義に換わるという悪夢が降りかかりかねない。どうにか阻止する手をすぐに打つ必要がある。

ジアドはパートナーとして働いている広告会社の仕事を休んでレバノンに飛んだ。2017年7月26日、29歳の彼はベイルートに着くと父親の病院へ直行した。厄介事を手早く片付けて、残りの大切な時間は父親のそばにいたいと思った。

しかし、父のビジネスを取り巻く状況が予想していたよりはるかに複雑であることがすぐにわかった。会計書類も、誰がどの会社のオーナーなのかを判断するための登記簿も存在しなかったのだ。父のアシスタントであるアマル・アブ・ジャウドもあまり頼りにならなかった。大学を出ていない彼女は、１９９０年代にファディ・ゲブランの法律事務所でタイピストとして働きはじめた。長年勤めた末、彼女の役割は一般的な秘書となり、ゲブランのスケジュールやメールを管理していた。ゲブランは会社の書類に彼女の名前を使うことが多かったが、彼女はそうした数多くのペーパーカンパニーについて詳しいことは知らなかった。

すべてはゲブランの頭の中にあるのだ。

ジアドは父に、記憶しているかぎりのことを書き出してほしいと頼んだ。初め、ゲブランはそれを渋った。秘密が漏れるのを懸念したからではなく、そうすれば自分に死期が近いと認めることになるからだろう、とジアドは感じた。だがジアドはどうしてもと言って譲らなかった。父が築いた迷宮のような会社網を把握するための地図を手に入れないと、母親に何も遺らないかもしれないのだ。

ジアドは毎朝9時ごろ見舞いに訪れた。椅子に座り、父の助けを借りながら、誰がどの会社の真の所有者で、それぞれの会社について何をすべきかをリストにした。未払いの請求書も山積みで、父の事業に手許（てもと）現金がいくらあるのかも、人からどのくらい借金しているのかも、ジアドにはまるでわからなかった。何より、父の法律事務所を閉鎖して、アマルおよび父と一緒に働いていた弁護士の職を奪わなければならない。

2日後、ジアドは差し迫った仕事を父に伝えた。幼なじみで最重要クライアントのカルロス・ゴーンに電話しなければならないと。「誰か他の人間を探す必要があると彼に伝えなきゃいけない」とジアドは父に言った。「もう終わりだと知らせよう」

ゲブランはゴーンに自分ががんであることは伝えていたが、それがどれほど深刻なものかは話していなかった。彼は前年の2016年に膵臓(すいぞう)がんと診断され、ベイルートの病院で放射線治療と化学療法の両方を受けていた。しかしがんの広がりは止まらず、なんとか抑え込もうと3回にわたってロンドンに飛び、高価なレーザー治療も受けた。そして最後の手段として、まだ実験段階の治療をベイルートで受けるための書類にサインした。

数週間後、ゲブランは最新の治療も効果がなかったことを知らされた。本人も家族も、いまや最期のときを待つより他にないのだと悟った。それでもゲブランはゴーンへの連絡をためらった。ゴーンのことは自分自身よりもはるかに重要な存在だと考えていて、そんな彼に迷惑をかけたくなかった。カルロス・ゴーンのために働くのは彼にとって名誉なことだった。「でも、彼にどう思われるだろうか」とゲブランは息子に問いかけた。「すべてをきちんと管理しておくのが私の役目なのに……それができていないなんて」

その日のほとんどを費やして話し合った末、ゲブランは息子の意見を聞き入れてゴーンに連絡をした。ゲブランは率直に話し、ゴーンも理解を示して「きっと解決策はある」と言った。それからゴーンはゲブランが彼に代わって管理していた会社のリストを求めた。この電話をしたことで、ゲブランの肩から重い荷が下りた。

7月29日、日産のゴーン専用ジェット機で機体登録番号「N155AN」のガルフストリームG650が、トルコのリヴィエラとしても知られるリゾート地のミラス・ボドルム空港に着陸した。キャロルと子供たちもあとから合流して家族旅行をする計画だ。

この年の休暇は特別なものになる予定だった。1カ月前に自家用クルーザー「ナヴェッタ37」の建造が完了していた。船はCEOを意味する日本語から「シャチョウ（Shachou）」と命名された。小型のテンダーボートと2台のジェットスキーを搭載したことで、もともと高額な建造費がさらに14万ドル以上増えていた。その船でトルコの美しい海岸沿いを3週間かけてクルーズしてからギリシャの島々をめぐるプランだ。

シャチョウ号がボドルムのヤリカヴァク・マリーナを出航した日、ジアド・ゲブランとアマル・アブ・ジャウドはゴーンから依頼された企業リストを確認していた。リストに欠けや間違いがないことは父のゲブランがチェック済みだった。人生の終わりが近くとも、弁護士として大切なクライアントに対する責任をまっとうしたかったのだ。

8月1日、絵葉書のような景色が広がるトルコ海岸沿いの入江をシャチョウ号が航行しているとき、アマルはファディ・ゲブランのメールアカウントを使って、ゴーンに代わって所有している企業のリストをゴーンに転送した。「金曜に電話でお話ししたとおり、ご依頼いただいた企業リストおよび詳細をお届けします」とのメッセージに添付されたリストには、ブラジレンシスとグッド・フェイス・インベストメンツを含め9社の企業が載っていた。そのうちの1社は、ゴーンが日本で多額の評価損を出した為替スワップ取引にかかわったものだった。また別の1社は、ベイルート中心部でいまだ改装中のゴーンの邸宅にかかわっていた。

ゲブランに残された時間が少ないことをわかっていたゴーンは、アマル・アブ・ジャウドへビジネスライクな返信をした。8月2日、ゴーンは依頼していた送金の状況について彼女にメールで尋ねた。

アマルへ
先日の金曜、グッド・フェイス・インベストメンツ・ホールディングスからアメリカのショーグン・インベストメンツLLCに350万ドルを送金するようファディに依頼した。
ファディはそれを了解したが、ショーグン・インベストメンツにはまだ着金していない。
君とサラダー銀行の両方で、すべての手続きが完了しているか確認してもらえないだろうか?

感謝を込めて
カルロス・ゴーン

アマル・アブ・ジャウドはパニックになった。「カルロスの依頼なんて私は聞いていません！」と彼女はジアドにメールした。「お父様にうかがっていただけますか？」

「うーん……訊いてみます」とジアドは返した。

その日のゲブランはもう書類にサインしたがらなかった。痛みがひどく、死期が迫っていた。思考はまだしっかりしていたが、疲れきって休む必要があった。

数時間後、死の床にある彼のアカウントにまたメールが届いた。よりにもよってゴーンからだ。シャチョウ号の乗組員6名の7月分給与、合計2万2000ドル以上の請求書だった。船の小口現金口座から係船料やその他雑費を支出した帳簿の記録も添付されていた。

アマル・アブ・ジャウドはジアドとその兄ジョーにメールをしてアドバイスを求めた。請求書はビューティー・ヨット社宛で、支払いにはファディ・ゲブランのサインが必要だった。ジアドはできるかぎりのことをすると言い、今後同じようなことがあったときのために彼女にサインの権限を委譲してもよいかと尋ねた。

翌朝、アマル・アブ・ジャウドは途方に暮れた。網の目のように複雑な仕組みのもとで、いくつもの会社と銀行口座が経費を支出している状況を理解するのは、かなりの苦労だった。「昨日は、ファディが3カ月前に手続きしたシャチョウ号のコップ代金の支払いを見つけるのに1時間かかりました」と彼女はファディの息子2人にメールしている。

それでも、何時間もかけて書類や古い請求書を丹念に調べた結果、部分的にだが資金の流れを理解できたと彼女は2人に伝えた。クルーザー関連の費用は、英領ヴァージン諸島に拠点を置くビューティー・ヨット社の銀行口座から支払われていた。同社が資金を必要とするときには、フォイノスという別の会社から送金しなければならなかった。そしてフォイノスの口座の資金が底をつけば、ディヴェンドゥ・クマールという人物に連絡して新たな資金を充当してもらう必要があった。クマールは日産の社員なのだろうと彼女は考えた。

8月7日、ショーグン・インベストメンツへの送金が完了した旨のメールが、ファディ・ゲブランのアドレスからゴーンに届いた。「ありがとう！　近いうちにベイルートで会うのを楽しみにしている」とゴーンは返した。

8月11日にゲブランは意識不明となり、その4日後に帰らぬ人となった。

ゲブランが亡くなった日、ベイルートにあるクルーザー販売会社シー・プロスのアラン・マアラウイからゴーンにメールが届いた。シャチョウ号はもうすぐ航海を終えようとしていた。エーゲ海に浮かぶロードス島とペセリモス島を訪れたその船はいま、トルコの海岸線沿いに帰路に就いていた。マアラウイはゴーンに、ビューティー・ヨット社の所有権移転がまだ行われていないと伝えた。

ゴーンはゲブランが亡くなった悲しみに暮れるアマルにそのメールを転送し、ゲブランが必要な書類にサイン済みか確認してほしいと頼んだ。「よろしく頼む。次の月曜にベイルートで会うのを楽しみにしているよ！」とメールは結ばれた。

いつもアマル・アブ・ジャウドはゴーンのメールにすぐ返信していた。だが今回は、数日経った8月20日になってやっと返事をした。それはゴーンが子供たちのナディーン、マヤ、アンソニーとともに日産のプライベートジェットでトルコからベイルートに戻る日だった。

メールを返す前にアマル・アブ・ジャウドは職場に行く必要があったのだ。20年間、日中のほとんどの時間を過ごした、思い入れのある場所だ。父親のような存在だったゲブランがいなくなってしまったいま、そこは空っぽに感じられた。20年のあいだずっと、ゲブランは彼女にレバノンの歴史を教え、旅をして視野を広げるよう勧めてくれた。

「オフィスはとても悲しく、切ない場所でした。1人で来るのなんて無理だと思ったけれど、クルーザーのオーナー会社であるビューティー・ヨットについてカルロスが知りたがっていたので、やむをえませんでした」と彼女はジアドにメールした。「彼がいないことが本当につらいです」

それから彼女はゲブランのアカウントからゴーンにメールを送った。ゲブランは必要な書類にすべてサイン済みです、と。しかし、その言葉は完全に正しいとは言えなかった。実際、書類はゲブランが亡くなる前まで遡って8月11日発効とし、彼の電子署名を使ってサインしていたのだ。ゴーンに余計な心配をかけたくないという思いから、アマル・アブ・ジャウドはそれを伝えなかった。8月末までにビューティー・ヨットは——それゆえナヴェッタ37も——カルロス・ゴーン名義になった。*

* ゴーンの顧問弁護士によると、船の所有権がゴーンに移った際に金銭の授受はなかった。なぜならビューティー・ヨットには負債があったため、船は無価値同然だったからだという。

その後の数週間でジアドと兄は請求書類の支払いをすべて無事に終え、法律事務所を完全に閉めた。ゴーンはアマル・アブ・ジャウドをレバノンでの秘書として雇用した。彼女はゲブランの仕事の一部を引き継ぎ、オマーンでSBAのゼネラルマネージャーを務めるディヴェンドゥ・クマールによる、アメリカのショーグン・インベストメンツおよび英領ヴァージン諸島のビューティー・ヨットへの資金移動を監督した。

ファディ・ゲブランは亡くなったが、複雑な資金ルートは彼の遺志を継ぐように活用されつづけた。

アマル・アブ・ジャウドは日産から給与を支払われ、レバノンにある日産の主力販売代理店で仕事を得て、デスクトップパソコンの備わった3階のオフィスを与えられた。その職場に移るにあたり、彼女はファディ・ゲブランの事務所から多くのファイルを持ち出した。

第15章 グローバル・モーターズ

ＣＥＯの右腕であるチーフ・オブ・スタッフとしてカルロス・ゴーンに仕えるということは、満足に家庭生活を送れず、あるいは他の人とはまるで違う生活をすることを意味していた。

ゴーンは、フレデリーク・ル・グレーヴを自分のチーフ・オブ・スタッフにするとき、この仕事に就くなら尼僧のような規律と献身が求められるぞ、と警告した。彼女はいつも太陽が昇るずっと前に起床し、平日は決して自分の予定を入れられなかった。世界中を飛び回るゴーンに付き従い、ほとんどどこへでも出かけていった。国際線の民間機を使って――日産のプライベートジェットはいくつもあるゴーンの自宅のひとつだと彼女は考えていた――常にゴーンより先に到着し、帰路は彼が発ったあとで出発するよう心がけた。

２０１７年の春、ル・グレーヴは毎年この時期に恒例の仕事を熱心に進めていた。翌年１年間のゴーンのスケジュール調整だ。株主総会からモーターショーまで、彼が出席する必要のある数多くの行事を選別するのには慣れていた。だが今年は、ふだんと違うゴーンの要求に応えようとしていた。仕事中毒の彼が少し休暇を取りたいと言ったのだ。

40年間精力的に働いてきた彼は、いまや60歳をだいぶ過ぎていた。そろそろスローダウンして、もうじき改修が終わるベイルートの邸宅やクルーザーの上で過ごすのもいいころだ。人に何かを教える仕事など、自分が心から楽しめる活動をする機会もほしいと思っていた。数年前からキャロルと子供たちも、もう引退して人生を楽しんだらどうかと勧めていた。

ル・グレーヴはゴーンに言われたとおり、2018年のスケジュールには週末の連休や1週間の休みなどをいくつか入れた。

ゴーンに三菱自動車の会長という3つめの役職が最近加わって以来、休みを見つけるのは特に難しくなっていた。日産は前年秋に同社の株式の34%を取得し、ゴーンは窮地に陥っていたそのライバル企業の再建に取り組んでいる最中だった。三菱自動車は燃費試験データの改ざんという不祥事の発覚後、ゴーンに救済を求めたのだった。

ゴーンは使い古した手法を三菱にも用いた。全社的な部門横断チームを複数立ち上げて製造コストを日産やルノーと比較し、資材や部品の購買で簡単にコスト削減できる部分を見つけていった。三菱の年間自動車販売台数は100万台に満たず、アライアンスに組み込むことでスケールメリットが生まれた。ゴーンは部門ごとの月間目標といった明確な業績目標を社員に課し、達成度に報酬を連動させた。

三菱自動車の財務状況は数カ月で安定し、株価も急上昇した。造作ないことだ、とゴーンは感じた。

しかし、三菱の加入がなんの問題も伴わなかったわけではなく、アライアンスにおける微妙なパワーバランスが揺さぶられた。日産内部では、別の日本メーカーが加わることでルノーと意見が分かれた場合に有利に働くと期待されていた。一方ルノーでは、三菱が加わると日産に対してただでさえ弱まっている自社の影響力がさらに薄まるのではないかと危惧された。

それでもゴーンは、アライアンスの拡大はGMやトヨタと争える巨大連合になるための絶好の機会だと考えた。ルノーと日産は過去最高のめざましい販売成績を上げ、それによって株価も急騰していた。

そこで、あるモニュメントが制作されることになった。

2017年6月22日、日産の横浜本社で、制作を命じたゴーンが笑顔で見守るなか、高さ約5メートルの彫刻から巨大な白いカバーが滑り落ちた。

直径の異なる5つのステンレススチールの輪を組み合わせた、オリンピックのロゴを縦にしたようなデザイン。ゴーンは高くそびえるその記念碑の隣に立ち、取り囲んだ日産社員、記者、カメラマンに向かって、5つの輪は彼がトップに就任して以来日産の原動力となってきた5つの企業理念である「ダイバーシティ」「サステナビリティ」「チャレンジ」「グローバリズム」「アライアンス」を表現したものだと説明した。そして、「優れた芸術は、それが自動車であれ彫刻であれ、私たちにこれまでの歩みを思い出させ、これからの可能性について想像力をかき立ててくれるものです」と語った。

ゴーンは式典を心から楽しんでいた。カメラのフラッシュ、称賛の声、世間の注目、そのすべてに酔いしれた。彼に日産CEOの後継者として指名されたばかりの西川廣人もゴーンを称え、長年会社を率いてきた彼に対する感謝の言葉を述べた。ふだんの職場では気難しそうな硬い表情をしている西川だが、このときは光り輝く金属のオブジェの前で写真撮影に応じながら笑顔を見せた。

そのすべては芝居だった。

西川はゴーンに対して募りつづけるいらだちを押し殺していた。この朝の除幕式のことをゴーンから知らされたのは式の開始直前で、まるでぎりぎりになって彼を呼ぶことを思いついたかのようだった。各事業部はいまだ決裁をゴーンに求め、広報部の活動はゴーンのイメージづくりが中心だ。形の上ではCEOでも、西川はゴーンの陰にすっぽりと隠れていた。

実際、長年にわたり自身が率いた日産の軌跡を記念する作品を本社の公開通路に設置するというのも、ゴーン自身の発案だった。彫刻の制作はレバノン人アーティストのナディム・カラムに依頼し、日産は90万ドル近い費用を支払った。

その晩も余韻に浸りながら、ゴーンはスモークガラス仕様の日産の黒いセダンで東京のお気に入りのレストラン〈本(ほん)むら庵(あん)〉に乗りつけた。胸を張ってテーブルに向かう彼に他の客たちが気づき、振り向いて視線を向ける。今夜は2人のフランス人ジャーナリストとの会食だ。

ゴーンは食べるものに厳格で、酒はふだんからほとんど飲まず、特に平日は禁酒していた。2人の記者は長年にわたって彼を何度も取材していて、新幹線の時刻表のように分刻みのスケジュールで行動する彼の冷ややかでビジネスライクな応対にはすっかり慣れていた。しかしその夜のゴーンは、機嫌がよくくつろいだ様子だった。テーブルにつくとすぐに日本酒を全員分注文し、乾杯しようと言った。

スクープの材料を提供すると約束されて取材のためにパリから飛んできた記者たちに、「今月末、日産はナンバーワンになるんだ」とゴーンは言った。

「なんと。記事にしていいんですね？」と記者の1人が尋ねた。

まだ未公表の情報だったが、ルノー・日産・三菱の3社を合計すれば2017年上半期の新車販売台数が500万台を超え、トヨタやフォルクスワーゲン、GMを上回ったというデータをゴーンは入手していた。中堅自動車メーカー3社の販売台数を合算して事実を誇張していると業界の専門家たちは言うだろうが、批判をかわすことにはもう慣れている。

和牛やタコ、ウニなどが上品に盛られた料理を楽しみながら、ゴーンはすっかり有頂天だった。1999年に日産入りし、2005年にルノーのトップとなって以来、非難され、疑いの目で見られることにずっと耐えてきた。どうせうまくいかないと批判した者たちの言葉は一言一句覚えている、すべての記事を保管してあるからな、とゴーンは2人の記者に語った。しかしルノー・日産連合がナンバーワンになったいま、先行きが暗いなどとは誰にも言わせない。

「勝負はついた。もはや議論の余地はない。私たちはアライアンスという特別なものをつくり上げたんだ」と彼は言った。

ゴーンはいつも背筋をまっすぐ伸ばして座るが、夕食が終わるころにはすっかり椅子に背をもたせかけていた。記者たちはゴーンの報酬額について、ルノー・日産・三菱の合計で１８００万ドルくらいでしょうか、と質問した。ゴーンはオフレコを要求し、記者たちは記事に書かないと約束した。自分が築いた３社連合のように売上２０００億ドル、利益１００億ドルにおよぶ大企業にあって、「よきボス」に払う数百万ドルなど取るに足らない額だとゴーンは説明した。

「驚くかもしれないが、オフレコだから教えよう」とゴーンは事もなげに言った。「私の報酬額はそれほどでもないんだ」

トヨタ、フォルクスワーゲン、ＧＭを抜いて自動車産業の頂点に立ったのはほんの始まりにすぎなかった。ゴーンは９月、アライアンスは年間１０００万台の販売で満足しないと世界に向けて発表した——目指すのは１４００万台だ。この先、電気自動車や自動運転車が出現するなかで、競争に耐えて力強く成長できる資金を持つのはひと握りの最大手企業だけになるからだ、とゴーンは理由を述べた。次世代技術への転換の初期段階でアライアンスが優位に立てれば、ライバルとの差はどんどん広がっていくはずだと考えたのだ。２０２２年までにこの販売台数を達成すべく、ゴーンはルノー、三菱、日産各社の目標を立てた。

西川はゴーンの強気な販売目標が気がかりだった。日産はすでに数カ月前の目標販売台数を達成できていないのに、これほど高い目標を掲げたら利益率がいっそう低下するのではないか。以前、西川は記者団に「日産はゆっくりと着実に成長していきます」と語っていた。

ゴーンと彼自身が新CEOに指名した西川との距離はどんどん広がっていた。これまで数多くの成功を遂げてきたとはいえ、拡大を続けるゴーンの自動車帝国はもはや手に負えなくなりつつあると西川は感じていた。ゴーンが世界中の新たな地域に事業を進出させたことで、日産とルノーの売上高そのものは2011年から40％増加していた。両社とも数十億ドルを投じてインドやブラジルなどの急成長国家で新工場を建設した。こうした国々では、これから初めてのマイカーを買いたいと望む新たな中流階級が10億人誕生するとゴーンは信じていたからだ。だが期待したような自動車ブームはいまだ起こっておらず、工場の多くはあまり稼働していなかった。

その年の秋、西川の両肩にさらなる重荷がのしかかった。日産の工場を視察に訪れた政府の担当者が、車のステアリングやブレーキなどの基幹部分に対する最終検査を無資格の従業員が行っていることを指摘したのだ。技術の進歩で手作業による品質検査はもう時代遅れになっていて、有資格者による検査を義務づける規制も過去の遺物ではあった。しかし、日本においてルールはルールなのだ。日産は2億ドルを超える費用をかけて100万台以上をリコールすることになった。会社のハンドルを握ってブレーキを踏む役割に、適切な人物が就いていないせいだ。

西川は記者会見を開き、カメラの放列に向かって頭を下げた。社内調査の結果を政府に提出する際にも彼が再び頭を下げた。こうして西川が非難の矢面に立ちつづけ、日産社内ではもうゴーンはこの会社への興味を失ったのだろうかといぶかる声も上がった。

2018年1月、テネシー州の自宅にいたグレッグ・ケリーにフレデリーク・ル・グレーヴから電話があった。ニューヨークにいるゴーンが翌日に会いたがっているという。そのときアメリカ東海岸では爆弾低気圧が大雪を降らせていたため空港はどこも閉鎖され、飛行機の便はなかった。そのためケリーは大吹雪のなか、車で20時間かけてニューヨークへ向かった。

疲れきったケリーは、セントラルパークそばのアライアンスのオフィスの近くでゴーンと会った。ゴーンは挨拶もそこそこに用件を切り出し、引退を真剣に考えていると告げた。ルノーのCEO職は2018年までの任期で、筆頭株主であるフランス政府は彼がその後も続投するなら2つの条件を呑むよう要求していた——報酬の減額と、もうひとつはルノーと日産の合併に踏み切るという重大事案である。戦うのはもううんざりだ、とゴーンは言った。同じ問題をめぐってもう随分長いこと争ってきたのだ。ケリーが彼のこれほど気落ちした暗い表情を見たのは、私生活で離婚問題を抱えているときにルノーの産業スパイ事件が彼の進退問題に発展した2011年以来だった。

「ミスター・ゴーン、私たちにはあなたが必要です。あなたに残ってもらうのにふさわしい会社にしますから」とケリーは言った。彼はゴーンが退職後に受け取る報酬に関する手続きを2010年から担当していて、その支払日はこれまで数回にわたる延長を経ながら更新されつづけていた。

「もう完全に身を引こうと考えている」とゴーンは言った。

面会はそれからすぐに終わった。遠路はるばる運転してきたケリーが得たのは、辞職を考えているという上司の言葉だけだった。

しかし、2月になるとゴーンは留任を決め、報酬の減額も含めてフランス政府からの要求を受け入れることにした。

2018年2月8日、心の重荷が下りたゴーンはカーニバル観覧のためリオデジャネイロへ飛んだ。

日産はカーニバルに参加するサンバチームのひとつをスポンサーとして支援し、「ゴーン夫妻」のゲストとして18人を招待していた。招待者のなかには、レバノンで郵便事業を営み、4カ月前にゴーンの記念切手を発行していたハリル・ダウド、ゴーンが株を所有するレバノンの銀行の頭取、ゴーンの母校コレージュ・ノートルダム・ドゥ・ジャンブール時代の同窓生などがいた。

リオデジャネイロの全長数百メートルの会場を最初の山車が進みはじめ、各チームが華やかな衣装と胸躍るサンバのリズムで競い合うカーニバルが正式に幕を開けた。ゴーンと招待客が豪華な専用観覧席から見守る下を日産スポンサーのチームが通る。回転する木星の模型の前で巨大な輪を背負ったダンサーたちが踊り、マルコ・ポーロによる13世紀の中国横断を表現して龍や蓮の花、『カンフー・パンダ』をテーマにした山車もあった。

リオのカーニバルを毎年訪れているゴーンは、今年はこれまでのものと比べても特に素晴らしいと言った。その後、招待客たちのリオでの宿泊、食事、観光などの費用として20万9500ユーロの請求書が日産に届いた。

リオからパリに帰ったゴーンは、2月16日にアライアンスの将来計画を金融アナリストたちに説明した。ルノーと日産の関係をいっそう緊密なものにし、それが維持されると投資家たちに納得してもらえるよう全力を傾ける、と語った。「アライアンスを後退させてはならない、それは誰もが考えるところです。問題は、後退をいかにして阻止するかです」

その答えを出すのは容易ではなく、日産社内の猛反発を招かないよう慎重に進める必要があることをゴーンは理解していた。日産の上級幹部たちは会社の独立性を脅かしたり人員削減につながったりするどんな動きにも断固反対だったからだ。だがゴーンにはやり遂げる自信があり、将来の会社名まで考えていた――「グローバル・モーターズ」、略称GLMだ。

同日、ルノーはゴーンがCEO報酬の30％削減に応じたことと、株主総会での承認を前提に彼の任期が4年間延長されることを正式に発表した。

給与減が決まったことの痛手は、日産から届いた朗報が和らげてくれた。ゴーンに現金で約800万ユーロを秘密裏に支払う手続きがハリ・ナダの手によって完了したのだ。資金はすでに日産と三菱自動車から、両社の提携を円滑に進めるため設立されたオランダ子会社の日産・三菱BV（NMBV）へと送られていた。あとはゴーンがその会社との雇用契約書にサインするだけだ。

自分には安すぎると感じる給与に長年耐えてきた末、いまや複数のルートから金が流れ込んでくるようになったのだ。

数日後にゴーンは東京へ飛び、オランダで高額な報酬を受け取るためのＮＭＢＶとの雇用契約書にサインした。彼は１９９９年から日産で働いてきた立場だが、その新合弁会社の社長としての年俸およそ６００万ユーロに加えて、２００万ユーロ近い契約金も支払われた。

ゴーンがＮＭＢＶから受け取ることになった８００万ユーロは、ルノーで30％減った分の給与額と日産のＣＥＯ職を西川に譲ったことで減った給与額との合計とちょうど一致していた。それを知る人間はほとんどいなかったが。

春になるころには、ゴーンは合併についてごく親しい人々にはオープンに、かつとても熱心に話すようになっていた。ある日の彼は親友となった弁護士カルロス・アブ・ジャウドと、パリの北端で開催される盛大なフリーマーケットに互いの妻同伴で訪れた。〝インダストリアル・バロック〟様式で装飾されたレストラン〈マ・ココット〉で昼食をとったあと、妻たちはそれぞれの自宅用に装飾品やアンティークなどを品定めしながら露店を見て回った。そのあいだ、ゴーンは目を輝かせながらルノーと日産の合併に関する構想を友人に語った。合併が創出する価値は数百億ドルに及ぶと興奮ぎみに説明した。さらにフィアット・クライスラーなど他の自動車メーカーも加えられれば、自分はトヨタやフォルクスワーゲンをはるかにしのぐ世界最大の自動車会社の社長として君臨できるのだと。

その構想を語るあいだはあまりにも話に没頭しすぎて、会釈をしながら挨拶してきた人たちにほとんど気づかなかった。「あのさ、笑顔くらい返してやりなよ」と、ゴーンの話がやっと途切れた際にアブ・ジャウドは言った。

合併すれば数十億ドルのコスト削減が見込めることから、ゴーン自身も含めたルノーと日産の株主に多額の利益をもたらす可能性もある。両社の株価は大きく上がるはずだとゴーンは確信していた。

しかし、彼はルノーと日産の両社で取締役会長の座にあるため、合併交渉に直接かかわることはできない。交渉ではナダが日産側を代表した。ルノー側は、フランス政府の企業関連資産管理を担当するマルタン・ビアルが交渉代表者となった。

フランス政府はゴーンに対し、日産との合併に関する全体スケジュールを6月中旬のルノーの株主総会で発表するよう求めた。しかし、両者の考え方にはこれ以上ないほどの隔たりがあった。フランス側が合併を望むのに対し、日産は経営の独自性を主張した。株主総会当日にゴーンが述べた内容は典型的な社交辞令だった。「私の責任は、アライアンスの存続に対して今後いかなる疑念も生じないように、組織とその一体性を保つための措置を提案し、講じることです」

ゴーンが選んだ言葉はフランス政府の期待に沿ったものだった。一方、彼のスピーチに合併を確約しているように取れる内容はいっさいなかったので、西川をはじめとする日産経営陣も満足した。

その夏、ゴーンには仕事を忘れられるほど旅行の予定が詰まっていた。6月29日に訪れたイタリアのナポリでは、シャチョウ号がマリーナで彼を待っていた。それから1週間も経たないうちに、ゴーンは長女が結婚式を挙げる直島（なおしま）にいた。

7月13日、ゴーンはプライベートジェットで再びイタリアに行き、シチリア島沖に浮かぶ風光明媚（めいび）な火山島群をシャチョウ号でめぐった。その後パリに短期間滞在し、ルノーが達成した過去最高益についてアナリストや報道陣に報告してから、8月を丸ごと1カ月休暇にあて、スペイン東部に点在する有名ビーチ近くの入江に停泊して回るクルージングに子供たちと出かけた。

8月11日、ゴーンの娘ナディーンはジェットスキーに乗った自分の写真をインスタグラムに上げ、「最高に満喫中」とコメントを添えた。

夏のあいだ合併交渉はこれといって進展しなかったが、それでもゴーンには自分の計画が実現に向かっているという自信があった。彼の求めのもと、西川は日産がこれまでどおり経営の独自性を維持できるような合併形態の考案に腐心していた。ゴーンが気に入ったアイデアは、事業部門は現地に残したまま本社機能をすべてひとつの持ち株会社に移すというものだった。そうすれば、フランス側には合併を実現したと告げつつ——投資家は単一の会社の株を買えるようになる——事業部門のいくつかを分離させておくことで日産側には独立を守ったと説明できる。
9月、西川は「どちらの側にも受け入れられるシナリオ」の構築を進めているとゴーンに書き送った。すべて順調にいけば、アライアンス誕生から20年の節目である2019年にゴーンが合併を発表する計画だ。

10月中旬にゴーンがモロッコに到着したとき、その年だけで彼の日産社用ジェットは地球5周分に相当する約14万マイルを飛んでいた。リオとカンヌへの旅に加え、ウルグアイ沿岸に位置するマルドナドにある街で冬の陽光を浴びたり、バンクーバーでスキーを楽しんだりした。社用ジェットの利用については、目的を「会議」と飛行日誌にひと言書くだけで正当化することがほとんどだった。

予定表の10月26日にはモロッコのマラケシュで西川と仕事の打ち合わせが入っていた。数週間前に西川は、ルノーとの合併を目指すゴーンとその実現に向けた計画を話し合うため、その日に90分間のアポイントメントを入れていたのだ。西川ほどの上級幹部であっても、部下がゴーンとそれほど長く面会する機会を得られるのはきわめてめずらしかった。

打ち合わせを終えたゴーンは困惑していた。西川はアメリカの各地を回って自社の事業状況を視察したあと、ニュージャージーから5000キロ以上の距離をゴーンと会うために飛んできていた。それなのに、1時間半の打ち合わせのあいだ、西川は具体的なことをひとつも語らなかったのだ。それは不可解だった。

翌日、ゴーンはモロッコの首都ラバトで開催されたフォーラムに参加した。グローバル化をテーマにしたその討論会で彼は、自分がいかにルノーと日産の企業文化を融合して業界有数の組織をつくり上げることにキャリアを捧げてきたのかについて語った。それは決してたやすくなかったが、シンプルでいて大切なのは社員たちに敬意を払って率直に話すことだ、と聴衆に語りかけた。

「自分たちのアイデンティティを脅かすことのない目標を共有できれば、人々は進んで協力するものです」

11月中旬、ゴーンとキャロルはベイルートの新たなお気に入りの場所に向かった。6年に及んだ大改装を終え、日産がゴーンのために購入した邸宅がついに完成したのだ。

改修に長期間を要したため、邸宅の購入価格は当初の値段からおよそ1000万ドルも跳ね上がっていた。改装の出来はかかった時間にふさわしいものだった。デザイナーの優れた手腕とキャロルのセンスのよさを証明するように、ピンクの壁に水色のよろい戸をあしらったその家は上品な雰囲気を醸し出していた。庭からの光が降り注ぐリビングルームの奥には大理石のローテーブルを挟んで革張りの椅子が2つ置かれ、テーブルにはランの花などの植物がふんだんに飾られた。昼は窓を開け放って自然の風を入れることができ、夜はクリスタルのシャンデリアが室内を明るく照らす。

ある部屋に飾られた大きな写真に写るのは、びっしりと並んだカメラマンたちに向き合うゴーンのライトグレーのスーツの背中だ。改修工事中、敷地内で発見された一基の古代の石櫃がワインセラーの前に大切に飾られ、厚いガラスの床材の下、中から照明で照らされた。そこは邸宅のなかでも特にゴーンが来客を案内したがる場所で、壁にハチの巣状にしつらえられたラックにワインボトルが整然と並んでいた。温度管理のされたその部屋には、ゴーンのブドウ園でつくられたワインのケースも積み重なっていた。邸宅の中心にあるのは、庭にそびえ立つ太く曲がりくねったオリーブの古木だ。もう何年も世界中を飛び回りつづけてきたゴーンに、ついに本宅ができたのだ。いずれ会社経営の第一線から身を引き、築き上げた帝国をベイルートから監督するのにこれ以上ふさわしい住み家はないだろう。

２０１８年11月18日、ゴーンはベイルート有数の高級レストラン〈エム・シェリフ〉でキャロルと彼女の両親と一緒に昼食をとったあと、午後11時の東京行きの便に乗るため空港に向かった。離陸前、ゴーンはメッセージアプリ、ＷｈａｔｓＡｐｐの家族用グループにメッセージを送った（グループ名は彼の好きなテレビドラマのタイトルをもじった「ゲーム・オブ・ゴーンズ」だ）――「東京へ出発だ！　みんな愛してるよ！」

ゴーンは日産の経営陣と日本で詰めの協議をするのを楽しみにしていた。彼らもいままでは、少なくとも合併に近い形でアライアンスを強化することに同意しているはずだ。「彼らも果たすべき役割を理解したようだ」とゴーンはルノーの役員に請け合った。

この合併はゴーンのキャリアにおける最大の功績となるだけでなく、個人的にも大きな目標の達成につながるものだった。何年もかけて周到に準備し、目指してきたゴールだ。

ゴーンは自分のｉＰｈｏｎｅに、お気に入りのレストランや買い物リスト、ジムでの柔軟エクササイズなど、ありとあらゆる内容をメモしていた。その年には、「謙虚さとは、自分を卑下することではなく、自己を中心に考えないことである」というイギリス人作家Ｃ・Ｓ・ルイスの言葉もメモしていた。

自分の資産についても書きためていた。あるメモでは、ブラジル、フランス、レバノンに所有する不動産の推定資産価値をリストにしていた。別のメモには、ルノー、日産、三菱３社のストックオプションの記録もあった。

さらに、こうした財産のすべてをまとめたメモもあった。数学で総和を表すギリシャ文字の「シグマ」と名付けられた項目で、ゴーンは自分の資産額を８億２０００万ドルから９億ドルと見積もっていた。

最後の行には、略したフランス語で“Completer par fus a 1000”と記されていた。

「合併で10億ドルの大台に乗せる」と。

第 3 部

第16章

終末速度（ターミナル・ベロシティ）

遡ること2017年の夏、今津英敏（いまづひでとし）は、日産自動車が数年前に設立した不審な投資会社について探っていた。その会社については、Ｚｉ－Ａキャピタルという社名とオランダで登記されたという事実以外にほとんど情報がなかった。今津は前任者から「何か怪しいところがある」と聞かされていて、会社は年次決算の提出も遅れていた。詳細を調べるためにアムステルダムまで行ってみたものの、たいした収穫はなかった。

今津は日産の「監査役」の1人だった。日本企業における「監査役」とは、帳簿をチェックしたり取締役の行動を監視したりする特別監督者のことをいう。入社して40年以上が経つ今津は、親しみやすく物腰は穏やかで、これまで出席してきた数多（あまた）の経営会議でもほとんど言葉を発することはなく、物静かなやり手という評判だった。強い信念を持った厳格な人物というイメージから、幹部からは「ザ・ボーイスカウト」というお堅いニックネームで呼ばれていた。

本社に戻った今津は、レバノンとブラジルにあるカルロス・ゴーンのための不動産の購入にＺｉ－Ａ社がかかわっていることを突き止めた。それ自体、普通はありえないことだが、そもそもゴーンは現実離れした経営者であり、世界的な自動車メーカー３社を率いる生ける伝説なのだ。

なんでも手書きの素朴な字でメモをする今津は、慎重にことを進めようとした。

今津が最初に打ち明けたのは、川口均（かわぐちひとし）だった。川口は日産の政府担当兼渉外担当責任者で、特に強い影響力を持つ経済産業省との関係性を築いてきた人物だ。２人は、日産の役員用食堂で定期的に会う仲だったが、今津は、川口が特にゴーンに関する話には親身になって耳を貸してくれるとわかっていた。他の日産社員と同じように川口もまた、ゴーンについてはうんざりするほど懸念を募らせていたのだ。

今津は川口に、Ｚｉ－Ａキャピタルに関してこれまでにわかったことを簡単に説明しつつ、これ以上どうやって情報を集めたらいいかわからないのだと相談した。２人には、ゴーンの側近として内情に通じていながらも、監視されていることをゴーンにすぐに悟られないようにできる内通者が必要だった。

川口はうってつけの人物を知っていた。日産の社内弁護士、ハリ・ナダである。

インド系のナダはマレーシアで生まれイギリス南部で育った。ルノーが日産と提携するずっと前から日産で働いている。今津も川口もヨーロッパ駐在中に、ナダと仕事をしたことがあった。

ナダは生来、異常なほど細かいことにこだわる性格だ。常に三つ揃いのスーツという非の打ち所のない服装で、白髪交じりの髪はきれいにかき上げられている。あるとき、ナダは会議中に茶菓子の盛られた器を前にして、ひとつまたひとつと無意識のうちに菓子を口にしたことがあった。また、会議以外の時間はチェーンスモーカーだが、きっぱり禁煙しようと何度も試みていた。そしてナダの浪費ぶりは噂になっていた。派手なスーツを買ったり、会社が所有する南アフリカの自然保護区で贅沢な休暇を過ごしたりする余裕はどこから来ているのだろうか？ただ、これらの噂は慎重に扱われた。ナダがライバルに容赦ないことでよく知られていたからだ。

こうした奇行の反面、ナダは優秀な弁護士であり仕事熱心でもあった。

川口にとってナダは信頼できる相談相手で、社内外で絶えず憶測が飛び交っていたルノーとの合併の可能性についても定期的に話し合っていた。2018年1月、2人はしだいに、ゴーンが最終的にはフランスからのプレッシャーに負けてしまうのではないかという危機感を募らせていた。ゴーンとルノーとの契約更新の期限が迫るなかで、フランス政府には切り札がある。ゴーンが合併を本気で前に進めることを約束するなら、ゴーンの会長留任を支持すると伝えてきたのだ。川口とナダは、両社の合併は日産に災禍をもたらし、そんなことをすれば誇るべき日本の自動車メーカーは終焉を迎えるだろうとの見方で一致していた。

同月、川口はナダに、今津がゴーンをめぐる不正疑惑に関する書類をまとめていることを伝えた。それを聞いたからといって、ナダは恐怖におののくわけでもなければ、ゴーンの部屋に駆け込んでいって大声を上げるわけでもなかった。むしろ2人の同僚に協力しようと考えた。問題の所在に気づいていたからだ。

ただし、ナダにはひとつ問題があった。自分の指紋がそこらじゅうに付いている。となれば、どの程度協力するのかを検討する必要があったのだ。

2018年2月半ば、ゴーンはルノーのCEOを続投するためにフランス政府が求める条件を受け入れた。ルノーのニュースリリースに掲載された約束、すなわち「ルノーと日産の提携を不可逆的な関係にするため、断固たる措置を講じる」というゴーンの発言は、金融アナリストたちとの電話でも繰り返された。日本では、ますます大きな警鐘が鳴りはじめた。これまで常にフランスとの合併から日産を守ってきたゴーンの忠誠心が、突然、変わってしまったようだった。

フランス側は一刻も早い日産との交渉開始を望んでいて、ゴーンはルノーのCEOとして、また日産の会長として葛藤していた。CEO室長と法務部長を兼務していたナダが日本側の交渉を担当した。

まるで氷河期のような雰囲気だった。フランス側は、自動車メーカー2社の統合に向けた前途を期待したが、ナダは一歩も譲らなかった。両社はそれぞれ独立したままで、ルノーは所有する日産株の一部を売却すべきだと主張した。フランス側との会議のあと、ナダはゴーン宛に「日産は引き続き、独立企業の原則に忠実でありたいと申し上げてきた」と報告した。

同時にナダは、ゴーンがいなくなった場合の将来の可能性について、計画を練りだした。

3月末、横浜の日産本社21階にあるナダのオフィスに数名の弁護士が集まり、トップシークレットの話し合いがもたれた。ナダが口火を切り、いまから議論しようとしていることは反逆罪と見なされる可能性があると前置きしたうえで、ここでの話は極秘にするよう全員に約束させた。「これが表沙汰になったら、みんな仕事を失うことになります」とナダは言った。「ゴーンは狼ですからね」

そしてナダは、集まった弁護士たちに向かって、それぞれ理論上のシナリオを考えておくよう指示を出した。ゴーンがルノーでいまのポジションから追い出された場合、日産はどうすべきか？　あるいは突然ゴーンが辞任したら？　万が一、刑事告発されたらどうなる？　弁護士チームは膨大なフローチャートを作成し、時系列に想定しうるすべての動きを書き込んだ。

ナダにはもうひとつ懸念することがあり、極秘計画を急いでいた。グレッグ・ケリーによって、ゴーンに秘密裏に報酬を支払う計画が仕上がりつつあったのだ。それは、ゴーンが翌年に日産の会長を正式に引退することが前提だった。ナダは、ゴーンはこのアライアンスの頂点に永遠に君臨していたいはずだと推測していた。そして日産の会長から退いてもそれを実現するには、2社を合併することが最善の策だと考えていた。ナダはますます、「合併」という名の列車が駅を出発しようとしていることを確信するようになった。

5月に川口から聞いたところによると、今津は壁にぶつかっているようだった。これまでに掘り当てたものは、ゴーンを解任に追い込むほどではない。もっと何かが必要だ。

ナダは今津と直接会うようになり、Ｚｉ－Ａが購入した物件をゴーンが無償で使っていることを話した。一方で、今津がさらに正式な調査を始めればもっと提供できることがあると伝え、レイサム・アンド・ワトキンスという法律事務所を薦めた。メインの法律顧問として雇って以来、何年も信頼関係を築いてきた事務所だ。レイサムは、日産とルノーの関係構築に関することだけでなく、ゴーンに秘密裏に報酬を支払うための数多くの計画についてもナダにアドバイスをしてきた。完璧に機密を保持をしてくれるのはレイサムだけだ、とナダは今津に言った。

同時にナダは、日本政府が導入を検討している司法制度、アメリカで言うところの司法取引についてまとめるよう、法務顧問のラビンダー・パッシに指示を出した。ナダはゴーンの秘密の報酬について積極的な役割を果たしていて、調査という火をつけるにあたっては、自分が火だるまになることを回避する道がある点を確かめておきたかったのだ。

頼んでいたメモを受け取ってページをめくりながら、ナダの表情はみるみる明るくなった。プランは完璧だ。自分は保護され、調査は自分が信頼する弁護士たちによって行われる。

６月中旬、東京の検察庁に今津が現れ、ゴーンに関する内部調査が動きだした。数カ月かけて膨大な量の情報を集めた日産役員、今津はある素朴な疑問を抱いていた。家賃免除の家は犯罪になるのか？　当局が犯罪にはならないと言えば、会社は前に進むだけだ。しかしもし違法行為に当たるとなれば、潜在的な犯罪行為を告発した今津は、正しいことをしたことになる。

Ｚｉ－Ａキャピタルに関して判明した情報と、その他いくつかの今津が暴いた問題について、検察官の１人が今津から聞き取った。

他にもこの疑惑を知る者が日産にいるのかどうかを検察官に尋ねられ、今津はこの調査のことを認識しているのは自分とナダと川口だけだと答えた。

そのまま内密にしておいてください、と検察官は言った。このことが外部に漏れたら、ゴーンが書類を破棄したり、のちのち証拠になるものを改ざんする可能性がある。見通しはまだはっきりしなかったが、これだけの大物のターゲットを前に検察は色めき立っていた。

検察は捜査を進めるべく、ある方法を提案した。日産が内部調査で得た証拠を検察に提出すれば、検察は細心の注意を払うだろうというのだ。それによって、今津は厄介な立場に置かれることになった。今津は株主に報告義務を負っているため、自分が依頼した調査結果はすべて取締役会の信任を得なければならない。ただし、今津は検察から、くれぐれも内密に進めるようにとの指示を受けているのだ。

１週間後、今津は検察とのやりとりを川口とナダに報告した。

ナダは、ゴーンに関する確かな証拠を日産がそろえるまでは検察当局と接触しないほうがよいと思っていた。にもかかわらず、今津が一挙にゴーンを追い詰めてしまった。問題が日産のなかにとどまっているかぎり、ナダには幅広い情報網と影響力があった。しかし当局への情報提供者となったナダは、ちょこまかと動く余地がなくなった。

司法取引の制度は施行されていたが、注目される事件で適用された例はなく、ナダの不安は倍増していた。自分が容疑者になるのではないかという恐怖がまだあった。最悪の事態に備えてナダは自身の弁護士を雇い、その請求書は日産に送った。

２０１８年7月2日、今津は内部調査を開始すべくレイサムを雇った。ナダはレイサムの弁護士たちに打ち明けた。そして、２０１０年のゴーンの減給は世間の反発を避けるためだったこと、ゴーンは失ったお金を取りもどす方法を模索していたことを説明した。また、ゴーンがＮＭＢＶから秘密の報酬を得られるように、自分がどのような手助けをしていたかも解説した。ＮＭＢＶとは、日産と三菱が共同出資していたオランダの子会社である。

ところが、ナダが暴露しているそばから、ナダのデスクには次々と新しい情報がもたらされた。7月末、ケリーがパリから電話をかけてきてナダに近況報告をした。ゴーンは退職金とコンサルティング料として1億ドルの現金を受け取るという当初の計画をあきらめ、代わりに日産株を格安で受け取ることに同意したという。株式報酬は書類が開示されるため、物議を生むリスクがより低いからだ。つまり、ゴーンが秘密裏に報酬を受け取ることはない。しかしいまだにゴーンは、高額なボーナスに関しては、日産から正式に退いた後の２０１９年も非開示で受け取ることを希望している。ケリーは、株主に開示せずに報酬を支払うことは違法になると思い、ゴーンを説得するつもりだった。

ケリーはナダとこの件を共有することにはまったく不安を感じなかった。なんといっても、

ＣＥＯ室の舵取り役として自分の後継者に選んだ男である。しかしナダは、ケリーの知らないところで2人の会話の概要をまとめ、川口と今津、そしてレイサムに所属する弁護士に送っていた。

今津が東京地検を訪れてから3カ月経ち、今度はナダが灰色の石とガラスで頑丈に建てられたビルに足を運ぶ番だった。ナダは、Ｚｉ－Ａキャピタルや日産がゴーンのために購入した家について、いまではすっかりおなじみになった話を詳細に語った。２０１０年のゴーンの減給と秘密裏にゴーンに報酬を支払う計画の話になると、検察官たちは特に高い関心を示した。

ナダは他にも知っていることを検察に話した。ゴーンが給与を減らし、ケリーと自分がゴーンに報酬を支払うための契約書をいくつも起草したが、どれも実現しなかったこと。そしてもっと詳しいことを知る人物が1人だけいることも伝えた。秘密の番人、大沼敏明である。大沼が収集している書類の束が、ゴーンの報酬の全体像に最も迫るものだった。

まもなくして、ナダは大沼のノートパソコンを入手できないかと聞かれた。

当局は多くを要求した。ナダは内密に行われている調査について、ゴーンに忠実なことで有名な大沼に黙っておくわけにはいかなくなった。

9月初旬、ナダは大沼の部屋に足を運び、日産が内部調査を行っていることを伝えた。そして自分のノートパソコンはすでに当局に提出していて、次は大沼の番であると説明した。大沼は質問をすることもできたはずだが、黙ってパソコンを差し出した。彼はまた、Ｚｉ－Ａキャピタルのドバイにある口座から送金された金額もすべてリストにしていた。

翌月、大沼が日産本社の20階に呼ばれ、川口と今津が交互に尋問した。2人はブラジルとレバノンの家について質問し、大沼は知っているかぎりのことを詳細に述べた。ついに暴露されたのだ。大沼が話し終えると、今津は検察にできるだけ協力したほうがいいと伝えた。

検察？　大沼は訊き返した。単なる社内監査だと思っていた。最悪の場合でも、不名誉な解雇と年金を失うくらいだ、と。しかし検察当局をも巻き込んでいる。大沼はすぐに気を失うような事実に気がついた。自分は証人なのではなく、犯罪捜査の被疑者になるかもしれない。

それは大沼のボスも同じだった。

地球の反対側では、日産を任されていた男、すなわち当時のCEOである西川廣人がまだ何も知らずにいた。西川はオックスフォード大学の日産日本問題研究所（The Nissan Institute of Japanese Studies）での講演をちょうど終えたところだった。ホテルの部屋にナダから電話がかかってきて、ゴーンに影響がありそうな調査が日産で進められていることを知らされた。まだ詳細はわからなかったが、西川はあまり心配することなく3日後に横浜に戻った。

今津は西川が自宅に戻ってから、ゴーンに関する調査を内密に進め、夏にはこの案件を当局に持ち込んでいたことを説明した。検察は西川とも話をしたいと言っている。CEOに相談せずに今津が勝手に法的機関に行ってしまったことに、西川は憤った。あらかじめ知っていれば準備できたはずだし、少なくとも会社のダメージを最小限にする努力はできただろう。今津は、これまで誰にも話してはいけないと箝口令が敷かれていたのだと釈明した。

「きちんとした証拠をそろえたほうがいい」。西川はそう言うと、少し沈黙してからこう続けた。「私を訴えようとしているのか？」

本格的に起訴されれば、行きつく先は破滅としか考えられなかった。西川はすぐに、日産の会計監査責任者兼グローバルコンプライアンス室長であるクリスティーナ・ムレイを自分の執務室に呼び出し、次のように告げた。「今津がこの調査を仕切ることはもうない」。今後はクリスティーナが担当することになり、レイサム・アンド・ワトキンスが彼女に報告を上げてくれる。ただし西川は、ナダについては引きつづき調査にかかわってもらうことにした。ナダは日産における健全な法律家であり、特にルノーとの取引にあたってはナダのアドバイスに厚い信頼を置いていた。そしてナダが、誰よりも証拠のありかを知っていることが重要だった。

ナダの仕事はもっぱら2つの役割に絞られていた。ひとつは、法務部長としての日産のための仕事。西川にとっては重要なアドバイザーだ。もうひとつの任務は、日本の当局への情報提供者として働くことである。

2018年10月、ゴーンの現地アシスタントであるヴァニア・ルフィノに話を聞くため、ナダはブラジルに飛んだ。目的は「不動産の取得、ここ数年の使用状況、それにかかわるすべての業務について、徹底的な記録を作成することだ」とメールに書いた。

打ち合わせはグーヴェア・ヴィエイラ法律事務所で午前11時に始まった。ルフィノは、同じ会社の人と会うのに、わざわざかしこまった会議室に座らなければいけないことに違和感を覚えた。ただし、ナダが会話を録音するためにiPhoneをテーブルに置いたことについては、手を怪我していてメモを取りにくいという理由だったので何も疑問を持たなかった。この打ち合わせの件をゴーンは知っているのか、とルフィノが尋ねると、「まだだ」とだけ答えが返ってきた。ルフィノは、念のためゴーンにメールを入れておいてほしいと頼み、ナダは承諾した。

ナダはすでに不動産の購入に深くかかわっているのに、なぜ彼女に質問するのだろうか。ルフィノにはわからなかった。ナダはもうすべて知っているはずだ。不動産業者を雇ったのもナダである。2011年に不動産を購入して以来、数年間にわたり、ルフィノ自身もナダと何十回もメールをやりとりしている。なんならテーブルの向こうに座っている男は、ルフィノよりもずっと多くを知っている。2時間半に及ぶ打ち合わせが終わると、ルフィノはゴーンに電話をかけて、いかに不気味に感じたかを伝えた。

「ナダはすごく変でした。家や家族のことについておかしな質問をしてきたのですが、すべてすでに詳しく知っているはずのことばかりで。ゴーンさん、何かあったんですか?」

ゴーンはナダを信頼していたので、彼女には心配ないと伝えた。

ナダの次の行き先はレバノンだった。レバノンでは、現地アシスタントのアマル・アブ・ジャウドに聞き取りをした。彼女は、ゴーンの亡くなった弁護士、ファディ・ゲブランのもとで働いていた人物だ。ナダは再びボイスレコーダーをテーブルの上に置き、6年前に改築したベイルートの家と、それを所有している日産の子会社、フォィノスに関する質問をした。

日本では検察が全容を解明しはじめていて、ナダは自分がボスと一緒に起訴されないように必死だった。すでにレバノンとブラジルでの不動産購入や、秘密裏にゴーンに報酬を支払うための数多くの計画にかかわっている。10月末、ナダは取引に踏みきった。ゴーンに不利な証言をする代わりに、自身は起訴から逃れられる。自分の運命が救われたことで、ナダは検察の力になるための最善の道を探ることに集中できた。

ナダは、国外に眠っている証拠を集めるため、世界中のゴーンの家に踏み込む準備を始めた。そして法務顧問のラビンダー・パッシに指示を出し、日産の弁護士をいつでもブラジルとレバノンに送りこめるようスタンバイさせた。アメリカに派遣されることになったパッシは、この計画自体が嫌だった。世界中の潜在的に危険な地域で、令状なしでゴーンの家に弁護士を侵入させる？ 「特攻野郎Aチームじゃないんだから」と思ったが、ナダは譲らなかった。これらの家は日産の不動産であり、弁護士たちには当然それを調べる権利がある。

ナダのTO DOリストにはもうひとつやることがあった。グレッグ・ケリーに何も知らせずに日本に来てもらい、話を聞き出さなければいけない。

ケリーはナダを信頼していた。このアメリカ人は、2015年の退任にあたって日産ではナダの最大の後援者だった。ケリーは自分の後任としてナダをゴーンに推薦したのだ。「彼は私よりもよい仕事をしますよ」。そしてゴーンはケリーのアドバイスに従った。ケリーは二度にわたって、ナダの仕事を後押ししたと思っている。一度は2011年、津波によってメルトダウンの恐怖にさらされた日本から、ナダは脱出しようとした。社内の多くの人が職務怠慢だと感じたが、ケリーはナダの決断を擁護した。二度めは2015年、フランス政府とルノーとの交渉のあとだ。この交渉で、フランスの会社は日産における議決権を失うこととなった。ルノーではナダのクビを求める人もいたが、ケリーがゴーンのところに飛んでいって、ナダが辞めさせられないように守った。

こうした歴史がある2人のあいだでも、日本まで飛んでくるように説得するのは大変だった。というのも、ケリーは医師から頸椎狭窄症（けいついきょうさく）と診断されたばかりだった。痛みが続き、手術が必要な状態だ。座っているのも耐えられないほどだった。

ケリーの病状をナダも知っていたので、秘書からのメールを開いたナダは少し驚いた。11月の役員会議に出席するため、数週間後にケリーを来日させるという内容だった。「必要でしたら社用機を手配しましょうか」と秘書はメールでケリーに訊いた。「11月19日から22日の日程で日本に来ていただけますか？」

ケリーがこのメールを読んだのは、日本時間の夕刻だった。ケリーはナダにメッセージを送った。「ハリ、急ぎの用事がある。電話できる時間を教えてほしい」

それから5時間近く経ち、数回メッセージのやりとりをしてから、ようやくケリーはナダを捕まえることができた。医師が頸椎の状態を懸念していて、手遅れになる前に手術するよう勧められていると説明した。テレビ会議での出席ではだめなほど重要なこととはいったいなんなんだ？　ケリーが知るかぎり、揉めるような議題はないはずだ。

ナダは、問題は役員会議ではないと言った。問題はゴーンだ。そして、ケリーが問題に直接当たってくれないと、目前に迫る取引をゴーンが撤回するのではないかと心配しているのだと伝えた。

当面の課題は、日産からベイルートとリオデジャネイロの邸宅をゴーンに買い取らせ、それらの家を会社の帳簿から消すという、数年はかかりそうな交渉だ。ケリーは、ベイルートの家を数百万ドルかけて改築したときの請求書を見て以来、家はゴーンに購入させようと試みてきた。ゴーンは当初同意していたが、結局、まだ買い取っていない。ナダの任務は、ゴーンに書類に署名してもらうことだという。この話はケリーにはもっともらしく聞こえた。というのもナダはいつも、ケリーのようにはゴーンをコントロールできないと嘆いていたからだ。ナダには、そばに付いていてくれる元上司が必要なのだろう。

さらにナダは言った。いずれにしろ体が四六時中痛いなら、日本にいてもテネシーにいても痛みは変わらないでしょう？　すべては順調だと確認するだけの渡航です。手術には間に合うように帰っていただけます。

「来てもらって、すぐにお帰りいただきますから」とナダは言った。

もし目的がゴーンの家のことだけなら、ケリーはわざわざ行こうとは思わなかったかもしれない。家族はケリーの日本行きに大反対し、妻のディーは「テレビ会議でできないほど大事なことって、いったいなんなのよ」と訊いた。しかしケリーには、もうひとつ懸念することがあった。ゴーンのボーナスである。日産の株価に連動して、多額の現金がゴーンに支払われる。大沼は、このボーナスを受け取る前にゴーンが正式に日産を退けば、開示する必要はないと信じていた。ゴーンは大沼の言うとおりにする傾向があり、ケリーは心配していた。論争を招きかねない話だ。直接会って議論しなければ、ますます面倒なことになるだろう。

ケリーは、自分の計画を目前で台無しにしたくはなかった。長年の努力が水の泡になってしまう。もっともその計画はすでにぼろぼろの状態で、だからこそ日本に呼ばれたことにケリーは気づいていなかった。その後何度か電話でやりとりをし、手術の日程の確認をしなければならなかったが、ついにナダはケリーの家族の反対を押しきった。

11月13日、ケリーはナダに電話をかけ、日本に来ることを伝えた。

第17章

逮捕

東京都心から少し離れた羽田に近づくと、ガルフストリームG650の機体は揺れはじめた。11月19日。富士山のまわりに吹く強風の影響で、羽田空港の周辺では常に乱気流が発生する。ゴーンは目を通していた書類からほとんど顔を上げなかった。

ゴーンの飛行機が東京に降り立とうとしていたとき、グレッグ・ケリーを乗せた別の機体も日本に近づいていた。このアメリカ人は彼のボスとは違って、プライベートジェットに慣れていなかった。ケリーの航空機はテネシーを離陸し、給油のためにアラスカのアンカレッジで1時間のトランジットを行っていた。

気取ったジェット機の豪華な革張りのシートでも、ケリーは眠れなかった。刺すような手足の痛みのせいで、まったく落ち着くことができない。革張りのシートに深く座り、鞄（かばん）から黄色いメモ帳を取り出し、ゴーンとの打ち合わせのための素案を書きはじめた。ケリーはすでに10

年近くにわたって、ゴーンにさらなる報酬を支払うための計画を次から次へと考えてきた。合併の一環としてゴーンが退任すると信じていたケリーにとって、その任務は新たな切迫感を帯びたものだった。

ケリーはメモ帳の1行目に、ゴーンにとって最も重要だと思われることを書き込んだ。8年間受け取らないようにしてきた給与の合計金額だ。ペンディングになっているストックオプションも含めると、およそ1億2000万ドルになる。次に、会長退任後も取締役にとどまるという取引にサインしてもらうため、ゴーンに提示する予定の金額を記した。ストックオプションと年金、そしてケリーが考えている退任後の取引を合わせると、1億5000万ドルほどに積みあがった。ゴーンへのプレゼンはいたってシンプルだ。退任後も日産にとどまれば、ようやくあなたの対価に見合った報酬が支払われる。

8年間も袋小路に迷い込んだ末、ケリーはなんとかゴーンの退任後に報酬を支払う方法を見いだした。それは、べらぼうに安い日産株だ。日産は、ゴーンに1株1円で日産株を購入することを認める。ゴーンが買うときには格安だが、合併に伴うバーストによって日産の株価は大幅に値上がりし、ゴーンは売却時に差額をポケットに入れられるというわけだ。

ゴーンとケリーがそれぞれ日本に向かっていたそのとき、西川は在日フランス商工会議所で、日産とルノーのアライアンスに関する講演の準備をしていた。午前中ずっと沈んだ気分だった。検察は、ゴーンが着陸したら連行しに来るだろう。ゴーンが日本に戻ってくるのは9

月以来だ。検察はゴーンを逮捕するのだろうか？　ただ質問だけして、解放するのだろうか？

西川は800人の聴衆の前でスツールに座り、自分の順番を待ちながら、ルノーの元社長としてルノーと日産のアライアンス物語を語るルイ・シュヴァイツァーの背中をじっと見つめていた。シュヴァイツァーが話し終えると西川が演台に向かい、「このアライアンスは……」と話しはじめた。「ルノーと日産のあいだで何百もの人が築き上げてきた、お互いの信頼関係と尊敬によって成功しました」。ゴーンについては言及を避けた。そうすることで、このアライアンスの成功はゴーンによるものではなく、ゴーンがいなくても生き抜いていけるというメッセージだと受け取ってほしかった。


午後3時41分、ゴーンの飛行機は羽田空港に着陸した。

ゴーンは、プライベートフライト専用の地上サービスを担当する若い女性に出迎えられた。彼女はいつもどおり到着記録を記入し、ゴーンを入国審査のカウンターに案内した。ゴーンは大股で進み、パスポートを手渡した。ゴーンの情報を入力する男性の手が止まった。そして「問題があるようです」とゴーンに告げると、パスポートを持って後方の部屋に消えてしまった。日産に来て20年近く、ゴーンは何百回と日本に入国してきたが、問題が発生したのはこれが初めてだ。

男性が戻ってきて、ゴーンに別室までついてきてほしいと言った。その部屋にはもう1人男性がいたが、特に紹介はされなかった。入国審査官が書類の記入を終えると正体不明の男が立ち上がり、ゴーンに告げた。「関善貴(せきよしたか)といいます。東京地検から来ました。ご同行願えますか」

関は、ゴーンの拘束理由を説明することを拒否し、ゴーンがスマートフォンを使うことも禁じた。ゴーンは日産の、とりわけ川口均に電話をかけたかった。川口は政府担当の責任者なので、どんな問題でも解決する適任者を呼んでくれるだろう。

ゴーンはさらに、娘のマヤに電話をかけさせてくれと頼んだ。彼女は東京のゴーンのマンションで待っていた。新しいボーイフレンドをゴーンに紹介するために東京に来ているのだ。3人は伝説の寿司店〈すきやばし次郎(じろう)〉で19時からディナーを予定していた。しかし、関はそれも許さなかった。

ゴーンは検察の一団に囲まれながら空港を出て、待機していた車に乗せられた。

そのころ成田空港では、太陽が沈むなか、ケリーの飛行機が滑走路に降り立った。ケリーは一睡もできないフライトで疲れきっていたので、プライベートジェットのおかげで入国審査の列に並ばずにすむことが嬉しかった。

どうやって空港を出て、ホテルまで送ってくれるバンに乗り込んだか、ほとんど記憶がない。東京湾に沿って高速道路を横浜方面に走るあいだケリーは半分寝ていたが、「家族に電話をかけるために車を停めます」と運転手から言われて起こされた。

駐車場を通ってひらけた場所で運転手がバンを停めると、近くに停まっていた車のドアが開いた。ダークスーツを着た6人の男が次々と降りてきて、確実にこちらに向かって歩いてくるのが見えた。彼らはドアを開けて車に乗り込んできたが、ケリーはじっと座ったまま、「どうしましたか?」と訊いた。

責任者だと思われる1人が日本語で話しはじめ、もう1人が英語で通訳した。「東京地検から来ました」

「そうですか。それで?」ケリーは訊いた。「なぜ私の車に?」

説明は後回しのようだ。彼らのうちの3人が車の後方に乗り込み、2人がケリーを挟むようにして座った。最後の1人も運転手とともに最前列に乗った。数分前まで広々として快適だった車内は、いまや閉所恐怖症に陥ってしまいそうな空間になっていた。

ゴーンを乗せた車は東京の北東部、小菅(こすげ)駅近くの拘置所に向かっていた。車が地下の駐車場に入り、ゴーンはそこで車を降りた。ゴーンの荷物は拘置所の職員が降ろした。建物に入ると、ゴーンのスーツケースを開いて中身が仕分けられ、押収された。刑務官たちはゴーンが何者であるかを明らかにわかっていたが、プロの冷静な対応で自分たちの仕事をした。誰も英語を話さなかったが、ゴーンはそっけない指示をなんとか理解した。

ゴーンは全裸になって身体検査を受けた。手と足を片方ずつ上げ、しまいには刑務官の前で四つん這いになった。衣類は没収され、囚人服が与えられた。くすんだ薄緑色の医療用白衣のようなものだが、もっと粗くてごわごわした素材だ。半透明のプラスチックサンダルが手渡され、拘置所の中を案内された。ゴーンの独房は狭く、茣蓙(ござ)が敷かれていた。

ゴーンの前で、重たい鉄の扉が閉まった。

午後5時ごろ、日本の全国紙のひとつである朝日新聞が、ゴーンの身柄が拘束されたとスクープした。ウェブサイトでは、ダークスーツを着た検察官たちがゴーンのプライベートジェットに乗り込む映像が配信された。

このニュースを受けて、世界中でスマートフォンが鳴りはじめた。

ケリーの乗ったバンがスピードを落として高速道路を走っていると、ケリーのところにもメッセージが届いた。何年も一緒に働いていたルノーの元CFO、ドミニク・トルマンからだ。貼られていたリンク先には、ゴーンが逮捕されたと伝える記事があった。ケリーは睡眠不足の状態でなかなか情報を処理できなかったが、ケリーの左側にいた検察官がそれを見て、すぐさまスマートフォンを没収した。

ゴーンが到着してまもなく、ケリーを乗せたバンも同じ地下駐車場に入った。ケリーのブリーフケースも没収され、検察が書類を回収した。そこには、つい先ほど書き込んだばかりの黄色いメモ帳も含まれていた。

ケリーは20人の刑務官に囲まれて裸になり、ひどい囚人服に着替え、部屋に案内されて検察官から取り調べを受けた。ケリーは心なしか、『ディア・ハンター』の登場人物になったような気分だった。まるで、結婚式にいたかと思ったら、次のシーンではベトナムで尋問を受けるロバート・デ・ニーロのようだ。ケリーは睡眠不足のうえ、痛みで体はこわばり、完全に当惑していた。検察官はケリーに対する告発文を読み上げた。ゴーンが報酬を過少申告することに加担したという内容だ。ケリーの頭の中は疑問だらけだったが、とにかく書類にサインをし、指定された箇所に指紋を押し、独房に連れていかれた。

ゴーンとケリーの身柄が拘束されるとともに、日産の本社には、大勢の検察官を乗せた護送車が隊をなしてやってきた。検察官たちはダークスーツに身を包み、一列になって本社ビルに入っていった。まもなく就業時間が終わろうとしていて、まだ会議中の社員もいれば、会議室を出てきた社員もいた。数名の検察官がいくつかの部屋に迷わず直行し、規制線を張った。話を聞きたい人物は明確に把握していて、日産の警備員に連れてきてもらって会議室で取り調べを行った。

ある人は、役員フロアでその様子を信じられない思いで見ていた。突然そこらじゅうに検察官がやってきて、機敏に動き回っている。まるで東京のラッシュアワーの満員電車のようだと思った。せわしないが、不気味なほど静かだった。

そのあいだナダは、証拠になりそうなものが確実に日本に辿り着くよう、世界中にあるゴーンの資産への奇襲作戦に取りかかっていた。

まず彼は、アマル・アブ・ジャウドに連絡をとった。亡きファディ・ゲブランの元アシスタントはいまは日産で、ベイルートの邸宅の責任者として働いている。ナダはアマルに、ゴーンが逮捕されたことをメールで伝え、すぐにオフィスに向かってほしいと頼んだ。

「この件であなたはさぞや葛藤し、気詰まりな思いをされているでしょう。申し訳ありません」とナダはメールに書いた。「しかし私はいつも、あなたがまっすぐで誠実でプロ意識を持った人だと感じています。そして、きっと正しいことをしてくれると思っています」

アマルは5分も経たないうちにナダのメールに返信し、いまオフィスに向かっていて、指示に従う意思があることを伝えた。

アマルが到着すると、日産の地域法務顧問であるファビエン・レゾートが、男性4人とともにコーヒーを飲みながら待っていた。一行はアマルのオフィスに向かった。5人の男性が棚からファイルを引っ張り出し、箱に詰めていくあいだ、アマルはデスクに座っていた。なかにはベイルートの邸宅の所有者であるフォイノスという会社に関するファイルがいくつかあった。また、「ブラジレンシス」と書かれたファイルもあったが、彼らには聞いたことのない名前だった。レゾートはアマルに、会社のノートパソコンとスマートフォンを差し出すよう要求し、デスクトップパソコンも回収した。

30分ほどして捜索が終わると、レゾートはゴーンがレバノン滞在中に使っていた邸宅、通称「ピンクハウス」に案内してほしいとアマルに頼んだ。アマルは男性たちの車に乗ってピンクハウスまで案内し、中のスタッフに頼んでドアを開けてもらった。彼らは家の中を歩き回りながら、ジムやワインセラーの中まで入っていき、樹齢数百年の古いオリーブの木が立つ中庭を見渡し、メモを取っていた。

同じような光景が、地球の反対側のブラジルでも繰りひろげられていた。ゴーンの現地アシスタントが、日産のコンプライアンスの責任者から尋問を受け、スマートフォンとノートパソコンの提出を命じられた。尋問が終わると、アシスタントは日産の調査チームとともに、コパカバーナにあるゴーンが使っていたレジデンスに向かった。レバノンと同じように、彼らはメモを取りながら家の中を回った。

そのころ東京のゴーンのマンションでは、地検の関係者が娘のマヤに捜索令状を提示していた。マヤは父親の健康状態を非常に心配し、いまどこにいて何をしているのか訊いたが、詳しいことは告げられなかった。ゴーンは病院にいるわけではないらしい。検察官たちは何時間もかけて部屋をひっくり返した。ソファのクッションは裏返して開けられた。子供たちが贈ったバースデーカードから学校の成績表まで、すべてをしらみつぶしに調べられた。途中、マヤは書斎にある金庫の暗証番号を知っているかを尋ねられた。マヤは知らなかったが、部屋を捜索しているあいだに検察官のスマートフォンが鳴り、電話に出ると金庫に向かっていった。空港で没収したゴーンのスマートフォンの中に、世界中の金庫の暗証番号がすべて書かれたドキュメントが保存されていたのだ。

検察官は暗証番号を打ち込んだ。２９２１１０９。金庫の中には多くの書類が保管されていて、スハイル・バハワンと交わした手書きの融資契約書もあった。ゴーンがオマーンの大富豪から30億円の融資を受け取ったときの署名入りだ。またゴーンの書斎からは、ルノーがバハワンの会社に賞与を支払ったという記録も見つかった。

その日の夜10時ごろ、日産自動車ＣＥＯの西川廣人はダークグレーのスーツに赤紫色のネクタイを締めて、５階のカンファレンスルームに入っていった。西川は立たずに、座ってスピーチを行った。日本のこうしたイベントでの慣習とは異なる行動だった。今夜はマスコミからの質問攻めで、長い夜になりそうだ。

西川は、ほんの１、２時間前に書き上げたスピーチ原稿を取り出した。世界に何を伝えるか、検察官がホールをうろつくなか、自分の執務室に閉じこもって考えた原稿だ。怒りを抑えるのは難しかった。ゴーンの身勝手な行動が最も腹立たしかった。原稿の下書きを見直して、西川はゴーンへの怒りにつながりそうな言葉をすべて削除した。裏切られたという思いを書きはじめてしまうと、止まらなくなりそうだったからだ。

「みなさま、遅い時間の会見で申し訳ありません」と西川は言った。「当社の代表取締役会長カルロス・ゴーンについて、社内調査の結果、本人主導による重大な不正行為の事実を確認しました」。報道陣が猛烈な勢いでノートパソコンのキーボードを叩くなか、西川はスピーチを続け、師でありかつての憧れだったゴーンがかけられている疑惑を説明した。ゴーンは有価証券報告書に自分の報酬を少なく記載し、会社の資産を横領していた。

「なんと表現していいか非常に難しい」と言って、西川は口をきつく結び、眼光は感情を押し殺すように鋭かった。そしてゆっくりと、丁寧に、できるだけ正確に次の言葉を選んだ。「残念という言葉をはるかに超えて、強い憤り、そして落胆を強く覚えている」

フランスでは、ルノーの取締役や幹部ら数名が本社の会議室で西川の会見を見ていた。突然のゴーンの逮捕が信じられないという思いと、西川がゴーンを非難したことへのショックが入り交じっていた。彼らは総じて、この一連の出来事には何か裏があるに違いないとみていた。日産側には合併を望んでいない人が多い。その合併への恐怖がこの事件に結びついているのだろうか。

ある役員は、この逮捕はルノーへの攻撃だと受け止めた。西川の会見を見ながら「畜生(ピュタン)」と悪態をつき、ルノーはよい顔ばかりするのではなく、日産の株を買って強引に合併させるべきだと提案した。

西川は1時間以上におよぶ質疑に答えて会見を締めくくった。テーブルから立ち上がり、軽い会釈だけをした。日本ではこれは重要なメッセージである。謝罪をする際には、その罪の重さに見合うだけのお辞儀が求められる。今晩、西川は謝罪をするつもりはなかった。もちろんゴーンに代わって謝罪することもない。

ベイルートでは、日産の弁護士であるファビアン・レゾートがホテルに戻っていた。アマル・アブ・ジャウドのデスクトップパソコンからハードディスクを取り出し、アマルのノートパソコンとスマートフォン、日中にかき集めた大量の書類とともにスーツケースにしまった。そして、午後7時にレバノンを発つ飛行機に乗るべく、空港に向かった。レゾートの上司はこの任務を心配していた。ベイルートは決して安全な街ではない。しかもゴーンの友達がたくさんいる。しかしすべて計画どおりだった。

ゴーンが正式に逮捕されて9時間が経っていた。レゾートは大切な荷物を持って飛行機の座席に座った。彼が運んでいるハードディスクには、ゴーンの亡き弁護士、ファディ・ゲブランから送られてきた数百件ものメールが残っている。それが検察にとってゴーンを起訴するための裏付けの中核になることに、飛行機が離陸してもなおレゾートは気づいていなかった。

第18章

塀の中で

午前7時に起床の号令が鳴った。ゴーンにとっては遅い朝だ。看守は囚人たちに向かって、すぐに起きて簡易的な〝フトン〟を片付けるよう日本語で怒鳴るような声で命じた。点呼と部屋の点検は7時15分だ。

ゴーンは眠れない夜を過ごした。加えて、日本の劣悪な勾留制度を目の当たりにしていた。独房の中はひと晩中、電気がついていた。蛍光灯の明かりはわずかに暗くなったが、消えることはない。寝具もなじみのない、古めかしい綿の入った布団だ。岩のように硬い枕も、自殺対策の薄い毛布も、慣れ親しんだ豪華な羽根布団とはかけ離れたものだった。

ゴーンはフトンをたたみ、看守の前に出た。朝食は、漬物がひと口、ご飯1杯、みそ汁1杯だ。

最初に面会に来たのは、駐日フランス大使のローラン・ピックだった。ゴーンは前の日の夕方、フランスとレバノン、ブラジルのそれぞれの大使館に、自分が勾留されたことを知らせ、領事保護をしてもらえるよう要請していたのだ。

そして何よりも、早く日産と話をしたかった。

最初の訪問者となったそのフランス外交官は、ゴーンに悪い知らせを伝えなければならなかった。日産が告発者である、と。

「気をつけなくてはいけません」とピックは言った。「日産はあなたの敵です」

ゴーンは、ボディブローを食らったような表情になった。小菅にある質素な東京拘置所での最初の夜をじっと耐えたところだ。空高く飛んでいた自動車産業の巨人が、隕石(いんせき)となって落下した。この勾留はただの誤解によるものだという、一縷(いちる)の望みに懸けていた。

昼食後、ゴーンは会議室に連れていかれた。昨日空港で会った検察官、関善貴が向かいに座り、通訳と監視役の刑務官が同席していた。メモを取ることは許されなかった。あの大使は正しかった。何かの間違いなどではなかった。関から、ゴーンは何百万ドルもの報酬を隠しているという罪状を告げられたのだ。

その罪状は、ゴーンにはまったく意味がわからなかった。報酬の虚偽申告は否認した。仮にそうだったとしても、本質的には事務処理の違反であり、ゴーンを犯罪者のように扱う正当な理由はないはずだ。おそらく、検察は自分に釈明の機会を与えて、すぐに釈放してくれるだろう。取り調べの初日は夜9時の数分前に終わり、決まっていた就寝時刻の直前に独房に戻ることができた。

何よりもまず、ゴーンは弁護団を配置する必要があった。日産は敵に回ったということで、ゴーンはルノーに相談し、大鶴基成を推薦された。元検事の大鶴は、２００６年に大規模なホワイトカラー犯罪の立件にあたって指揮を執り、その名を上げた。日本企業のＣＥＯ、堀江貴文が関与した事件だった。冷酷な性格で知られ、かつて「闇の不正と闘う」と題したコラムも書いている。ゴーンは大鶴をどう評価すればいいかわからなかった。眼鏡をかけてやや髪の乱れた大鶴は、鋭い弁護士というよりどこかの大学教授に見える。しかも検察官としてのキャリアは、彼の監督下で検察官が自白を捏造するというスキャンダルに見舞われ、唐突に終わっている。ただし大鶴には、ゴーンが他より重要視したものがひとつあった。大鶴は、ゴーンを追いかけている検察庁をかつて仕切っていたことがある、つまり相手の戦術を知っているということだ。さらに彼は関の上司だったこともある。ゴーンは大鶴を雇うことにした。

矯正施設の壁の外側では、ゴーンの家族が不安に駆られていた。逮捕から１週間後、子供たちを訪ねてニューヨークにいたキャロルはベイルートに飛んだ。しかしピンクハウスに到着した彼女は、面識のないガードマンから中に入ることを阻止された。日産は家の鍵を変えていた。自動車メーカーにそういうことをする権利があるのか、とゴーンの弁護士がレバノンの法廷で異議を唱えてくれるだろうが、判決が出るまでには時間がかかる。世界中に散らばっているゴーンの近親者たちは、ゴーンと直接接触することを禁じられていたが、毎日ＷｈａｔｓＡｐｐのグループ通話に集まった。互いに支え合いながら、ゴーンを弁護するために何ができるかを話し合った。姉のクロディーヌと長女のキャロラインはブラジルにいた。息子のアンソニーと娘のマヤはアメリカ。娘のナディーンはイギリスだった。何度となく、深夜までグループ通話が行われた。

　アンソニーがすぐに陣頭指揮を執りはじめた。逮捕の翌日、アンソニーのところに興味深い提案があった。ある日産の関係者が、彼らの父親を隠れて調査していたナダや川口のメールを盗んでくる、というのだ。そのやりとりのなかから、ゴーンは、自身が計画していたルノーと日産の合併を潰そうとする組織の犠牲者だという証拠が得られるのではないか、というアイデアである。だが明らかに父親よりも慎重なアンソニーは、自分たちにも計画があって父はすぐに出てこられるだろう、と丁重に断った。

　しかしいまのところ、ゴーンは東京の拘置所に幽閉されている。ゴーンは新しい弁護士に言った。優先事項は、保釈申請をして独房から出られるようにすることだ。だが大鶴は現実を見なければならないと反論した。日本では、裁判前に保釈が認められるのは例外的なことであり、一般的ではない。大鶴から、最善の策は愛想よくしておくことだと言われ、ゴーンはできるだけ感じよく振る舞うことを約束した。

　検察官は情け容赦なく、毎日、週7回拘置所にやってきた。午後の早い時間に来て、夜の9時まで、何時間もゴーンに質問を浴びせ続けた。夜の9時を過ぎることもあった。検察官は大量の書類を持ってきてタワーのように積み上げていた。ゴーンは自分にプレッシャーを与えるための演出だろうと思った。検察はこの威嚇（いかく）作戦で自分を落とせるのではないかと考えているに違いない。

ゴーンは被疑者勾留という制度のもとで身柄を拘束されていた。検察は、起訴前に取り調べをするために被疑者を拘束する権限を裁判官から与えられている。まずは最大3日間の勾留が認められているが、裁判官の承認を得れば、さらに20日間の延長ができる。実際には、再逮捕することで勾留期間のカレンダーがリセットされ、勾留期限を大幅に延長できる。そして、被疑者が自供すれば保釈される可能性があるとちらつかせるのだ。弁護士が取り調べに同席することは禁じられている。専門家はこの制度を「人質司法」と呼び、被疑者を押しつぶして従わせる制度設計になっていると指摘する。

ゴーンが主導権を握らなかったのは、数年ぶり、いや数十年ぶりかもしれない。握ったのは関のほうだった。関は「よい警官・悪い警官」と呼ばれる取り調べの手法を駆使し、ゴーンの調子を乱した。ある日は、音楽の趣味を訊いて絆を深めてこようとしたので、ゴーンは当惑した。ゴーンが職場で世間話をして、時間を無駄にするようなことはしないと誰もが知っていた。「このおめでたい人間は、俺がそういう関係になるとでも思っているのか?」

また別の日には、ゴーンが質問に答えようとしなかったので、関は作戦を変え、罪を認めないとさらなる問題を生み出すだけだと示唆した。「あなたが自供しないことで、どれだけ家族が苦しんでいるかわかっているのか」

ときどき、だらだらと会話をしながら脱線することもあった。

「どうやら日産があなたのスーツを買っているようですね」と新聞の記事を見た関が言った。

「そりゃそうだろう」とゴーンは答えた。ゴーンは会社の顔だ。

「私は会見に出るときにスーツの代金を払ってもらったりしませんよ」と関は言った。ゴーンはなんとか会話の主導権を取り戻そうとしたが、関は計画どおり、順調に進めていた。

12月10日、東京地検はゴーンを起訴した。２０１５年3月期までの5年間に、実際の報酬の半額しか申告しないことを共謀したという容疑だった。ゴーンは８７００万ドルの報酬を申告すべきだったと起訴状は述べている。検察は起訴と同時に、２０１８年3月期までの3年間についてもまったく同じことをしたという容疑でゴーンを再逮捕した。それによって、取り調べのためにさらに10日間身柄を拘束できることになった。12月20日までということになる。

ゴーンは大鶴に激怒した。弁護士に騙されたと感じた。取り調べに答えれば、検察は楽にしてくれるはずだと言われていたのだ。それどころか、ゴーンは粉砕機にかけられている。できるだけ長くゴーンを牢獄（ろうごく）に入れておくという目的のためだけに、罪状が分割されたのだ。元検察官の大鶴は、事の成り行きをきちんとわかっていたのに自分に伝えなかったのだろうとゴーンは思った。最悪なのは、大鶴にはこの司法制度と闘う戦略がないことだ。

12月20日になって、まもなく牢獄から出られるかもしれないという一縷の望みがもたらされた。検察が2回めの逮捕容疑についてゴーンを取り調べるため、さらに10日間の勾留延長を申請したが、裁判官が却下したのだ。保釈のチャンスだった。ゴーンはクリスマスまでに保釈されることにこだわっていた。弁護団はゴーンが保釈されると確信し、ゴーンのためにパリ行きの航空券を買ったほどだった。そして、もし逃亡などすれば評判が落ちるわけで、ゴーンがその選択をするリスクはないと主張した。

翌日、ゴーンの希望は打ち砕かれた。再び逮捕されたのだ。今度の容疑は、日本のホワイトカラー犯罪のなかでも最も重い罪のひとつである特別背任罪だった。サウジアラビアの実業家、ハリド・ジュファリとゴーンの交友関係にかかわるものだった。ジュファリは２００８年の財政危機の際にゴーンを救った人物だ。検察は、ゴーンが日産との商取引を通じて、ジュファリに借金を返済したと主張した。ゴーンの弁護団は、ジュファリが日産のために相応の仕事をしたと示す声明を出してくれるだろうと期待した。しかしこのサウジアラビアの億万長者は、事件に巻き込まれることを恐れてしばらく沈黙していた。

ゴーンは弁護団を正面から問い詰めた。牢獄から出してくれるプランは、いったいどこにあるんだ？　残念なことに、大鶴の答えは壊れたレコードのように、ゴーンに協力するよう説得を続けていただけだった。検察が背任罪にまでエスカレートさせるのではないかと恐れていたからだ。それがいま現実となった。彼の経験上、保釈は不可能であることを意味していた。「外に出たいなら、自供しないといけません」と大鶴は言った。保釈後に、あの自供は保釈を認めてもらうためだったと裁判で自供内容を撤回することもできる。しかしそんなことはゴーンにはばかげた考えにしか思えなかった。もし自供すれば、誰もがゴーンを有罪だと思い込み、ビジネスマンとしての人生は終わる。それにゴーンが嘘の自供をして、あとで無実だと主張したところで、はたして裁判官が信じるだろうか？　何よりも、それはすなわち降参することを意味する。ゴーンのような男にとっては、片膝をついて敵に刀を渡し、「私を好きなようにしてください」と言うようなものである。

そうしてゴーンは1人でクリスマスを祝った。少し前に、医務室の近くで洋式のベッドがある少し広めの部屋に移っていた。しかしいまだに外の景色を見ることはできず、その部屋も閉所恐怖症に陥りそうな、気が遠くなるほど退屈な部屋だった。

平日の朝8時に30分だけ、独房の外に出ることを許された。屋外運動場は屋上にあり、頭上には金網のフェンスが張りめぐらされている。被収容者に許されているのは、独房とほぼ同じスペースのコンクリートの上を行ったり来たりするだけだが、少なくとも空を見ることができる。週末や祝日は、一日中独房の中に閉じ込められた。雨の日は、頭にかぶるものがなく風邪をひきたくなかったので、ゴーンは外に出なかった。

親族とは話すことを禁じられたので、ゴーンは昔ながらの手紙で情報を受け取っていた。そのほとんどを外交官が持ってきてくれた。「あなたは私の太陽の光です。私の光であり、心の平穏であり、柱です」。キャロルは夫に宛てた12月27日の手紙に綴った。「私にはあなたが必要で、あなたがいなければ生きていけない、だからあなたには強くいてほしい」。ゴーンはその手紙を手に取ることも許されず、ガラス越しに外交官が持った状態で読むことしかできなかった。

時計がなかったのでゴーンは夕方の6時なのか夜の9時なのかもわからなかった。ゴーンにとってそれは一種の拷問（ごうもん）だった。それまではびっしりと予定が詰め込まれたスケジュールで生活し、常に移動していたのだ。時間潰しのために、家族がダン・ブラウンやハーラン・コーベンの本を送ってくれた。これまでよく読んでいたような難しい本は読みたくなかった。それから、数独パズルの本も送ってもらった。

独房に閉じ込められながら、これで終わりなのだろうかと思案した。どうすれば検察に自分が無実だと納得してもらえるかわからないし、判決で無罪になる勝算はあまりない。なんならゼロかもしれない。常に自分は合理的だと自負してきた。そして、合理的に考えれば、かなりの時間を獄中で過ごすことになりそうだった。

自供も、降参も、結果に屈することも、自分らしくないと思った。ゴーン一族らしくもない。他の刑務所も含め、これまで地球上のもっと最悪な場所にも一族は耐えてきたが、いつも出口はあった。ただ、その出口を見つけなければならないということだ。大使から、家族が率先して助けようとしてくれていると聞き、励まされていた。

しかしメディアによって、ゴーンはずたずたにされていた。何年もかけて丹念に築き上げてきた博識な経営者というイメージは失われた。マスコミは刑事告訴の内容のみならず、日産がゴーンのためにリオとベイルートで数百万ドルの邸宅を購入していたことについても報じた。日産が自動車産業の巨人が日産のジェット機を、それも日産がほとんどビジネス展開していない場所に行くために使っていたことや、日産はゴーンの姉に毎年数万ドルの顧問料を10年以上にわたって支払っていたにもかかわらず、彼女が何か仕事をしたという証拠が見つからないことも報じられた。*

拘置所の大晦日は悲惨だった。職員の数が減る。それはすなわち、屋上での30分の朝の散歩ができないことを意味した。食事はドアのハッチから届けられた。面会も禁止だ。12月から1

月に日付が変わるころ、ゴーンが高熱を出して弁護士が面会に来たが、追い返されてしまった。日課の取り調べは中断されていた。

深夜、フランスの外交官がキャロルに電話をかけ、ゴーンの体調について報告した。キャロルはパニックになった。いままでゴーンが病気になったことはなかった。すぐに最悪の事態を考えた。カルロスが死にそう。それなのに誰も気にかけてくれない。まもなくキャロルも熱を出したが、ゴーンがすぐに回復したと聞いて安堵したのだった。

1月8日の朝、ゴーンは初めての公判のため法廷に連れていかれた。拘置所に入ってから約50日が経っていた。ゴーンは弁護団にこの機会を得るよう要求していた。日本で公聴会が行われるのはめずらしい動きだが、被疑者は勾留理由を聞くことができる権利を、憲法で与えられている。結果的に保釈されることがほとんどないため、勾留理由開示手続きの権利が行使されることはめったにない。しかし、ここで被疑者は公に意見陳述ができるのだ。ゴーンにとってはそれが重要だった。

ゴーンが意見陳述を行うというニュースは注目を浴びた。14席の傍聴券を求めて、1000人以上が並んだ。午前10時半、ゴーンが法廷に現れるとその姿に傍聴人は驚いた。かつての面

＊ゴーンは、これらの報道は自分の評判を落とすためのキャンペーンの一環だと述べている。リオとベイルートの家はゴーンの安全を懸念した日産によって提供されたものであり、社内の必要な人にはすべて知らされている。また、会社のプライベートジェットについては、ほかのCEOたちと異なる使い方はしていない。姉が日産から受け取ったお金は、会社のために行った仕事に見合ったものである、と述べている。

影はなく、老人のように老け込み、体重が減ってスーツはぶかぶかだった。いつも身だしなみも服装も完璧だったゴーンは、だらしなく見えた。髪の毛は、逮捕時に比べて著しく白くなった。手錠と腰縄をされ、プラスチックのスリッパを履いていた。

　短い意見陳述のなかで、ゴーンは告訴に対する主張を述べた。実際、サウジアラビアの実業家、ハリド・ジュファリはゴーンの経済的な窮地を救ってくれたし、彼は日産と取引をしていたが、それとこれとはなんら関係がない、とゴーンは言った。そして、ジュファリは正当な仕事をして日本の自動車メーカーに多大な利益をもたらした、とも付け加えた。[**]過少申告だと指摘されている報酬については、検察官はゴーンの退任後の契約を誤認していると主張した。合意された金額もないし、何も支払われていない。それにもし明日自分が死んでも、日産は家族に追加で現金を支払う義務を負っていないと強調した。

「裁判長、私は無実です」とゴーンは言った。「私は、確証も根拠もなく容疑をかけられ、不当に勾留されているのです」。裁判官の多田裕一(ただゆういち)は保釈を認めなかった。釈放すれば逃亡と証拠隠滅の恐れがあるので、ゴーンの勾留は適当だと判断したのだ。

　キャロルは、ゴーンの保釈申請が却下されたことをパリで知った。夫が拘置所に入ってから50日のあいだ、マスコミに何かをしゃべったり騒ぎを起こしたりしないように、という大鶴の指示に従って、キャロルはできるだけ目立たないようにしていた。しかし、この弁護士の戦略が失敗していることは明らかだった。もしかすると、フランスが助けてくれるかもしれない。逮捕直後、一瞬にしてゴーンからすべての肩書きを奪った日産と三菱とは対照的に、ルノーはまだゴーンを会長兼CEOとしている。さらにフランス政府関係者の何人かは、有罪が確定するまでは無罪と推定されると強調していた。

ゴーンの出廷から2日後の1月10日、キャロルはエリゼ宮殿の入り口に向かっていた。ファッションブランドが立ち並ぶ、有名なフォーブル・サントノレ通りにあった。ひどく寒い木曜日の朝だった。キャロルは守衛にパスポートを見せ、夫であるカルロス・ゴーンが置かれている状況について、マクロン大統領に個人的な手紙を書いて持ってきた、と伝えた。守衛は彼女に待つように言い、電話をかけるために姿を消した。キャロルは寒いなか、1時間以上待たされた。戻ってきた守衛はキャロルの手紙を受け取り、大統領の秘書室にしっかり届けると約束してくれた。

手紙に対する返事はなかった。すでにフランス当局の関心は、ゴーンではなくルノーに向いていた。さすがに日本の拘置所の独房から、フランスを代表する大企業を経営するわけにはいかない。ルノーの経営陣はすぐに、ゴーンと決別する時が来たと判断した。問題はその方法である。

ゴーンは退任時に、年金、業績ボーナス、競業避止義務の契約費として、3000万ユーロ以上を受け取ることになっている。フランス政府が最も避けたかったのは、拘置所の中で座っている男のために、8桁の小切手にサインすることだった。ルノーの取締役と幹部が集まり、

＊＊ 2019年1月8日の声明では、ジュファリの会社は、日産からのボーナスの支払いは正当なビジネス目的だったと述べ、サウジアラビアにおいて日本の自動車メーカーをサポートしたとして、提供した多くのサービスを列挙している。

誰が東京に行くべきかを話し合った。ＣＥＯ代理のティエリー・ボロレが手を挙げた。しかし万が一、日本がなんらかの理由でボロレを逮捕したらどうなる？　会社はＣＥＯ代理を送ることはできなかった。

結局、クロディーヌ・ポンスが行くことに決まった。彼女は広告代理店の経営者で、ルノーのためにデリケートな仕事をしていた。ゴーンのことはよく知っている。

ポンスは日本に飛んだ。彼女は拘置所に着くと、大使がゴーンに面会したときと同じ部屋に通された。彼女が尊敬していた男は、厚いガラスのパーテーションの向こう側にいた。２人の会話は形式的かつ簡潔だった。ゴーンは上品なセーターを着て、背筋を伸ばして座っている。彼女がよく知る経営者の姿のままだった。

だがゴーンの目は宙を泳ぎ、深く沈んでいた。

２０１９年1月22日、世界経済フォーラムがダボスで開幕した。各国の首脳、経済の専門家、金融市場の著名人たちが雪山に囲まれたリゾート地に集まり、世界情勢を議論し、人類が進んでいる軌道の修正を試みていた。雲の上のアルプスの静養地で、下界の心配事から離れてなんらかの展望を見いだすため、１９７１年以降、毎年開催されていた。

ところが今年は、グローバリゼーションの象徴であり、企業リーダーのなかで誰よりもこのダボス会議の精神を体現していた男がいない。カルロス・ゴーンが出席できないのは、この20年で初めてのことだった。

会議の冒頭でゴーンの家族がダボス会議を設立したクラウス・シュワブとその他の野心家の参加者たちに協力を呼びかけたものの、何も動きはなく、ゴーンにとっては後味の悪い、冷たい対応だった。その一方で、本人不在にもかかわらず、1月24日のダボス会議でゴーンは話題をさらっていた。

その日の未明、フランスのブリュノ・ル・メール経済・財務大臣が、刺すような寒さのなかでグレーのカシミアのマフラーを巻いて、ブルームバーグの取材に応じた。気候変動に関する質問に答えたあとで、その前夜にゴーンがルノーの会長兼CEOの座から降りたことを明かした。

ポンスが小菅の拘置所に訪問した後、ゴーンは辞表にサインをした。年金と業績ボーナスを受け取る権利を守るために弁護士が用意した文書の文言に、ゴーンは慎重だった。今後、3000万ユーロの一部を支払う義務がルノーに生じるかどうかは定かではなかったが、フランス政府はページをめくりたかったのだ。

ル・メールは「大事なことは、先に進むことです」と言った。

第19章 焼け野原

エリゼ宮殿からの電話を受け、ジャン＝ドミニク・スナールは断ることができなかった。フランス大統領から、カルロス・ゴーンの後任としてルノーの会長に就任してほしいという依頼だ。スナールは仕事を探していたわけでもないし、報酬も魅力的ではなかった。年間45万ユーロが上限で、それはスナールがタイヤメーカーのミシュランの経営者として得ていた報酬の、ほんの一部にすぎない額だった。

それでも、忠順な外交官の息子に生まれたスナールは、当然その任務を受け入れることが国を愛する者の義務だと感じた。フランス政府は非常に心配していた。ゴーンは昔から、ルノーと日産というかけ離れた2社を束ねられるのは自分だけだと言ってきた。ゴーンの逮捕以来、共同プロジェクトは停止している。懸念はそれだけでなく、2社は互いに言い争っているのだ。日産は、逮捕に至るまで、このアライアンスにおける強大な権力をゴーンに集中させてしまった責任はルノーにあると言っている。ルノーは、日産が自ら前会長に関する証拠を探そうと血眼になったことを非難した。茨の道は、ルノーに悲惨な結果をもたらす危険がある。年々ゴーンに対する嫌悪感は高まっていたものの、ゴーンは会社を健全に保ってきた。ドイツやアジア、アメリカの巨大企業が席巻するグローバル産業のなかで、ルノー単独では、並み居るグローバル企業たちに埋もれてしまっただろう。

フランスの大統領府は2つのミッションをスナールに託した。「日産とルノーのアライアンスを、まずは落ち着かせること。そして強固なものにすること」

2019年1月24日、ゴーンの辞任から数時間後、スナールがパリの近くにあるルノーの本社に到着した。スナールのスタイルは、前任者が追求した贅沢で高尚なやり方とは対照的だった。庶民的で、もう少し優しい首の切り方をしようとした。

就任から1週間後、スナールはアライアンス会議に初めて出席するため、アムステルダムに赴いた。そこで目にしたのは、ルノーと日産の役員たちがロボットのようにパワーポイントを使ってプレゼンをする姿だった。何か間違っている。お互いの交流がなく、意思決定もしない。スナールはプレゼンの内容を理解することができなかった。もはやプレゼンをしている人でさえ、自分が何の話をしているのかわかっていないようだった。

その日、スナールは日産のCEOである西川と夕食に出かけた。経営戦略の話題になると、スナールが2社の合併の問題について率直に言及した。ゴーンの逮捕の影響で、プロジェクトは止まっている。将来どこかのタイミングで再開させませんか？　西川はそれがひとつの現実的な解決策でしょう、と言った。そして、しかしながら一方的な押しつけは関係性を完全に打ち砕いてしまう可能性もある、慎重にやりましょう、と西川は忠告した。

10日後、スナールはエールフランスで日本に向かった。来日は初めてだった。日本の記者に囲まれ、日産の会長になるのかと訊かれながら、なんとか飛行機を降りた。ルノーの会長であるスナールには、アライアンス関係にある日産の会長職に就くことを要求する権利はある。しかし、スナールは闘うことにした。長いゲームになりそうだが、日本側と信頼関係を構築することに挑戦するのだ。

その後の数週間のあいだに、スナールはいくつもの譲歩案を発表した。

まず、自分は日産の副会長という席に座る。

次に、アライアンスを運営してきたオランダの会社、RNBVを解体する。この構造が害になっている。日産の内部調査によって、ゴーンがRNBVの経費を数多くの浪費と慈善事業に使っていたことが明らかになっていた。

RNBVの代わりに、スナールは「アライアンス オペレーティング ボード」を設立することを表明した。新しい組織のメンバーは、スナールの他、ルノー、日産、三菱のそれぞれのCEOの4人である。意思決定は全会一致で行われる。この新体制、つまりすべてがコンセンサスのもとで進められるという事実は、ルノーがRNBVにおいてこれまで持っていた決定権を放棄したことを意味していた。日本側は新体制を歓迎した。西川はこう言った。「RNBVは伝統的にやや偏ったパワーバランスで構成されておりました。(中略) 完全なイコールパートナーシップで運営するということ、これが実現するということで（中略）非常に、日産にとっても大きなステップであると思っております」

合併について報道陣から質問されるとスナールははぐらかし、「いまはそのことを議論すべき時期ではない」と答えた。

ほんの少しずつ氷が解けてきた。ルノーと日産の経営陣は、再び互いに話をするようになり、共同プロジェクトもいくつか再開した。

しかし歩みは遅々としていて、スナールは先行きに頭がいっぱいだった。ミシュランの会長時代、中国企業がタイヤ市場に参入するさまを目の当たりにしていた。わずか数年間で、中国はヨーロッパでの販売シェアを倍増した。いまや中国車は一流となり、スナールは迫りくる競争を恐れていた。そのうえ、電気自動車と自動運転技術の開発レースについていくには莫大な資金が必要だ。スナールは、ルノーと日産がばらばらのまま、それぞれが中規模の自動車メーカーに甘んじていたら、どちらも後れをとるだろうと確信していた。

懸念事項は他にもある。日産の財務実績は暗礁に乗り上げていた。日産の経営陣は、ゴーンのアグレッシブな販売戦略にその原因があり、特にアメリカで顕著だとした。理由はともかく、状況は月を追うごとに悪化していた。日本の記者会見で話したこととは逆だったが、ルノーと日産はこの苦境を解決する手段として、合併というオプションを少なくとも検討すべきだとスナールは感じていた。

4月11日、スナールはアライアンスの20周年を祝うため、西川をパリに招待した。ゴーンは

20周年を記念して書籍とドキュメンタリーの制作を依頼していたが、逮捕を受けてその計画は頓挫(とんざ)していた。ルノーの社内では「パーティーはヴェルサイユ宮殿でやらないと」などというジョークも飛び交った。代わりにスナールが選んだ場所はもっと控えめな場所、シャンゼリゼ通りのルノーのショールームだった。パーティーは極秘に行われ、記者からのぞき込まれないよう、1階の窓には大きな板が立てかけられた。

翌日、まだパリにいた西川に、スナールは合併の話を切り出した。このころには、スナールと西川はそうした話ができるまでの関係性になっていた。西川は、あるときには「ジャン＝ドミニク、あなたは私の兄のようです」と言った。スナールとしては、単に1月にアムステルダムで議論した話の続きにすぎなかった。新会社はルノーと日産の株主で均等に分割され、両社からほぼ同数の取締役を置くというスナールの説明に、日産の社長は丁寧に耳を傾けていた。

4月下旬、日産は利益目標を達成できなかった。この数カ月のあいだで二度めだ。日産の経営陣は再びゴーンの経営戦略のせいにした。ほどなくして、いくつかのメディアが、スナールによって合併の提案があったことを報じた。3月の時点で、スナールが合併は協議事項ではないと発言していたため、日産ではこのフランス人は嘘つきだと受け止められた。スナールは面食らった。日産の人間が、スナールを嘘つきに見せかけるためにメディアにリークしたとしか考えられなかった。日産が合併を恐れていることに乗じて、アライアンスを潰そうとしているのだと思った。

スナールは西川に電話をかけ、会社の業績不振からメディアの注目を逸らすため、そして合併の機会を潰すために自分をスケープゴートにしたと非難した。

「聞いてくれ、君がやったことは全部わかっている」とスナールは日産の社長に言った。「フェアじゃない」

この事件によって、スナールがうすうす疑っていたことが裏付けられた。西川は、完全には日産を指揮できていない。今回のリークは、西川のまわりの日産幹部でアライアンス反対派のグループによるものだと確信していた。ハリ・ナダがその１人だ。

スナールは自分がいかんともしがたい立場にあることに気づいた。ルノーがアライアンスの主導権を握るパートナーとして認識されていなかったことはおろか、対等なパートナーとしてすら扱われていない。日産株の半分近くを保有しているにもかかわらずだ。

そうしたなか、５月にフィアット・クライスラーの会長、ジョン・エルカンから電話があり、スナールは絶好の機会とばかりに飛びついた。エルカンは、ルノーが経営統合に興味を示すかどうかを知りたかった。ゴーン時代に、フィアット・クライスラーとともに経営統合の話し合いをしたことがあった。すぐに話し合いを再開しないか？　スナールは興味津々だった。ルノーとフィアットが一緒になれば、アライアンスの日本支部などには目もくれない巨大企業をつくるチャンスになる。フィアット・クライスラーを味方につければ、ルノーは日産を孤立させることができるかもしれない。フランス政府は、数カ月前にスナールが会長に就任したときすでに、この確実な統合案を模索するよう提案していた。だから必ず支援してくれるだろう。

それは多くの問題を解決するためのポーカーの動きのようなものだ。

スナールは交渉を開始することを受け入れた。ルノーの年次株主総会を1カ月後に控えていた。その日までに統合案を発表できるよう、2人の男が仕事に着手した。スナールは日産には黙っておくことにした。少し前に日産で起きた出来事から、どんな機密文書もメディアに漏れる可能性があるとわかったからだ。統合案を発表したあとで、日産にも交渉に参加してもらう。ルノーとフィアットは、早々に弁護士と銀行家を雇って交渉を進めた。エルカンとスナールはパリとトリノで6回も会って話し合いをしたほか、ＷｈａｔｓＡｐｐでやりとりを続けた。

５月24日、エルカンと大筋合意にこぎつけたスナールは、フランス政府に報告するためベルシーに向かった。ブリュノ・ル・メール経済・財務大臣はスナールに対し、自分のデスクにその統合案が届いたら見てみると言い、ただしどんな取引も日産の承諾がなければいけない、と付け加えた。フランス政府は２０１５年の日産との闘いのなかで、日本人を驚かせたら身に危険が及ぶことを思い知らされていた。

数日後、ルノーとフィアット・クライスラーが経営統合に向けて協議をしていると報道された。不意を突かれた日産の経営陣は唖然とした。これは本当なのか？　20年来のパートナーに何も言わず、合併の交渉をする？　言語道断だ。しかし5月26日の夕刻、フィアット・クライスラーが正式にルノーに対し経営統合案を申し入れ、スナールは日産の経営陣に、メディアの報道は真実であることを伝えた。

数日後、フィアット・クライスラーとの経営統合の提案について、西川に展望を説明するためスナールが日本に飛んだ。夕食の席でスナールは語った。クライスラーはアメリカ市場で強く、この経営統合はアメリカで日産の後押しになる。一方、アジアでは日産の地位を脅かすことはない。交渉に応じない手はないでしょう?

その日は西川からの返事がなかったが、6月3日になって回答が来た。ルノーの幹部たちが合併の合意文書に署名をする準備をしていたところ、ナダをはじめ、アライアンスに反発する役員たちから発破をかけられた西川が警告してきたのだ。ルノーとフィアット・クライスラーが統合案を検討するなら、ルノーと日産のこれまでの関係性は根本的に見直されることになるだろう。つまりは、ルノーが新しいパートナーを求めるなら、日産は袂(たもと)を分かちたいということを暗に示唆していた。西川の発言は、スナールが交渉を進めるうえで後ろ盾となっていたフランス政府に冷や水を浴びせた。スナールは、フィアット・クライスラーからの提案に対する議決を24時間後に延期することにした。

若い資本家のエルカンがルノーに提案を持ちかけてからすでに2週間が経っていて、エルカンは我慢の限界にきていた。スナールはようやく取締役会を召集し、統合案を支持する人の挙手を求めた。日産の代表者は、この提案はもっと時間をかけて検討する必要があるため棄権すると言った。フランスの国を代表しているマルタン・ビアルは、上司であるル・メール経済・財務大臣に相談するため部屋を出た。休憩中、寿司やピザを注文する役員もいた。1時間以上経ってようやく戻ってきたビアルの表情は沈んでいた。大臣は翌日から日本に外遊する予定で、この件について日本のカウンターパートと話をするため、5日ほど結論を待ってほしいという。大臣はルノーに対し、日産の支持を得てほしいという考えをはっきり伝えていたが、日産が支持しているようには見えなかった。少なくとも明確な支持はない。

スナールは激怒した。フランス政府と日産という二大株主が支持を拒否していて、議決に至らないかもしれない。スナールはビアルに対し、国の行動が招く結果をよく考えたのか、と迫った。「我々は巨大なリスクの話をしているんだ」。スナールにとって、このフランス国家の判断は、ルノーの将来を日本の自動車メーカーの手中に委ねると言っているも同然だった。次の一手を熟考していた矢先、エルカンからメッセージが届いた。フィアット・クライスラーは提案を取り下げた。経営統合は破談だ。

その後の数日間、スナールは辞任を考えていた。ルノーの役員や、サプライヤー、フランス政府の高官に相談した。しかし2日間熟考したのちスナールは残ることに決めた。アライアンスは混乱をきたし、整理しなければならなかった。

パワーアップしたスナールは、当初に託された任務に戻った。アライアンスに平和を取り戻すことである。問題は両者にあった。ルノーでは、CEOのティエリー・ボロレと部下たちが、日産のいわゆるナショナリストたちに対する不健全な敵対意識にとらわれていると感じた。日産ではナダが率いるグループが、同じようにアライアンスを制する戦いに躍起になっている。そのうえ日本側の上層部の多くは、会社の経営よりも、ゴーン問題の捜査による余波への対処に注力していた。

6月、ケリーが日本の月刊誌、文藝春秋のインタビューに応じた。逮捕後、初めての取材だった。ケリーのコメントは衝撃的だった。西川が逮捕されないなら、自分も逮捕される筋合いはないと語ったのだ。記事には、ゴーンに秘密裏に支払う報酬に関する合意文書のコピーが掲載され、そこにはケリーのサインと並んで西川のサインもあった。またケリーは、西川がブラジルとレバノンでゴーンのために購入された家のことも把握していた、とも文藝春秋に話している。それだけではなく、西川は2013年に自分の不動産を購入するために、日産に資金提供を求めていた。東京都心のマンションを購入したかったが、現金が足りなかった。ケリーによると、日産は西川がストック・アプリシエーション権を行使して現金化する日付を調整したという。日産の株価に連動したボーナスの仕組みである。1週間遅らせることで、西川はさらに約4700万円を儲け、現金を受け取った直後にマンションを購入している。ケリーのインタビューは日産に壊滅的な衝撃を与えた。会社側は、「ゴーンは会社を個人のATMによに使っていた」と言ってゴーンを非難していた。

ゴーンの後継者としてCEOの座に就いた西川も、同じ轍を踏んでいた。

スナールは我慢の限界にきていた。会社の財務状況は奈落の底で、フランス政府から命じられた任務はまったく前進していなかった。株主や政府関係者からは、アライアンスを落ち着かせるのに時間がかかりすぎだと言われた。めずらしく朗報だったのは、日産が新しい取締役会の組織をつくるため、規約改定の準備をしているということだった。いまだに日産の取締役会は役員を兼務する者が大勢を占めているため、自分たちに批判的になれない。スナールは、独立した取締役をおくことで、あるべき取締役会に改革できるのではないかと期待した。経営陣に責任を負わせ、会社に目を向けさせることができる取締役会である。

6月下旬、スナールは日産の株主総会に出席するため日本を訪れた。そこで、取締役会の構成変更の議決が行われる予定だった。これもまた、なかなか厳しい経験だった。会場に向かう時間になり、スナールはホテルのロビーを通って、待っていた車に乗り込んだ。日産の本社に到着し、車を降りたところでスナールは戦慄を覚えた。乗ってきた車が日産の最大のライバル、トヨタだったのだ。帰るときには同じミスをしないよう確認したが、時すでに遅し。メディアはすでに決まりの悪い瞬間をとらえていて、再びスナールが日産の敵かのように映ってしまった。

総会では、事態は悪化の一途だった。日産の株主たちは次から次へと、スナールを容赦ない発言でこき下ろし、日本企業を隷属させようとしているんだろうと非難した。株主の1人はこう言った。「フランス人というのは顔が笑っていても、本音を隠している。本当に卑怯(ひきょう)だ。スナールさん、ルノーの会長としてではなく、日産の取締役として振る舞えるんですか？　あなたに訊きたい、できますか？　日産の役員としてフェアでいられますか？」

スナールは喧嘩腰になって、「私は着任以来、当初思った以上にひどい状態だったアライアンスの関係性が円滑になるよう、できることは全部やってきた。それを思い起こしてしていただきたい」と言った。「できることは全部やったんだ」

証拠はなかったが、スナールは、先ほどのトヨタ車の一件は自分の信用を失墜させるための罠だったのではないかと疑った。日本には、明らかにスナールの失態を期待している人々がいて、自分を陥れるためならなんでもするのではないかと思われた。

株主総会での非難の応酬とトヨタ騒動があったものの、最後にはスナールはほっとすることができた。長い議論の末、株主は取締役会の立て直しと権限を強めることを目的とした改革案を承認したのだ。

6月が終わり7月になると、スナールは何か抜本的なことをしなければならないと考えるようになった。スナールの提案をことごとく妨害し、彼の人生を惨めにしてきた日産とルノーの経営陣たちには出ていってもらわなければならない。

日産の新しい取締役会には、スナールが主導権を取り戻すための強い味方が必要だ。

スナールは夏のバカンスから戻ると、すぐに行動を起こした。ケリーの暴露によって信頼が失墜し、ひどい財務状況で弱体化し、社員たちからの支持も失った西川が退任しなければならないことは明らかだった。

9月9日、日産の役員たちが本社の21階にあるだだっ広い役員室に集められた。その部屋は円形にレイアウトされていることから、「ホイール」と呼ばれていた。スナールと西川をはじめ取締役のメンバーが、円卓を囲んで座った。そのまわりに大学の講義室のように机が並べられ、幹部と管理職の人々が古代ギリシャのファランクスさながら、びっしり座っていた。西川は、他の取締役たちが彼の進退を決めるまで退席するよう指示された。何人かから西川に猶予期間を与える提案もあったが、スナールは、すぐに退任させるべきだと主張した。西川が戻り、取締役会は評決を下した。西川は即時の退任要求を受け入れた。

追い打ちをかけるように、西川の退職金は1500万ドルから300万ドルに減額された。取締役会は終わっていなかった。9月に入ってから、スナールをはじめとする役員のもとに、匿名の手紙が連続して届いた。そこには日本の上層部に関する重大な告発が書かれていた。手紙によると、物議をかもす報酬をゴーンに支払うにあたって、ナダと日産の幹部たちが中心的な役割を果たしていた。それなのに、ナダは一連の事件の調査に影響を与え続けてきたという。加えて複数のメディアで、西川がストックオプションで稼いだのと同じ方法で、ナダもすでに30万ドルの恩恵を受けたと報じられた。報道によると、ナダはゴーンの不正行為における自分の役割が最小限になるよう、日産の報告書のなかから自分の名前の箇所をいくつか書き換えようとした。さらに、ナダと西川が懐に入れた余剰資金に関する調査においては、外部の法律事務所からの聞き取り調査を拒否したという。

手紙の束とメディアの報道は、日産の内部調査を酷評していた。この裁判では日産自身が被告でもあるのに、調査は長年日産の顧問である法律事務所の力を借りて、日産の従業員によって行われている。また、調査対象者を著しく選別している点も糾弾した。ゴーンとケリーに対しては厳しく非難する一方で、見て見ぬふりをした者や協力していた者は守られているようだ。

10月8日、西川の後任を決めるための取締役会が開かれた。会合が始まって少しすると、スナールの直属の部下であるルノーのCEO、ティエリー・ボロレが声明文を読みたいと言い出した。そして、匿名の手紙や報道されている内容を含めたさまざまな告発を詳細に述べた。出席していた役員全員が、そこから明確なメッセージを受け取った。ナダとその取り巻きは出ていくべきである。取締役会はナダの権限を制限すると決めたが、ゴーンの裁判までは特別顧問として残ってもらうことにした。というのも、ナダは東京地検に協力的な役割を果たしていて、追い出すことができなかったのだ。スナールたち役員がナダに対してできることとしては、降格が精一杯だった。

フランスに戻ると、スナールはボロレに狙いを定めた。絶え間なくぎすぎすした雰囲気が大陸を横断しているのは、ルノーCEOであるボロレにも責任の所在があると感じていた。ボロレが辞任を拒んだので、スナールはルノーの取締役会を招集し、CEOの更迭を決議にかけることにした。「非情でまったく予想だにしない性質のことが起こって啞然とした」と、ボロレは決議の前にフランスの新聞に語っている。ボロレの更迭は承認された。スナールはメディアに対し、ボロレをクビにしなければならなかったのは遺憾ではあるが、そうするしか選択肢がなかったと話した。「アライアンスには、少し新しい風が必要なんだ。個人の問題ではない」

２０１９年が終わろうとしていた。スナールは、焦土と化した自分のまわりの状況について考えた。これまでは、このアライアンスは問題はあるものの、ともに協力したいと思っている

2つの自動車メーカーによる友好的なパートナーシップなのだと思っていた。しかしそこにあったのは、陰謀と策略、ねじれた忠誠心と緊張関係だけだった。スナールは情け深く指揮を執ろうと思っていたが、この状況では無理だった。

ようやくアライアンスに平和らしきものを取り戻すことができたが、多くの人的な犠牲を伴った。1カ月のあいだに、日産とルノーの両方でCEOがクビになった。スナールが着任してから、日産の川口均やルノーのムナ・セペリなど、大勢の幹部もいなくなった。RNBVで主要な役割を担っていた上層部10人のうち、8人が会社を去ったことになる。ゴーンのそばで仕事をしていた人々は誰も残っていなかった。

第20章

保釈と再逮捕

2019年のはじめ、ゴーンの苦境にひどく同情した日産の社員が、キャロルと腹を割って話をしようとパリのアパルトマンを訪れた。彼はゴーンの弁護士選びがまずかったと感情的になっていた。

「いま止めなければ、カルロスは一生刑務所にいることになります」

疲れきって自暴自棄になっていたキャロルは「どうすればいいんですか?」と訊いた。

「カルロスは弁護士を弘中惇一郎（ひろなかじゅんいちろう）に変える必要があります。彼こそがふさわしい人物です」。ゴーンの強力な味方であるその日産社員は、すでに弘中に打診して承諾を得ていた。

「わかりました」とキャロルは言った。「明日レバノンに行くので、レバノンの弁護士がいいと言ってくれたら、弘中とリモート会議をしたいです」

弘中とキャロルのあいだで話し合いがもたれた。キャロルはゴーンに弘中を紹介した。ゴーンが弘中に直接会いたいというので、すぐに弘中とともにゴーンに面会に行ったのだ。大鶴は最悪の選択だった。そして弁護士の交代は新鮮な空気をもたらした。少なくとも希望があった。弘中は、よくテレビで見るような弁護士だった。有名なO・J・シンプソン事件のジョニー・コクラン弁護士に日本で最も近い存在だ。法廷で検察の事件を切り裂く能力から、弘中はメディアで「カミソリ」という異名を持っていた。

弘中は70代になっていた。裁判が終わるまでには、おそらく5年ほどかかる。そのころ自分は歳をとりすぎてきちんと弁護できないかもしれないと言い、助手として2人の弁護士を連れてきた。彼らが最初にくれたアドバイスは、世話好きの大鶴のアドバイスとは１８０度違うものだった。弘中チームは、この新しい依頼人に「口を開くな」と言った。日本の法律は、当局が容疑者を勾留し、十分に取り調べるための猶予を与えている。それについて、新たに雇われた弁護団が今からできることはほとんどない。ゴーンは検察の質問に答える義務はなかったのだが、最初の取り調べの際に、日本語で書かれた何枚もの宣誓供述書にサインしてしまった。もう、そんなことにはならないはずだ。

新しい弁護団のなかに、アメリカ仕込みで刑事事件を得意とする弁護士がいた。長い髭をはやしてハンチング帽をかぶった高野隆（たかのたかし）である。ややヒッピーのようだったが、ゴーンは高野の自信に安心感を覚えた。「あなたを釈放させますが、あなたも一緒に仕事をしなければなりません」と高野は言った。ゴーンは初めて、勝つための戦略があり、当局に取り入るのではなく体制と闘おうとする、プロの弁護士と取引している気がした。

ゴーン陣営の雰囲気はよくなっていた。レバノンの裁判所は日産に対し、ピンクハウスの鍵をゴーン一家に返すように命じ、キャロルは再び家を取り戻した。その間、アンソニーは保釈金を集める作業に取りかかった。父親のニューヨークの口座から４８０万ユーロをレバノンの口座に移した。大鶴のときにはただの幻想だったが、いまは保釈の可能性が見えてきた。家族はその準備をしておきたかった。

　新しいチームの仕事はほどなくして結果を出した。弘中が担当してから２週間後の２月末には、東京地方裁判所がキャロルに対し、１日30分間ゴーンに面会することを許可した。そして弁護団はキャロルに、日本に来たら自分も逮捕されるのではないかという心配は要らない、と伝えた。２月25日、キャロルは初めて小菅の拘置所のゴーンのもとを訪れた。ロビーで、面会に来ていた他の家族を見かけた。日本ではヤクザの関係者に多いが、大きな入れ墨を入れた人もいた。重苦しい子供の表情にも釘付(くぎづ)けになった。キャロルは10階まで連れていかれ、灰色の廊下を進んで小さな部屋に辿り着いた。そして両脇を守衛に挟まれて、椅子に座った。

　数分後、ガラスの向こう側の鉄の扉から、ゴーンが２人の看守に連れてこられた。ゴーンは肌が黄色くなり、げっそりした顔をしていた。髪の毛は白髪になっていつもより伸び、目は力なく落ちくぼんでいた。

　キャロルは唇を噛んでなんとか泣くのを堪(こら)えた。ゴーンの笑顔が見たかった。２人はお互いに、いかに寂しくて普通の生活に戻りたいかを語り合った。ゴーンは、自分がどれだけ幸せだったかを逮捕前に気づいていればよかったと言い、キャロルがパリ・マッチ誌に語ったインタビュー記事のコピーを枕元に貼っているという話をした。

面会中、看守は終始、2人のすべての会話を書き取っていた。時間になったことが告げられ、2人はガラス越しに手のひらを合わせた。ゴーンは、自分の人生は愛に恵まれている、そしてキャロルを失うのが怖いと言った。

「なんでそんなことを言うの?」とキャロルが訊いた。

「他のすべてを失ったからだよ」とゴーンは答えた。

最初の面会以降、キャロルは10日間毎日ゴーンに会いに行った。ゴーンの食事に果物を加えてもらうために拘置所の売店でオレンジを購入したり、ツナ缶やゴーンの好きなアーモンドチョコレートを買ったりもした。年の初めは途方に暮れていたキャロルも、再び希望を見いだしつつあった。キャロルは夫に面会できるようになり、高野は保釈申請の準備を急いでいた。

日本の保釈の仕組みは、アメリカとは異なる。犯罪者が足輪をつけて行動を追跡されることも、保護観察官が割り当てられて監視されることもない。必要なのは、釈放されても容疑者が逃亡したり証人を操作したりしないということを裁判所に納得させることだ。それだけではなく、ある程度ゴーンが自由な生活を送れるようにするには、条件をどう設定すればいいかを高野は知っていた。ゴーンの家の玄関の外にカメラを設置して、出入りする人物を監視することを提案した。また、ゴーンは平日の朝9時から夕方5時まで毎日、弁護士事務所に通わなければならない。どちらにしろ裁判の準備のために通うことになるのだが、同時にそれは、裁判所の職員がゴーンを監視できることを意味している。さらに、私物のスマートフォンは没収され、使えるのは簡易的な携帯電話と裁判所が指定した電子機器だけだ。インターネットは弁護士事務所でのみ使うことができ、携帯電話の通話はすべて記録される。また、ゴーンは捜査に関係する人物といっさい接触しないことを約束する。保釈申請書は2月の末日に提出された。そして1週間も経たないうちに、保釈が認められた。

ゴーンは10億円の保釈金を現金で支払った。108日間の勾留の末、2019年3月6日の午後4時30分、ゴーンは東京拘置所の外に出た。日本中のあらゆる報道機関の記者と海外メディアのクルーが、自動車産業の巨人がついに牢獄から出てくる瞬間をとらえようと待っていた。最初に、山のように毛布を積んだ台車が運び出され、待っていた車両に積まれた。それがカメラのシャッターを切る合図だった。続いて6人の拘置所の職員がゴーンの弁護士、高野を囲んで出てきた。さらに激しくカメラのシャッターが切られた。

しかし、ゴーンはどこだ？

看守に囲まれて、黒い制服に医療用マスクをつけた作業員のような一行がいた。そのなかの1人が、明るい青色のキャップをかぶり、紺色の作業服を着て、オレンジ色の反射ベスト、太い縁のメガネとマスクをつけている。

あれがゴーンなのか？　マスクのせいでわかりにくかった。

一行が屋根に梯子(はしご)を載せたスズキの軽自動車に辿り着くまでのあいだに、マスコミは気づいた。東京の街中で上空のヘリコプターを使って、マスコミはゴーンの車を1時間以上追いかけた。高野の事務所の前で車が停まると、さらに多くのマスコミのカメラが車から降りるゴーンの姿をとらえた。このときは作業服の上にスーツのジャケットを着ていた。

世間はゴーンの変装作戦の話題で持ちきりになった。翌朝のニュース番組では、アマゾンで購入した衣装でゴーンの変装を再現する方法まで紹介された。

出所するゴーンを隠すという作戦は、明らかな失敗だった。ゴーンに息抜きする場所をつくりたいとカモフラージュを提案した高野は、ゴーンと彼の家族に謝罪した。これまでのキャリアにふさわしくない服装でゴーンに恥をかかせたことを心配したが、ゴーンはそれほど気にしていなかった。ただ外に出られたことに感謝していた。

その日の夜、ゴーンとキャロルは新しい家に向かった。渋谷の中心街の近くにある、ベッドルームひとつの46平米のマンションだ。刑事被告人に家を貸してくれる大家を探すのはひと苦労だった。特にゴーンほどの有名人ならなおさらだ。ゴーンの滞在先では、いつまでもメディアの集団が外で張っている。最終的には、フランス大使館で働いていた女性が小さな部屋を貸してくれた。キャロルはゴーンが保釈されるまでに、その部屋を装飾し、できるだけ居心地のよい場所にしようと努めていた。ゴーンとキャロルは玄関でしばらく静かに抱き合った。

最初にゴーンがしたことは、長い時間をかけてシャワーを浴びることだった。拘置所では、週に2回しかシャワーを浴びることができなかった。タオルは、首吊り防止のため非常に薄く、体を拭ききれなかった。ゴーンはいちばん厚いタオルを選んだ。

平日は弁護士事務所に通った。そこではインターネットを使って、家族と連絡を取ることができた。月曜日と水曜日はプライベートのための時間にし、火曜日、木曜日、金曜日は翻訳者の助けを借りながら、書類をじっくり読んで裁判に備えることにした。夜は妻と映画を観る。ソファの上で寄り添っていると、キャロルはときどき新婚夫婦を演じているような気分になった。

3月9日、近くのホテルの部屋で、ゴーンは65歳の誕生日を3人の娘とキャロルに祝ってもらった。心的外傷を負うような経験をしたものの、刑務所を出て人生の新たなページが開かれることに希望を抱いていた。

小菅の外でのゴーンの生活ぶりは、しょっちゅう日本のタブロイド紙の一面を飾り、レストランにディナーに出かけたり、公園をゆっくり散歩したりする姿が報じられた。ゴーンとキャロルは自転車を買って、街中を走った。

週を追うごとにそうした暮らしぶりについての記事は減ったものの、ゴーンに関する話題は尽きなかった。今度は「オマーンルート」と呼ばれる話に着目した記事が増えてきた。東京地検は捜査範囲を広げ、日産がオマーンに拠点をおく販売代理店、SBAに何千万ドルもの大金を支払った経緯を捜査していた。日産がSBAに送金したお金は、SBAのゼネラルマネージャーであるディヴェンドゥ・クマールを経由してゴーンのポケットに入った、というのが検察の見立てだった。その一部は、ショーグン・インベストメンツという投資会社を通じてスタートアップ企業の株を買ったり、キャロル名義となっているヨットの購入に使われたりしたことを示す情報を検察は入手していた。

日産がＳＢＡに支払ったものは、全額が正規ディーラーへの報酬であり、ゴーンは、自分も家族もいっさい利益を得ていないと主張した。そして、どの「ＣＥＯリザーブ」も自由に決められるものではなく、複数の上級幹部も含めた厳格な社内手続きを経て支払われている、と付け加えた。さらにその資金は、中東における日産のビジネスを拡大するための、適切かつ合理的な戦略に必要なものだった、と。

ショーグン・インベストメンツを経営しているアンソニーは、投資に使った資金は当然父親から送られたと思っていたが、最近になって、実はディヴェンドゥ・クマールから送られてきていたことを知った。アンソニーはその年のはじめ、クマールとレバノンのゴーンの弁護士、カルロス・アブ・ジャウドに会うため、ベイルートに飛んだ。アンソニーが投資するためにアメリカに送られた２７００万ドルの資金源は、グッド・フェイス・インベストメンツの会長であるクマールだったのだ。アンソニーは狼狽しながらも、父親を信頼していたので、きちんとした説明があるに違いないと考えた。

全長37メートルのクルーザー、シャチョウ号についてキャロルは、前年の夏にゴーンからボートに関する書類にサインしてほしいと頼まれたことを覚えていた。しかしキャロルはそのとき、ゴーンに何も質問していない。資金源を知らなかったし、少なくとも書類上では、自分がヨットを所有しているとは思いもしなかった。

東京地検はある重要な情報源をもとに、オマーンルートに関する捜査を進めていた。ベイルートのメインの販売代理店の事務所にあったハードディスクである。ゴーンが逮捕された日に日産側が見つけて、日本の当局に提出した。何千ものファイルとメールが入っていた。検察はこの情報によって、オマーンの個人からゴーン宛に送られた資金の流れをまとめることができた。そして何が起きていたか、はっきりとわかってきた。ゴーンは、日産の金庫からバハワンへのボーナスを支払い、キックバックを受け取っていた。

ゴーン側は、そのハードディスクを検察に利用されないように闘った。それは盗まれたもので、弁護士と依頼人には中に記録されているやりとりを守る権利があると主張したが、日産は、アマル・アブ・ジャウドとその物件のオーナーである現地の販売代理業者に明確な同意を得たうえで法務チームが入手したものだと反論した。

日本では、この資料を当局が使うことになんの疑念も生じなかった。

4月3日、読売新聞をはじめいくつかのメディアが、東京地検が再びゴーンを立件する方針であると報じた。伝えられたところによると、今回は日産に対する横領の疑いだという。報道されるやいなや、ゴーンはツイッターで、1週間以内に記者会見を行うと表明した。「何が起きているのか真実をお話しする準備をしています」

そしてゴーンは、再逮捕された場合にも放映できるようにビデオメッセージを撮った。ダークスーツに白いワイシャツを着て、デスクに座って両手を握り、日産の幹部を非難した。「非常に汚いゲームをしている」、「これは策略だ。陰謀だ。裏切りだ」と言い、自分は無実であると付け加えた。

翌日の4月4日、インターホンが鳴ったときゴーンはまだベッドの中だった。キャロルが時計を見ると、朝の5時50分だった。

ゴーンはパジャマのまま玄関に向かった。外には20人ほどの検察官が立っていて、「着替えてください」とゴーンに告げた。

キャロルはパニックになった。ゴーンが検察官に、読みかけの本とチョコレートを持っていけるかどうかを訊いている。検察官はだめだと答えた。ゴーンはなんともない顔をしようと努めた。外に出ると、ゴーンの新たな逮捕映像を撮るためにメディアのカメラが待ち構えていた。

ゴーンが連れ去られたあとも、マンションを捜索するために何人かの検察官が残った。キャロルは、まだズボンにキャミソールというパジャマ姿だった。着替えていいか訊いたが、検察はキャロルが部屋に1人になる状況をつくりたくなかったのだろう。女性検察官の1人がどこに行くにもついて回り、トイレにまでついてきた。

検察官たちはくまなく捜索し、家にあった大量の書類を押収した。ゴーンが拘置所からキャロル宛に書いた手紙の束も含まれていた。キャロルのスマートフォン、パソコン、タブレット、レバノンのパスポートまで取り上げられた。財布の中身は、クレジットカードとニューヨークのデパート、バーニーズのメンバーズカードもすべて写真に撮られた。

憤慨したキャロルは、検察官の1人に向かって言った。「こんなことが許されるんですか」

検察官は「ここは日本です」とだけ答えた。

その日の夜、キャロルは近隣宅のソファで寝た。最初の勾留生活はゴーンにとってあまりにもつらかった。そして、脱出してから1カ月も経っていないのに、再び日本の司法制度の網に引っかかってしまった。今回はどれくらい耐えればいいのだろう。

ゴーンが再逮捕された翌日、キャロルは、この国を離れたほうが安全だという結論に達した。もしかするとアメリカのパスポートで渡航できるかもしれない。それは検察に押収されなかった。夕方、駐日フランス大使のローラン・ピックが空港まで来てくれた。出国審査に引っかかることもなく、キャロルはパリ行きの飛行機に乗り込んだ。滑走路に向かうあいだ、イラン革命後にアメリカ人グループが脱出する映画『アルゴ』の出国シーンを再現しているような気分だった。

しかしフランスに到着した数日後、東京地検がキャロルを取り調べようとしていることが報じられた。捜査の網をより広げていて、いわゆるオマーンルートについてキャロルとアンソニーが知っていることを取り調べようというのだ。現在、2人は参考人とされている。もしキャロルが東京に戻らなければ、彼女も疑われ、ゴーンの保釈のためにできることもややこしくなるだろう。

ゴーンの再逮捕の翌週、キャロルは東京地検に出向くために日本に戻った。ヨットの購入資金の出所を訊かれたが、知らないと答えた。レバノンにいるSBAのゼネラルマネージャー、クマールに会ったことについても質問され、ゴーンに有利になるよう証言を操作しようとしたのではないかと追及されたが、そのようなことはいっさいないと否定した。

そのころ、ゴーンは東京拘置所に帰ってきていた。振り出しに戻ってしまった。寝て、読書して、数独パズルをする。面会はますます厳しくなった。検察はキャロルのスマートフォンの中から、ビデオメッセージを発見していた。ゴーンが最初の勾留中にレバノンの大使の協力で録画し、キャロルに送ったものだった。そのためいまは、外交官は拘置所の入口でスマートフォンを預けなければならないことになっている。

再び取り調べが始まった。今回は、新しい弁護団の指示に従って、ゴーンは何も話さなかった。ハロー、とさえ言わなかった。検察官は人にしゃべらせるプロで、一度何かを話しはじめたら止まらなくなる、と聞かされていた。今回は新しい検察官が質問してきたが、それでもゴーンは沈黙を守った。

ゴーンからひと言も引き出せないまま1週間が経つと、最初の取り調べを指揮していた検察官、関善貴が戻ってきた。関はまたゴーンに取り入ろうとした。音楽についてなどカジュアルな角度から質問をして、ゴーンに近づこうと試みた。どんなジャンルの音楽が好きですか？ゴーンは口をつぐんだままだ。「じゃあ、スポーツの話にしますか？」ゴーンが黙って座っていると、関はがっかりした様子を見せた。「私たちはこんな話すらできないのか」

関はゴーンに、自分はただ真実を知りたいだけなんだと言った。「供述しないなら、あなたは一方的な証言だけで起訴されることになるんですよ。私は真実がはっきりしないまま起訴したくないんです」

そのころ、弁護団はゴールデンウィークまでにゴーンが出てこられるよう、意気込んでいた。通常だと4日間の祝日となるが、その年は天皇即位を記念してゴールデンウィークが延長される予定だった。10日間の休みのあいだ、ゴーンは独房に閉じ込められて、拘置所の屋上を歩くという朝の日課もできなくなる。弁護士や外交官の面会もできない。再び食事がドアのハッチから届けられる生活になる。家族は、ゴーンに降りかかる精神的苦痛と延々続くトラウマのことを思って苦悶(くもん)した。高野は手を緩めなかった。ゴーンが明確に黙秘権を行使しているにもかかわらず、質問に答えさせるために毎日何時間もプレッシャーを与えるなど拷問だと検察を非難した。一方で検察は、証拠隠滅の恐れがあるという理由から、一貫してゴーンを保釈するべきではないと主張した。それを裏付けるため、キャロルが一連の事件の関係者と接触していたことを示すテキストメッセージを、キャロルのスマートフォンから見つけて提示した。さらに検察は、ゴーンが何カ月か前に拘置所で書いた手紙も提示した。レバノンの弁護士に宛てたもので、ゴーンは力ずくで証人から有利な証言を得ようと提案していた。

高野は告発を否定するキャロルの声明文と、ゴーンが保釈された場合、レバノンとオマーン、フランスにいる参考人はゴーンに接触しないと約束する宣誓書で対抗した。しかし、高野が4月22日に提出した保釈申請は却下された。

高野はあきらめなかった。数日後、ゴーンがレバノンの弁護士に宛てた手紙は、以前の弁護団を信用できなくなって絶望していた受刑者によるいわばSOSだった、と説明する文書を追加で提出した。

高野はやってのけた。検察からのすさまじい抵抗に遭いながらも、ゴーンは4月25日に釈放されることになった。連休の2日前だ。その日は暗くなってから、歩いて東京拘置所を出て、黒い車に乗り込んだ。これで2回めだ。

走り去る車の中で、高野が保釈の条件を話し、ゴーンはそれを受け入れた。前回と同様、国外逃亡や証拠の改ざんを防ぐため、ゴーンの会話と行動は厳しく監視される。インターネットや携帯電話だけでなく、会った人全員についても記録を残しておかなければならない。

しかし今回はもうひとつ条件が加わった。高野も数時間前に知らされた条件だった。ゴーンはキャロルと会うことも話をすることも許されない。キャロルは今回の容疑において重要参考人と考えられているのだ。その日の夜、ゴーンは声明を出した。「妻とのあいだの会話や接触を制限することは、残忍であり、無益である」

第21章

作戦開始

2019年半ば、ベイルートからの電話が鳴ったとき、マイケル・テイラーはカルロス・ゴーンについてほとんど何も知らなかった。電話の相手は、2003年のアメリカによるイラク侵攻後、現地で民間警備の仕事をしていたころからの古いクライアントだった。かつてテイラーは、レバノンの保険業界の有力者をバグダッドの空港からグリーンゾーン［旧米軍管理領域］まで運ぶため、SUVの車列と屈強な男たちを組織していた。それから15年経ったいま、その保険会社役員が再びテイラーの助けを必要としていた。友人のためだった。

電話の相手はゴーンの名前を出さずに、日本で不当に勾留された人物の説明をした。「とにかくすごい人なんだ」。その人を救うためにやらなければならないことがある。きみの力を貸してくれないだろうか？

還暦近くなってもまだ筋骨たくましく、角張った顎のテイラーは、1980年代から軍事と要人警備の専門家として働いていた。いまは落ち着いた家庭の男で、地元では愛すべき指導員だったが、救出の依頼に備えて常に自分の弱点を鍛えていた。

民間警備の仕事をしていたころは、人質救出も得意分野だった。テイラーは屈強なだけでなく事情を察する能力にも長けているので、今回の救出依頼についてクライアントに詳しく訊く必要もなかった。

テイラーはさっとグーグルで調べ、今回の対象者がカルロス・ゴーンだと推察した。レバノンには個人的な繋がりがある。テイラーの妻は、レバノンでキリスト教の敬虔なマロン派に所属していた。妻の妹の夫がゴーンの母親と遠い親戚で、テイラーの妻は10年ほど前にパリのゴーンの家に食事に招かれたこともあった。

テイラーがどこまで知っているかを確認するため、保険会社の重役がもう一度電話をかけてきた。彼も大勢のレバノンの友人たちも、日本人のゴーンに対する扱いに憤慨している。逮捕からの数カ月間、彼らはゴーンへの熱烈な忠誠心をもって動いていた。夫の面会を禁じられているゴーンの妻、キャロルがその先頭にいた。夫が無実だと信じてもらうため、アメリカ大統領のドナルド・トランプやフランスのエマニュエル・マクロン大統領など、世界中のリーダーにロビー活動を展開した。人権団体ヒューマン・ライツ・ウォッチに夫に対する日本当局の対応を訴えたり、いろいろなテレビ番組に出演したりして夫の事件の弁解をした。

法廷闘争においても、ベイルートから援護があった。逮捕の翌日、レバノンの弁護士、カルロス・アブ・ジャウドはゴーンの事件を争うため日産との契約を解消し、夜を徹して日本とフランス、アメリカの弁護士を調整した。他にも、世論を喚起して、日本のメディアが流している物語をつくり変えることに尽力したレバノン人もいた。ベイルートでは18枚の看板に「WE ARE ALL CARLOS GHOSN（我々はみなカルロス・ゴーンだ）」というスローガンが書かれた。それを注文したのはダニー・カマルというレバノンの広告会社の幹部だった。その妹はヘッジファンドの帝王で、ゴーン一家をレバノンのバンガローに招待したこともあった。

この事件を取材する記者たちにゴーンの友人たちは、被告人は地に足の着いた正直な人だと説明した。それは、家庭料理と散歩が好きな優しい男で、ベイルートに来たときは〝海辺にある質素な家〟に長期滞在するという人物像だった。「日本のメディアがつくりだそうとしている人物像とは真逆だ」。保険会社の重役は、「カルロス・ゴーン氏を支援する会」というフェイスブックのグループメンバーだった。

キャロルはますます悲嘆に暮れていた。裁判官が、ゴーンに対する起訴状をまとめて審理することを却下したのだ。最初の判決が出るまでにも5年はかかる。控訴すればさらに5年。レバノンに一緒に帰れるようになるころには、65歳のゴーンは相当な年寄りになってしまう。ロビー活動をしても、レバノンの支援者はどうすることもできなかった。直接行動を起こすしかない。

脱出はできるだろうか？　誰がそんな偉業を可能にしてくれるだろうか？

その仕事を計画する才能があり、成功の可能性を大胆かつ粘り強く信じることができる人物が必要だった。ゴーンの友人たちは、国際的な警備組織にこっそり連絡をとってみたが、誰もそんな危険な任務に手を出そうとしなかった。日本にはいたるところに監視カメラがある。それでなくてもゴーンは、地球上で最もニュースバリューのある有名な被告人だ。問題の解決策は、ベイルート仲間のあいだではよくあることだが、宴会の席で浮上した。

保険会社の重役が不動産王の夫妻と食事をしている際、罠（わな）にかかってしまった友達の話になった。すると妻のほうが突然、彼女の幼なじみが身の毛もよだつような救助にかかわっていた男性と結婚したことを思い出した。「待って、どうしていままでマイクのことを思いつかなかったのかしら」

保険会社の重役は、マイケル・テイラーに電話をかける役目を志願した。

アメリカ人としてはめずらしく、テイラーはレバノンと強い絆があった。１９８２年、レバノンの大統領暗殺のあと、最初に現地に派遣された米軍部隊の１人だった。次々とイスラエルが侵攻し、激しい戦闘が続いていた。１９８３年4月18日にベイルートのアメリカ領事館が爆撃された。63人が犠牲になったが、通りの向こう側にオレンジジュースを買いに行っていたテイラーは、１人だけ生き残った。

のちに妻となるラミアと出会ったのはそのころだ。ある晩、２人はそれぞれベイルートの北にあるジュニーエという小さな町のヨットクラブに出かけていた。ラミアは、米軍関係者に知り合いのいる友達を連れてきていた。２人はすぐにデートする仲になり、テイラーは個人的にレバノン軍団［キリスト教マロン派主導の軍事・政治組織］の訓練を請け負う仕事を始めた。

その経験をアメリカに持ち帰った。1985年、2人はマサチューセッツ州に引っ越して、テイラーはいくつかの警備会社で働いた。1988年にはパートナーとともに、ノースアメリカ・セキュリティ・コンサルタンツを設立し、その後独立した。

1988年にスタートしたテイラーの仕事は、国際的なマネーロンダリングとハシシ（大麻樹脂）の取引に関するアメリカによる潜入捜査だった。最終的に6千ポンド［約2700キログラム］以上、市場価格で1億ドル以上にもなるハシシを押収した。1992年には、レバノン人とイラン人が関与した100ドル札偽造計画の捜査にも協力した。

その後の20年間でテイラーは、一見無理だと思われる状況でも解決してくれる、頼りになる人物だという名声を築いた。顧客には、ABCニュースやデルタ航空、20世紀フォックス映画などの企業も名を連ねていた。また、アメリカの安全保障機関への情報提供や、さまざまなプロジェクトの下請けとしてアメリカ政府の仕事もしていた。特にイラク戦争では、現地部隊の訓練や武器のメンテナンス、帳簿管理などを請け負って注目を浴びた。また、ニューヨーク・タイムズ紙の記者、デイビット・ロードをアフガニスタンのタリバンから救出したり、そのほか型破りな作戦にも従事したりした。

テイラーはいかがわしい仕事を引き受ける傾向があるようで、過去を遡るとおかしな経歴がたくさんある。1990年代後半には、親権を争っている顧客の別居中の妻の信用を落とすため、テイラーがその妻の車にマリファナを仕込んだこともあった。最終的には不法侵入と警察への虚偽の通報という軽罪で容疑を認めた。

1999年のボストン港で起きたスキャンダルでも、テイラーの名前が登場した。ボートクルーズ中に上着を脱いで胸を露出した女性の姿を、写真家が撮影し、翌日のボストン・ヘラルド紙の一面を飾った。このことで、マサチューセッツ港湾局の責任者は辞任に追い込まれた。テイラーの警備会社が、ボストン港から儲けの大きいコンサルタント契約を断られていたことから、港湾局長はテイラーによって仕組まれた事件だと疑っていたが、テイラーは関与を否定した。

数年後の2008年、テイラーはボストンの名門高校であるローレンス・アカデミーのアメリカンフットボールチームのヘッドコーチに就任した。チームはすぐに一方的な勝利を重ね、評判を高めた。テイラーは、都心部の才能のある子供たちの授業料を払い、誰もが恐れるようなチームを編成した。130キロを超える選手も何人かいた。たった1年でローレンス・アカデミーに所属する6人以上の選手が、奨学金をもらってディビジョン1の大学でプレイすることになった。そのリーグではきわめて異例なことだった。

2010年には相手チームが怪我(けが)をするリスクを考えて試合を棄権し、テイラーのチームが全米で大きく報じられた。その翌年、テイラーはヘッドコーチを辞めている。直後、奨学金の規定に違反しているとして、テイラー在任中に勝ち取った2つのリーグ優勝を剝奪され、ポストシーズンから3年間の出場停止となった。しかし、テイラーは自分は何もしていないと主張した。

規定を破ったことを何度も非難されたが、いつもテイラーはうまい言い訳をしていたようだ。テイラーにまったく過失がなかったか、少なくとも責任を問われることはなかった。

トラブルばかり起こしていたテイラーだが、地元ではみんな彼の名前を知っていた。テイラーは、近所の雪かきをしたり家の修理を手伝ったりした。彼の会社の元従業員の夫が仕事中に怪我をして困窮したときは、何も訊かずに住宅ローンを支払うための小切手を持っていった。テイラーがあまりに惜しみなくお金を出すため、個人秘書は銀行の残高について嘘をつき、実際よりも少ない額を言うようになった。

しかし、近年は再び中東の陰謀に引きずりこまれ、テイラーのテフロン加工も剝げはじめていた。２０１２年、５４００万ドルにもなるアフガニスタンでの軍事契約を獲得するため、ペンタゴンの役人に賄賂を渡して極秘の入札情報を得たという罪で起訴された。さらにその事件を揉み消そうと、ＦＢＩ捜査官にも賄賂を渡そうとしたとして起訴されている。テイラーは郡の刑務所で14カ月間、裁判を待った。そして検察官からひとつ打診があった。2つの罪さえ認めれば、その他の60件の罪状を引っ込めて、感謝祭までに家族のもとに帰れるようすぐに釈放する。

刑務所の中では、「運動することも外に出ることもできず、日の光を見ることさえできなかった」と、のちに綴っている。「家族とはアクリル板を挟むか、ビデオのスクリーンを通してしか会えず、それも腰と手足を縛られた状態のままだった」。テイラーは、「残忍な刑務所に長期勾留されないようにするためだけに」提案を受け入れた。

テイラーは家に戻るまでに疲れきって、17キロも太ってしまった。自宅の敷地を歩いて郵便物を取りに行くだけで息切れがするほど、体調が悪くなっていた。17年以上かけて築いてきたビジネスも失った。そしてアメリカの司法制度も信用できなくなった。いつも仕事場に星条旗を掲げていたし、妻のお気に入りの歌はアメリカ国歌だったというのに。テイラーは少しずつ自分を取り戻していった。傷ついた愛国者は、息子の手を借りてビタミンウォーターのビジネスを始め、自分の人生を前に進めることにした。ビタミンウォーターは、テイラーの血液循環を改善するものではなかったのだが。

２０１９年7月1日、保険会社の重役から電話を受けた数週間後、テイラーはベイルートに飛び、キャロル・ゴーンと会った。

ゴーンのおかれた状況は、テイラーにとっては容易に想像できる内容だった。キャロルから、夫の拘置所生活について、独房で監禁され1日30分しか外に出られなかったことを聞いた。いわく、検察が家族をいまも監視していて、ゴーンは妻にも息子のアンソニーにも連絡を取ることができないという。キャロルは「人質司法」と呼んだ。

ゴーンを日本から連れ出すとすると、命を預けられる仲間が必要だ。7月8日、テイラーの末の息子、27歳のピーターがゴーンに会うため東京に飛んだ。ゴーンの友人たちから預かったお土産のＤＶＤセット、ゲーム・オブ・スローンズの全シリーズを持っていった。

検察のやり方によって自分の評判が傷ついていることをゴーンがどれほど懸念しているか、ピーターはわかっていた。その年、ベイルートでマーケティング会社を立ち上げたところだったので、インターネットの上位に好意的な記事が出てくるように検索エンジンの最適化をするのはどうかと提案した。

ピーターに加えて、テイラーは中東の紛争地にいる旧友に声をかけた。かつてキリスト教の民兵組織にいた男、ジョージ・アントワーヌ・ザイエクだ。１９８０年代にテイラーと一緒にレバノンで戦った。ザイエクが何度も足に銃弾を受けて、医師からは切断しなければならないと言われた際、テイラーがアメリカで手術を受ける手助けをした。その後、テイラーの警備会社で働きはじめ、２０００年代にはイラクで作戦指揮官を務めた。元海兵隊の大佐で民間の兵站作戦を指揮していたジャック・ホリーは、ザイエクのことを「私が知っているなかで最も純粋な殺し屋」と呼んだ。

テイラーは息子とザイエクを信頼していたものの、経験豊富な鋭い目で今回の作戦の致命的な弱点を見抜いていた。ベイルートは噂の製造工場だということだ。後にも先にも、テイラーが仕事をしたことのある場所で、しゃべったことがこんなに早く広まるところはなかった。どこからともなく現れたゴーンの友人たちが、頼まれてもいないアドバイスをしはじめ、その任務は無理だと言ってくることもあった。その時点でテイラーはアメリカに戻っていたが、あまりに多くの人が計画を知っているのが悩ましかった。そして人々がなぜ、デジタルな痕跡が残るのに、ＷｈａｔｓＡｐｐで連絡を取り合う必要があるのか理解できなかった。できるだけコミュニケーションは直接取りたいし、ゴーンの家族のように信頼できる人のあいだだけにとどめたい。

キャロルについても、気をつけなければいけないことがあった。打ち合わせ中、メモを取る習慣があって困っていた。「あら、あとで処分します」とキャロルは言った。「あなたからたくさんのことを言われたから、忘れないようにと思って」。テイラーは、自分が困りそうなことまでキャロルが知っているとわかっていたが、彼女がもがき苦しんでいる姿を見て、これからも情報提供をしなければと義務感を覚えた。彼女は犠牲者であり、同情に値する夫人なのだ。「医者が、何が悪いかを教えないのはよくない」とテイラーは思った。

夏のあいだに、テイラーは戦争ゲームに着手した。日本から脱出する方法は2つしかない。空か海か。港より空港のほうがずっとセキュリティが厳しいため、何かコンテナのようなものの中にゴーンを隠して、船で韓国かタイに密航させることをなんとなく考えてみた。ただ、それではゴーンを家に帰すことはできない。どこかでセキュリティを通って飛行機に乗る必要がある。念のため、レバノンで何千ドルも使ってスウェーデン国籍のゴーンの偽のパスポートを入手した。それがいかにひどい代物だったかを、彼はのちに知ることになる。

日本から空路で脱出する場合、テイラーには強みがあった。ボストンのローガン国際空港で警備の仕事をしていたことがあり、プライベートジェット専用ターミナルのどこに穴があるかを熟知しているのだ。プライベートジェットはテロのリスクが低いため、セキュリティチェックが非常に甘い。そこでテイラーは、交通渋滞のなさそうな辺鄙（へんぴ）な場所にある空港を探すため、グーグル・アースで検索を始めた。東京の空港は監視と警備が厳しすぎると懸念したからだ。

さらに地方の空港を調べた結果、いくつかの移動手段が必要になるものの、大阪の関西国際空港を見つけ出した。東京からはおよそ400キロ離れている。関西国際空港のプライベートジェット専用ターミナルは新しい。見たところとても静かそうで、離着陸がないときはスタッフが常駐していないようだ。それをテイラーは「空っぽ」と表現した。

ゴーンは次の段階に前進すべく、ゴーサインを出した。10月9日、シャンゼリゼにあるHSBCのゴーンの口座から54万ドルが引き出され、デラウェア州にある会社の口座に送金された。ピーター・テイラーが兄弟と一緒に経営しているプロモート・フォックスLLCという会社である。その4日後、ザイエクはドバイからエミレーツ航空に乗って日本に到着した。1回めの偵察だ。二度めの送金は、10月25日にパリのゴーンの口座から、バンク・オブ・アメリカのプロモート・フォックスの口座に振り込まれた。今度は32万2500ドルだった。テイラーは高額の報酬を期待していたものの、仲間内に成功報酬については詰めていないと話していた。窮地に立たされた人と条件交渉をするのが好きではなかったのだ。テイラーは1990年代に、2人のアメリカ人女性が子供たちを中東から連れ戻すのを手伝ったことがあった。そのひとつは2年半もかかった案件だったが、テイラーがそれぞれ受け取った額は2万ドルだった。娘を取り戻すためにテイラーを雇ったカリフォルニアの母親は、「彼はそれ以上1ペニーも求めませんでした。2年半かけてここまでやってくれるとは信じられなかった」と驚きながら語っている。

いまや現金であふれかえったテイラーは、その一部の資金を使って、ゴーンのために世論を操作する仕事を請け負った。ベイルートに拠点をおくコディクトというデジタルマーケティングの代理店に依頼し、偽のトラフィックを送ることで、ゴーンに好意的な記事がグーグル検索の上位に来るようにさせた。ピーターはゴーンの口座から振り込まれた資金を使って、10月、コディクト社に2回の電信送金で3万ドル以上を支払った。その他資金の一部は、日産と検察から監視されているというゴーンのために、敵の動きに対する諜報(ちょうほう)活動にあてた。

その間、ベイルートでは父親のほうのテイラーが、ゴーンからの残りの資金を使って、ペン・エルコム製の金属で補強された黒い楽器ケースを2つ購入していた。オーディオ機器を運搬する仕様になっている。ゴーンの身長は170センチほどだとキャロルから聞いていた。ちょうど入れる大きさだろう。

テイラーは大きいほうのケースの底に70箇所の小さい穴をドリルで開けて、ゴーンが中で呼吸できるようにした。ゴーンの重さに耐えられるよう、ケースの強度が落ちないように配慮もした。もしケースに隙間が空いて突然手や足がはみ出したりしたら、なんと言い訳しようか。ひとつ考えられる答えとして、テイラーは冗談で言った。「君たち気にしないで。製作中のマネキンが入ってるんだ。ガムテープを持ってきてくれないか?」

テイラーは作業を終えると、そのキャスター付きの箱が頑丈であることを確認するため、ベイルートの北部にある自分の家のまわりで転がしてみた。その家が急ごしらえのゴーン作戦の本部になっていた。計画はまとまりつつあったが、ゴーンは早くするようにプレッシャーをかけてきた。テイラーは、クリスマスまでにゴーンを自由の身にすると約束した。彼らはWhatsApp上で、簡潔なメッセージで連絡を取り合った。

チームはトルコのチャーター会社を探す必要があり、ベイルートのブローカー、MNGジェットを通じて2機のジェット機を予約した。その会社は、多くを訊かないという評判だったので、今回の任務には絶好だった。最近では、ベネズエラから金塊を運ぶのに使用されていた。35万ドルで2機を確保した。MNGはドバイから大阪までのフライトに、長距離用のボンバルディア・グローバル・エクスプレスを用意した。それでイスタンブールまで飛ぶ。イスタンブールからはもう少し小さい機体でベイルートに帰ってくることになった。

運行を管理するドバイの会社、ジェテックス社は、12月29日の日本時間午前10時に着陸し、その日の夜11時に離陸するスケジュールで関西国際空港に申請した。チームは13時間で作戦をやってのけなければならない。すべて計画どおりにいった場合、テイラーとザイエクはプライベートジェットで朝に大阪に到着し、2つの大きな箱を近くのホテルにこっそり運び入れる。それから東京に向かい、ゴーンを連れ出して大阪に戻り、ホテルで箱の中にゴーンを入れる。そして、ゴーンを運んで空港のセキュリティを通過し、駐機しているプライベートジェットに乗せるのだ。

非常に慎重に作戦を練るテイラーにとって、これは予行演習をしておきたい種類の任務だった。これまでの人生でいくつか大胆なことをやってきたが、今回のようなケースは初めてだった。また、ピーターやザイエクと違って、テイラーはまだ日本に行ったことがなかった。果たして12月29日にゴーンを脱出させることができるのか、それともさらなる情報収集をしたうえでもう一度日本に戻ることになってしまうのか、テイラーは自信がなかった。もしばれたら暴力に頼るより、むしろ素直に身を任せることにする、と仲間内に繰り返し話していた。

架空のストーリーも必要だった。テイラーは有名な日本のバイオリニスト、葉加瀬太郎（はかせたろう）が12月29日に大阪でコンサートを行うことをインターネットで調べ、関西国際空港のプライベートジェット専用ターミナルの担当者に、フライトの目的はそのコンサートに参加することだと伝えた。ところが、ちょっとした問題が次々に発生した。まず担当者の1人から、フライトの目的は個人旅行かビジネスかと尋ねられ、個人旅行の場合、国土交通省の許可を得るために10日前に申告しなければならないと指摘されたのだ。テイラーは、2人の乗客はビジネス目的だと答えた。

次の問題は、フライト契約のサインはロス・アレンの名前なのに、乗客はマイケル・テイラーとジョージ・ザイエクであるということだった。そこでMNGが大急ぎで新しい契約書を作成した。今度はジョージ・ザイエクの署名になっていた。

関西国際空港のスタッフは職務を真面目に行い、テイラーがアメリカの警備会社を経営している人物だということまで把握していた。しかし、その意味ありげな情報から危険信号を察知することはできなかった。

12月27日の午後12時56分、テイラーとザイエクはベイルート発のミドル・イースト航空426便でドバイに到着し、入国審査を通過した。2つの楽器ケースも一緒に荷物検査を受けた。片方には、何年もテイラーの親戚の車庫に置きっ放しになっていた、へこんだ古いスピーカーを入れていた。

テイラーはドバイで楽器店に立ち寄った。雰囲気を出すためにギターケースも持って歩きたかったのだ。楽器ケースを持ってプライベートターミナルを通るのもひとつだが、人々に自分たちの〝ショー〟を本当に信じさせるには、楽器が必要だと思った。「ギターケースを持っていなかったら、人々は箱のほうを見てしまう」と考えた。ギターケースを持っていれば、「それで思い込むだろう。なるほど、この人たちはミュージシャンだ」と。

テイラーは重くて最高品質のギターケースと、中身にはそこにあったなかでいちばん安いギターを選んだ。どうせ誰も楽器を見ることはない。ただ、空のケースではだめだ。楽器店の店員は困惑したようだったが、テイラーからすれば筋道が通っていた。もし空港のスタッフが自分たちをミュージシャンだと信じてくれなかったとしても、少なくとも、何かのプロデューサーだと思ってくれるのではないか。

「俺がプロデュースした音楽なんて、聴きたくないだろうが」

次の日の夕方、テイラーとザイエクは空港で箱の中の検査を受けて、書類を提出してドバイの出国審査を通過し、ボンバルディア・グローバル・エクスプレスに搭乗した。トルコ人のパイロットはその箱に気づいてはいたが、何も考えなかったという。乗客2人はコンサートに行くと話していた。そのパイロットはこれまでにもハリウッドのセレブやサウジアラビアの王子などの富豪を乗せて飛んでいるので、大金を支払っているＶＩＰの客がつまらない質問に邪魔されたくないことを知っていたのだ。

カジュアルな格好でテイラーとザイエクが機内に乗り込んできた。自分たちはミュージシャンで、日本のコンサートに行く予定だと説明し、夜のフライトで寝ていくつもりだと付け加えた。

午後8時35分、大阪に向けて飛び立った。テイラーはいつもながら緊張で落ち着かなかった。任務のせいではなく、特殊部隊にいた経験からパラシュートをつけて飛行することに慣れてしまっていたからだ。パラシュートなしなんて、裸で乗っているような気分だったのだ。シャンパンをひと口飲んで緊張を幾分ほぐすことが、テイラーのいつもの対処法だった。

第22章

逃亡

ボンバルディア・グローバル・エクスプレスが午前10時10分、関西国際空港に着陸した。マイケル・テイラーとジョージ・ザイエクが機体から降りると、プライベートジェット専用ターミナルの地上サービスチームの責任者である男性職員が滑走路で出迎えていた。その責任者は、彼らの旅の目的は葉加瀬太郎のコンサートに参加することだという情報をすでに把握していた。

地上職員がスーツケースとギターケース、そして大きな黒い箱を2つ、機体から降ろした。男性職員に案内されて2人はターミナルバスに乗り、「玉響(たまゆら)」という豪華なプレミアムゲートに向かった。そこでは30代の女性職員が出迎えてくれた。彼女は英語が堪能で、パスポートにスタンプが押されるのを待つあいだ、2人と雑談をした。「とても短い滞在なんですね」

徹底した工作員であるテイラーは、なんのためらいもなく架空のストーリーを組み立てていった。自分たちはバイオリニストで、この近くで演奏する予定だと彼女に話した。残念ながら明日、日本ではないところで大事な打ち合わせがあり、滞在時間が短くなってしまった。でも今度の夏は東京オリンピックのために日本に戻ってくるつもりだ。ザイエクも、彼女にぶっきらぼうで無愛想な印象を与えて、ほんの少し作戦に貢献した。

荷物がターミナルに運ばれるあいだ、男性責任者と女性職員は接客中の奇妙な2人組について話をした。男性責任者いわく、女性職員はアンプが入っていると思われる巨大なケースに注目していた。アンプを入れるにしては大きすぎるように見えたのだ。そしてギターケースも気になった。なぜバイオリニストがギターを持ち歩いているんだろう？　2人がミュージシャンだというのも驚きだった。この人たちは、おそらく出演者ではなく招待客として葉加瀬太郎のコンサートに参加するという意味なんだろうと彼女は解釈した。

さらに、彼らはおよそバイオリニストに見えない出で立ちだった。テイラーの顔は、まさに元特殊部隊員のようだった。並んでいる人のなかから軍人を見つけろと言ったら、まずテイラーが指さされるだろう。テイラーの半分も歳をとっていないような若者と比べても、きっちりと刈り上げられた白髪交じりの髪に四角い顎は、典型的な「軍人」タイプの風貌だった。

ジョージ・ザイエクはさらに印象的だった。レバノンの民兵時代に負った目立つ傷がある。左耳が聞こえず、片方の目は見えていない。数十年前に足を負傷したため、歩くときは足を引きずっている。

テイラーとザイエクは空港からスターゲイトホテルまで2台の車を使って移動した。ホテルにチェックインしたのは午前11時12分。テイラーの部屋は4009号室で、ホテルの従業員がスーツケースとギターケースを運んだ。ザイエクは6フロア上の部屋で、やはりホテルの従業員が2つの大きな黒い箱を運び入れた。

ザイエクはロビーに戻り、テイラーを待った。座っていると、不安そうな顔をした空港の職員が現れた。飛行機にスーツケースをひとつ忘れていたのだ。職員はお辞儀をして、気がつかなかったことを謝罪したが、そのときザイエクが首を回したことに気がついた。「コンサートバイオリニスト」のザイエクは、片耳が聞こえにくいことを説明し、スーツケースが遅れたことは気にしなくていいと言った。

テイラーとザイエクは、その日ゴーンを脱出させることができるか、あるいはすべてがただのリハーサルで終わってしまうのか、いまだわからないでいた。2人はベテランの工作員として、こうした大きな博打（ばくち）でリスクの高い任務においては、不意を突かれたり予期せぬことが起きたりしないように注意を払った。念のためザイエクは、この空港職員と話ができる機会をとらえて、さらに自分たちの架空の設定を植えつけつつ、空港職員が荷物の中身を検査したかどうかを訊いた。「箱にはアンプが入ってるんだ」と言い、加えて、その荷物は壊れやすくてX線にかけると損傷すると説明した。

数分してテイラーが降りてきた。時刻は正午になろうとしていた。2人はタクシーを捕まえて、新幹線に乗るため新大阪駅に向かった。ザイエクはこの逃亡作戦の前に二度、日本に来たことがあり、日本の電車のシステムを理解していた。駅の窓口に行き、東京までの切符を2枚購入した。２時間半の道のりだ。

そのころゴーンは、いちばん末の娘のマヤとゆっくりとした朝を過ごしていた。いくつかの鞄に荷物をまとめた。マヤがアメリカに帰る便は、ゴーンの逃亡前に身の回りのものをこっそり送るのに絶好の隠れ蓑(みの)になる。

２人はランチに出かけた。東京で食べる最後のランチかもしれない。何かあったらしばらく、いや一生のうちで、これが最後の独房の外での食事になるかもしれない。２人は〈WE ARE THE FARM〉というレストランを選んだ。もともとここはドライクリーニング屋だった。おしゃれな麻布十番にある、いま流行中の産地直送レストランだ。ゴーン一家は日本のこういうところを気に入っていた。食べ物が素晴らしく、賑わっている。食事が終わると、荷物をピックアップするため、マヤも再びゴーンの家に立ち寄った。運転手が待つ車庫に、ゴーンがスーツケースを5つも持ってきた。尋常ではない量の荷物を見たマヤは、多すぎるのであとで友達にアメリカに持ってきてもらえるように、いくつかは途中で降ろす、と運転手に告げた。

車が出る前に、ゴーンは運転手に今日はもう休んでいいと伝えた。２日後に電話をする、と。午後2時5分、マヤを乗せた車は、ピーター・テイラーが待つグランドハイアットの前に停まった。２人は握手を交わし、ピーターがマヤの荷物２つをホテルの部屋に持っていった。マヤは車に戻り、近くの羽田空港に向かった。

きっかり午後2時30分にゴーンは玄関のドアを開け、２階建ての自宅から外に出た。この敷居をまたぐまでは、汚名返上のために闘う尊敬すべき自動車企業の経営者たるカルロス・ゴーンだった。しかし計画を実行すべく敷居をまたいだ瞬間、せいぜいが国外逃亡者のカルロス・ゴーンになる。捕まれば刑務所に逆戻りだ。もしかしたら、残りの人生をそこで過ごすことになるかもしれない。

黒いジャケットにマフラーをまき、毛糸の帽子をかぶり、サングラスをかけて、大通りを西に向かって歩きはじめた。さらに歩を進める前に立ち止まって、後ろを振り返った。ゴーンは裁判所に、日産の警備会社から自分のすべての行動を監視されていると申し立てていた。

監視しているのは日産だけではない。裁判所によって家の玄関の外側と内側にカメラが設置され、検察官が週に一度確認している。さらに、がらんとしたゴーンの借家からグランドハイアットまでの25分間の道のりでも、住宅やビルに設置された大量の防犯カメラがゴーンの一挙手一投足を録画していた。

冬のよく晴れた日曜日、新年を前に街は賑わっていた。数少ない、日本全体が休みになる時季である。逃亡にはもってこいのタイミングだった。30分もかからずグランドハイアットに到着した。ゴーンは顔を下に向けたまま、ロビーを通って客室用のエレベーターに乗った。９階で降り、ピーター・テイラーが待つ９３３号室に入っていった。

午後3時22分、東海道新幹線のぞみ号が品川駅に滑り込んできた。テイラーとザイエクはそろって野球帽をかぶり、新幹線を降りて北口改札を通った。駅を出て、西口からタクシーでグランドハイアットに向かった。

ゴーンはピーターの部屋で着替えをして、世間話をしながら30分以上滞在することになった。ピーターは社交的な若者で、年上や偉い人たちと会話をするのが得意だった。大人びていて起業家精神を持ち合わせているため、その道のプロの目によく留まる。バハマのバーでヘッジファンドの大物と打ち合わせをしたあと、そのまま彼に弟子入りしたこともあった。

世界のトップ企業の経営者が箱詰めになって日本を脱出しようとしていたが、その直前まで2人きりで同じ部屋で過ごすことになっても、ピーターは動じなかった。

テイラーとザイエクがグランドハイアットに到着する少し前に、ピーターがロビーに降りて待っていた。2人組の中年男性の姿が見えると、ピーターはすぐにエレベーターのボタンを押した。監視カメラの映像が解析された場合に備えて、3人は他人同士に見えるようにしたかったのだ。特にテイラーは、何よりも息子が共犯者とみなされることを防ぎたかった。

テイラー、ザイエク、ピーターの3人は9階の部屋に入っていった。ゴーンが彼の救出チーム全員と一度に顔を合わせるのは初めてだった。

「家に帰りましょう」と、テイラーが満面に笑みを浮かべてゴーンに挨拶した。

7分後、4人の男がゴーンの荷物を持って部屋をあとにした。ピーターはホテルの駐車場からタクシーに乗り、空港に向かった。中国行きの便を予約している。テイラーは、思わぬ違法なハプニングが起きる前に息子を出国させたかったのだ。

ゴーンとテイラー、ザイエクはメインエントランスからホテルを出て、タクシーで品川駅に向かった。ゴーンは太い黒縁めがねをかけ、インフルエンザの季節に東京でよく見る医療用マスクをつけていた。日本で最も悪名高い容疑者の顔がばれないようにするには手ごろな方法だ。3人は移動中も、なるべく動きを止めないようにした。20年ものあいだ、ゴーンはテレビでおなじみの顔になり、雑誌の表紙を飾ってきた。ゴーンを見かけるのは、ニューヨークの地下鉄でスティーブ・ジョブズを見つけるようなものだ。テイラーはどのように振る舞えばよいかをアドバイスした。人々が声でゴーンだと気づくといけないので、しゃべらないように。そして誰とも目を合わせてはいけない。下を向いて地面を見ながら歩き続けるんだ。駅は年末年始の旅行客でごった返していた。3人は電車のプラットホームに向かった。

ゴーンはザイエクと1号車に乗った。テイラーは2号車だった。大阪行きの電車は午後4時55分に出発した。

午後7時20分に新幹線が新大阪に到着すると3人は降りて南改札に向かった。テイラー、ゴーン、ザイエクの順に一列になって、少し間隔をあけながら、軍隊のような正確さで歩いた。

タクシーに乗り込んで、スターゲイトホテルを目指した。ゴーンとテイラーが後部座席に乗り、ザイエクが助手席に乗った。電車の中で3時間近く動けずにいたゴーンは、タクシーの中で一度だけマスクを外して、新鮮な空気を吸った。帽子も外したが、数分後には再びマスクをつけ、帽子をかぶり直した。

夜8時15分、3人はスターゲイトホテルのエントランスを歩いていた。ゴーンとザイエクは箱が置いてある46階に直行した。テイラーはフロントに立ち寄りつつ、40階の自分の部屋から荷物とギターケースをピックアップして、2人に合流した。

ゴーンは時間をかけて箱を入念に調べ、決然とテイラーとザイエクのほうに向き直った。今晩、日本を脱出する。一発勝負だ。

ゴーンとザイエクがホテルの部屋で休憩し、準備をしているあいだに、テイラーはプライベートジェット専用ターミナルに戻った。予定どおり離陸できそうか、そして荷物をX線検査にかけてはいけないという話を地上職員が把握しているかどうかを再確認するためだ。ほとんどのチャーター便は手荷物検査の必要がなく、乗客がセキュリティチェックのレベルを選べる。当然、ゴーンが入っている箱を開けるよう空港から求められたら、3人は二度と日本を出られなくなるだろう。午後9時、テイラーがターミナルに歩いて入っていき、地上職員に声をかけると驚かれた。

英語が話せる例の女性職員がテイラーに何をしに来たのか尋ねた。プライベートジェットの客が出発の90分以上前にやってくることはまずない。

「出発時のセキュリティチェックはありますか?」とテイラーが質問した。

彼女はテイラーに、セキュリティチェックはないと答え、パイロットと一緒にいた責任者に電話をかけた。テイラーは電話越しにパイロットと短い話をした。電話を切ると、ホテルに戻ると言って女性職員に封筒を渡した。

「チップだよ」。彼女が中を見ると、1万円札の札束がヘアゴムでまとめられていた。一度にこんな大金を見たことがない。少なくとも100枚はあるのではないかと思った。

彼女は受け取れないと言った。チップは禁止されている。しかしテイラーは食い下がり、みんなで分けなさいと答えた。そしてオリンピックで戻ってくるから、と念押しした。彼女はテイラーの気分を害したくなかったので、封筒を受け取った。

テイラーが帰った直後、ターミナルの責任者が彼女に電話をかけてきた。突然テイラーが現れたことに驚いて、何があったのかを知りたかったのだ。

「ただ飛行機の状態を確認したかっただけだと思います」と彼女が答えると、責任者はテイラーと話をしたいと言った。しかしテイラーはホテルに戻ってしまっていた。責任者はその後もう一度、なぜテイラーが離陸時間よりもずいぶん前に来たのかを訊くために、ターミナルまでやってきた。彼女は現金の入った封筒のことを責任者に伝えた。これは難題だ。彼は3年にわたりここで地上サービスを担当していて、日本ではチップの習慣がないことを知らずに現金を配りはじめる外国人の乗客には慣れていた。しかしこんなに大金が入った封筒を渡してきた者は、これまでいなかった。

責任者は別の空港エージェントの責任者に電話をかけ、お金を受け取っていいものかどうか議論し、お金は丁重に返すべきだという結論に達した。テイラーの気分を害さないように、そして将来的な顧客を失わないような形で返さなければならない。彼は最小限の会話ですむように、お金を返すタイミングをぎりぎりまで待つことにした。

テイラーはホテルに戻ると、荷物用の台車を部屋まで持ってきてもらうように頼んだ。数分後、ホテルの従業員たちがテイラーの部屋から2つのスーツケースをロビーまで運び出した。テイラーが46階に向かい、部屋に入ったのは夜の9時30分ごろ。あと1時間で、プライベートジェットはイスタンブールに向けて関西国際空港を発つ。

ゴーンは1・2メートルの長さの箱の前で考えていた。この箱でジェット機に乗って密航する。これが最後にして史上最大の難関だ。いままでのところ、ゴーンは法的には何も悪いことをしていない。国内を旅行することも許されている。しかし、この逃亡に関しては言い逃れできない。それでもやはり、ゴーンが選択したのは箱だった——あるいは拘置所か。

最後の深呼吸をして、ゴーンは箱の底に横たわった。テイラーがベッドのシーツを剝がしてゴーンの上にかけ、さらに上からギターも入れて蓋を閉めようとした。サイズはぴったりだが、ギターが重かった。ゴーンは少なくとも1時間はこの箱の中に入っていなければならず、できるだけ快適に保つ必要がある。ギターを入れるのはやめて、シーツを残した。万が一空港の職員が中身を見ようとした場合、カモフラージュはシーツだけになる。ギターケースは箱の上に置くことにした。

テイラーはゴーンが落ち着かない様子であることに気づき、緊張しているなと思った。

「スキューバダイビングはやったことがありますか？」テイラーはゴーンに訊いた。

「ああ」

テイラーは、スキューバダイビングを想像するように言い、ゆっくりと泳ぐ真似をして、呼吸を整えた。ゴーンの目を見て、冷静さと自信が伝わるようにした。

「ゆっくり呼吸してください」

テイラーが箱の蓋を下ろした。すべてが真っ暗になった。


夜10時を回る少し前、テイラーが大きな黒い箱を部屋から運び出した。ザイエクが小さいほうの箱を押しながらすぐ後に続いた。そちらには、テイラーの親戚の家のガレージに数年眠っていた古くてへこんだスピーカーが入っている。

ホテルのエントランスから箱を運び出し、2台の車が待機している車道に出た。空港までは数分だが、ゴーンにとっては不安な数分間だ。何も見えない。まわりの声が聞こえるだけで、あとはいちいち車の揺れと衝撃が伝わってくる。

意識の研ぎ澄まされたゴーンにとって、空港で車が停まってドアが開く音はまるで雷が落ちたようだった。いよいよだ。

テイラーとザイエクが今朝到着したときには、2人の地上職員が箱を簡単に持ち上げた。しかしいまは、箱のひとつが非常に重くなっている。今度は5人がかりで扱いづらい箱を持ち上げた。うめき声を出して力を入れながら、先ほどとの違いはなんだろうかと思いをめぐらせた。1人は「中に若い美女が入ってたりするんじゃないか」と冗談を言った。

テイラーとザイエクは午後10時20分に、木材をあしらったターミナルに歩いて入っていった。出発時刻のちょうど10分前だった。

「遅れてしまった」。テイラーは職員たちを急かす意味で、そう言った。VIPをプライベートジェットに乗せようと慌てふためけば、手荷物をじっくり見ようとはしないだろう。テイラーとザイエクの荷物はスクリーニング検査の必要はないと伝えられていたにもかかわらず、出発ゲートに警備員が2人現れた。警備員が立っている横で、テイラーがリュックサックを背負ったまま金属探知ゲートをくぐると、警告ランプが点灯した。一方、ザイエクは単に金属探知ゲートの外側を回り込み、2人はジェット機まで行くシャトルバスに乗り込んだ。

バスが到着し、空港の男性責任者がチップを返すタイミングが来た。「日本ではチップをいただく習慣がないんです。大変申し訳ありませんが、受け取ることができません」とテイラーに告げた。テイラーは残念そうにしていたが、元グリーンベレーのその男は封筒を引き取った。責任者は荷物の積み込みを手伝い、機長と一緒に小さいほうのケースを運んだ。ゴーンが入っていないほうだ。2人は2段ずつ持ち上げてタラップを上った。責任者が上からケースを引っ張り、機長が下から押し上げて運んだ。メインキャビンに辿り着くと、機長がケースを機体の奥まで移動させるように言った。引きずるのが難しそうだったので、機長は転がそうと提案した。責任者は機長の言うことをよく聞いて、箱を何度もひっくり返した。うまくいったようだ。ただ、繊細なオーディオ機器にしては雑な扱い方だと感じた。

ゴーンを入れた箱は後部のハッチまでベルトコンベアーで運ばれていた。しかしベルトコンベアーと機体の搬入口には高低差があった。テイラーが機体の後方に行き、乗組員たちに大声で命令しはじめた。箱の片側をテイラーが持ち、3、4人の荷物係がベルトコンベアーに立って、反対側を持ち上げた。

箱の中ではゴーンがパニックになりそうなのを堪えて固まっていた。自由まであと数センチのところで、ベルトコンベアーに阻まれていた。箱を機内に入れるという大作戦に挑んで、みんなが押し込んでいる声が聞こえていた。緊急事態が起きているようだ。ベイルートに着くまではどんな希望も持たないように、ゴーンは何も考えないことにした。うまくいかない可能性はまだ山ほどある。飛行機が動かないかもしれないし、到着する前に誰かがゴーンを売り渡すことだってあり得る。

最後のひと押しをして、乗組員たちとテイラーは箱を機内に押し込んだ。箱はわずかな隙間もなく後部のハッチを通り抜け、座席と座席のあいだに挟まった。

乗組員たちに戻っていいと手で合図をしながら、テイラーは「縛らなくていい」と言った。

機体は離陸の最終準備をしていた。そこに、トルコにいる航空会社の責任者、オカン・キョセメンから機長のもとにメッセージが届いた。「大事な荷物は後ろに乗せたままにしておくように。着陸後は私が引き受ける」と書かれていた。

「離陸後、操縦席のドアが閉まりますので、立ち入らないでください」とパイロットの1人がアナウンスをした。機体のドアが閉まり、地上職員はターミナルに戻っていった。

何ごとも起こらなかった。

テイラーとザイエクは、出発時刻を午後10時30分に早めたいと空港職員に頼んでいて、時間どおりに離陸できるように大急ぎですべての荷物が積み込まれた。責任者は、ドアが閉まった瞬間、エンジンがかかるものと思っていた。しかしそこには静寂が流れていた。

飛行機はおよそ30分間、そこにじっとしていたのだ。

何かトラブルがあったのか管制塔に確認しようと、彼が電話を取り出した瞬間、エンジン音が鳴った。ちょうど午後11時を回ったところだった。機体は滑走路に向かった。箱の中で、ゴーンが安堵のため息をついた。まもなくして、飛行機の車輪が地面から浮きあがる感覚が伝わってきた。ゴーンが日本の地を離れた瞬間だった。

飛行機が離陸すると、テイラーは箱に歩み寄りロックを外した。ゴーンが這(は)い出てきた。寒かった。体が温まると、ゴーンは機体後方の豪華な革張りのシートに沈み込んだ。ウッドパネルは鏡面仕上げで磨かれており、ディフューザーがリラックスできる香りをキャビンに満たしている。ゴーンは、慣れ親しんだ場所に戻ってきた。

テイラーはシャンパンの入ったグラスをゴーンに渡した。ベイルートに安全に到着するまではゴーンが完全にリラックスできないとわかっていた。シャンパンを飲みながら、テイラーもゴーンとまったく同じような経験をしたことがあるという話をした。数年前に不公平な制度の人質となり、自供を強要されたのだ。テイラーの話が終わると、ゴーンは眠りについた。

テイラーはゴーンを見つめながら、うまくいった仕事の余韻に浸った。これが至福の瞬間だった。キャロルから日本での拘置所生活の一部始終を聞き、北朝鮮から誰かを脱北させるのと変わりない任務だと思っていた。

これまでの一連の犯行をやってのけたテイラーは、次は自分の足跡を消すことに考えを向けた。数カ月間、ゴーンを日本から脱出させることについては細かいところまで計画を練ってきたが、その先のことは考えていなかった。実際のところ、テイラーは過去にも大胆な救出劇を行っていたが、タリバンに拘束されたニューヨーク・タイムズ紙の記者にしても、母親の意に反して中東に拘束されていたアメリカの子供たちにしても、救出後に自分の関与を隠蔽しなければいけないという心配はなかった。ただ今回は違う。日本の当局は、この逃亡劇の糸を引いていたのは誰かを突き止めようとするだろう。そしてテイラーは、おそらくだいぶ短絡的に、自分の気配を消すことができるだろうと楽観していた。

テイラーはトイレを使うため機内の前方に行き、機長と会話を交わした。この機体はイスタンブールの後はどこに向かうのか尋ねると、次のフライトのためドバイに戻る予定だという。箱をそのままドバイまで運んでもらえないかテイラーは訊いてみたが、次の乗客が予約しているため、それは無理だということがわかった。テイラーには選択肢があまりなかった。そこで、ギターと箱をそのまま置き捨ててもいいか打診し、それならよいということになった。

このやりとりについては、機長は特に不思議に思わなかった。高価なものを平気で捨てていく世界中の大富豪たちとの取引には慣れていたのだ。スキー休暇から帰る乗客をコロラドから乗せたときは、スキー道具を一式を簡単に機内に捨てていったこともあった。彼らは、今度はビーチバケーションを楽しむためにカリブ海で飛行機を降りていった。

早朝、飛行機がイスタンブール近郊のアタテュルク空港に近づくと、大雨が降っていた。航空会社の運行責任者、オカン・キョセメンが機内に上ってきてコックピットに入り、乗客のアテンドは自分がすると伝えた。

キョセメンはゴーンを車に案内し、何百キロもの旅をしてきた残りの2人には待機していた別のジェット機を案内した。朝6時前、空港には誰もいなかった。数カ月前、イスタンブールに新しい空港が開業したばかりで、アタテュルク空港を離発着するのはピークの時間帯でも貨物用ジェットとプライベートジェットだけだった。

テイラーとザイエクは人間という密輸品と関係していると思われないように、イスタンブールからは別の飛行機を予約していた。地上職員が彼らのパスポートを確認しているあいだ、2人はゴーンが飛行機に乗り込むのを眺めた。そして入国審査を通過すると、荷物を受け取って、車で30分ほどのイスタンブール空港に向かった。

そのころゴーンとキョセメンは、ボンバルディア・チャレンジャーに乗り込んだ。ベイルートと自由に向かう飛行機だ。彼らが搭乗すると、客室乗務員は急いで姿勢を整えた。彼女は機内の後方で友達にメールを打っていたところで、慌ててゴーンに挨拶をした。「こんにちは（メルハバ）」。彼女はゴーンがトルコ人だと思ったのだ。相手が外国人だとわかると、もう一度英語で「こんにちは、ご搭乗ありがとうございます」と挨拶し直した。

ゴーンは飛行機の後方の席に座ってコーヒーを飲んだ。離陸したのは午前6時3分だったため、餓死しそうだと訴えると、客室乗務員がトルコの伝統的な朝食を持ってきてくれた。チーズプレートにシミットというベーグル風のパン、ブリオッシュ、オリーブと卵だった。

ゴーンはいま乗っているジェット機についてキョセメンに訊いてみた。機体はいくらするのか、借りるにはいくらかかるか。なぜこのジェット機に乗っているかということについて、ゴーンはキョセメンに非常に簡単に説明をした。「日本人が悪いやつらだからだ」

それから30分もしないうちに、ゴーンは機体の車輪が自分の故郷に触れたのを感じ、ようやくほっとすることができた。

その直後、キャロルのもとにある友達から電話がかかってきた。「起きて。両親の家に行ってごらん、きっと驚くよ」

第23章 巻き添え

半分空いたボトルとシャンパングラスがずらりと並び、食卓のろうそくの灯りに照らされていた。あと数時間で年が明ける。

レバノンでは何百人ものゲストを招待して、山のような食事と大音量のアラブ音楽を流して新年を祝う習慣があるが、キャロルとその晩のディナーを企画したメイ・ダオークは、そのようなパーティーはしないことにした。代わりにダオークの家で6人の小さなパーティーを開き、前代未聞の日本脱出で世界を驚かせた主賓、カルロス・ゴーンを祝うことにした。

ダオークは、ナスと鶏肉にブルグルという挽き割り小麦をまぶした得意料理の「アップサイドダウン」をつくった。シャンパンは家にストックしてあったボトル、赤ワインはゴーンが所有しているワイナリーの「イクシール」を出してきた。キャロルから定期的にケースで送られてくるのだ。

部屋の青い壁はレバノンの古代遺跡の彫刻が施され、もう一方の壁にはカラフルで大きな絵が飾られている。東京の拘置所とは天と地の差だった。一瞬、時計が止まった。小さな集まりは、みな幸せでうっとりしていた。このまま時が止まって、不可能だと思われた現実を味わい、嚙みしめていたかった。

ベイルートの別の場所では、マイケル・テイラーが自宅で、友人や親戚とともに過ごしていた。ソファに座り、24時間前に起きたゴーン逃亡のニュース速報が繰り返し流れるテレビを見ていた。元日産会長がどうやって保釈中に逃亡し、レバノンに辿り着いたのか、記者たちは大まかなことしか把握できていない。ゴーンが大阪からイスタンブールまでプライベートジェットに乗っていき、トルコの大都市からベイルートまではまた別のプライベートジェットが使われたと伝えられていた。あるレバノンのニュース番組は、ゴーンが音楽バンドを雇って東京の自宅でコンサートを開き、楽器ケースの中に入ってこっそり脱出した、と言っていた。間違ってはいるが、そんなに見当違いでもないな……とテイラーは思った。

テイラーの友人と親戚たちはウィスキーを飲みながら、誰がこんな作戦をやってのけたのかを予想しあった。レバノンの特殊部隊がやったのかもしれないと考える人もいれば、イスラエルのスパイ集団、モサドではないかと予想する人もいた。テイラーは黙っていた。自分の仕事が白日のもとにさらされることは望んでいなかった。そのためにゴーンと別々の便でベイルートに帰ってきたのだ。この元グリーンベレー隊員は中座して、午前0時を回る前にベッドルームに下りていった。

そのうち、こうはしていられなくなるだろう。

トルコでは、ゴーンの逃亡劇は特に注目を浴びた。この世界的な大物がトルコの会社が運行したジェット機に乗り、イスタンブールでトランジットをしていたからだ。元旦の朝、ベッドで寝ていたパイロットの電話が鳴った。MNGジェットの運行責任者であるキョセメンだった。彼は「俺たちの名前が新聞に出てるぞ。まずいな」と言った。

キョセメンは初めはそれほど心配しなかった。我々の任務は飛行機を飛ばすことであり、荷物を検査することでもなければ、キャビンに座っている乗客を調べることでもない。もしゴーンが乗っていたとしても、責任を取るのは自分より給料の高い誰かだ。

しかし数日後、2つのフライトにかかわったMNGジェットの社員とキョセメンが警察に呼ばれた。取り調べののち、キョセメンと4人のパイロットは密航させた罪で起訴され、裁判を前に刑務所に送られた。客室乗務員は犯罪を報告しなかった罪で、在宅起訴になった。

大陸を挟んだ日本ではグレッグ・ケリーが、保釈期間中に住むことになった東京のマンションで1人、新年を迎えていた。ケリーの妻は、孫が生まれたためアメリカに帰っていた。ゴーンが逃亡したと聞いてまず、ケリーはショックを受けた。元上司がどのように逃亡をやってのけたのかということに驚いたのではない。いちばん大事な証言者が不在のまま、裁判の準備をせざるをえなくなったからだった。貧乏くじを引かされた。ケリーは1人で告発に立ち向かわなければならない。

無罪の判決を勝ち取るためにどんな困難が待ち受けているか、ケリーは誰よりも知っていた。ケリーもゴーンも、若くない。裁判は長くかかり、懲役刑の可能性もある。ケリーは孫が生まれるときに家にいられなかったことに心を痛めていた。それでも、ゴーンが逃亡した理由は理解できた。

逃亡中の有名人になったゴーンはピンクハウスに居を構え、レバノンでの新しい生活を整えはじめた。家族も集まり、アンソニーはサンフランシスコから渡ってきた。今回の刑事責任の一端にかかわっているため、14カ月間、日本への渡航は避けてきた。アンソニーとゴーンは、射撃場でマイケル・テイラーと会った。アンソニーはテイラーを抱きしめ、父親を家に帰してくれたことを感謝した。

このようにしてレバノンに帰ってくるとは思ってもいなかったが、引退後レバノンを拠点にするというのはゴーンが常に考えていたことだった。あわよくば名誉会長としてアライアンスの一翼を担いながら、愛する人ともっとゆっくり過ごし、学生向けに講義をしたり、世界中を旅したりする生活を思い描いていた。かつての会社で働くという選択肢はもうない。それでもゴーンは、友達に囲まれて昔に戻ることを楽しみにしていた。また、レバノンの有力者たちからの幅広い支持もあった。彼らは最も成功した使者としてゴーンを崇拝していた。

年が明けて数日すると、日本の当局がゴーンの逃亡に関する声明を発表した。「被告人ゴーンが、必ず出頭するとの誓約を自ら破り、国外に逃亡したのは、我が国の裁判所による審判に服することを嫌い、自らの犯罪に対する刑罰から逃れようとしたというにすぎず、その行為が正当化される余地はない」と東京地検の齋藤隆博（さいとうたかひろ）次席検事がコメントした。

日本当局は国際刑事警察機構に働きかけ、ゴーンがレバノンを出国した場合には、身柄を拘束して日本に送還できるよう、国際指名手配書（レッドノーティス）の発行を依頼した。その数日後、キャロルにも前年の4月に嘘の証言をしたとして、レッドノーティスが発行された。レバノンの政府関係者は、レバノンにとどまるかぎり2人の安全は保証するとした。2人ともレバノンの国民だ、自国民を引き渡したりはしない。

当然、生涯旅行ができなくなることはつらい。ゴーンはブラジルにいる母親のローズと仲がよかった。90歳になるローズの家は、リオデジャネイロのバーハ・ダ・チジュカにある。アルツハイマーのため、看護師3人に交代で24時間態勢の介護をしてもらっている。ゴーンにとって、一生母親に会えないというのは大変な悲劇だった。

一方、キャロルはアメリカとの二重国籍で、子供たちに会うためにしょっちゅうニューヨークに行くのが楽しみだった。もうその贅沢は味わえない。それでも夫妻は再会できたことを喜び、裁判でインターポールのレッドノーティスと闘えると信じていた。

日本での保釈中は、ゴーンは強硬に主張するとまた刑務所に戻されるのではないかと心配で、口を封じられている気分だった。しかし今度は世論という法廷を利用しよう。

1月8日、ゴーンは「冒頭陳述」をした。

ボディガードを従えて、ゴーンはレバノン・プレス・シンジケートの本部に到着した。ゴーンの会見を聞きにメディアが詰めかけていた。センセーショナルな逃亡劇には、世界中が注目した。ゴーンは14カ月のあいだで、ビジネス界の最高峰から日本の拘置所に、そして先祖代々の故郷で逃亡生活を送る有名人になったのだ。遠方のあちらこちらから記者が集まり、中国からアメリカまで各国のニュース番組が生中継の準備をしていた。日本からは最大規模の取材陣が送り込まれたが、本部の建物の中には数人しか入れなかった。1月の雨が降りしきるなか、何十人もの日本の記者が外に立ち尽くしていた。

プレス・シンジケートの会長が満員のイベントで長々と挨拶をしようとしたが、時間が来て演台から降ろされた。午後3時ちょうど、常に時間厳守のゴーンがダークスーツにボルドー色のネクタイをつけて現れた。「みなさんご想像のとおり、今日は私にとって非常に重要な日だ。家族や友人、自分の属するコミュニティなど、なじみの世界から残酷な隔絶を余儀なくされて400日以上、私は毎日この日を心待ちにしていた」

カメラを前に、本来のゴーンに戻っていた。「この悪夢が始まって以来、私は初めて自分を擁護し、自由に話すことができる。私は汚名をすすぐためにここにいる」。ゴーンは1時間かけて逮捕の経緯を詳細に語り、日本の司法制度の残忍さを批判した。そして自分を陥れた責任は日産の役員たちにあるとして、「悪徳で執念深い連中」と呼んだ。この会見に先だってレバノンの法務省からは、外交関係を阻害することは犯罪にあたるため、日本の政治家に対する直接攻撃は控えるように注意してほしい、と念を押されていた。

その後、ゴーンは東京地検による起訴内容にひとつひとつ反論していった。

退任後に数千万ドルを回収するという計画があったか？　決定事項も支払われたものも何もない。

中東の億万長者の友人への送金はあったか？　彼らへの支払いは、正当な仕事の対価だった。

受け取った資金でヨットを購入したか？　それは会社の金ではない。

これらの申し立ては事実無根であり、そもそも私は逮捕されるべきではなかった。

ゴーンは無実を主張するため、後ろのスクリーンに日本の裁判に関する資料を映し出して指さした。ただ、その場にいたほとんどの記者がその資料に何が書いてあるのかわからず、後方の人々は字が小さくて読むことすらできなかった。

2時間半もの時間を使った見事なショーだった。それはまるで、アライアンスのトップ時代のゴーンのパフォーマンスを鏡に映したようだった。

ゴーンはエネルギッシュに、しきりに身振り手振りを交え、眉毛を上下させ、怒りや驚き、強い信念など、さまざまな感情を伝えた。記者が使う言葉に合わせて、フランス語、英語、ポルトガル語、アラビア語、とそれぞれの言語で質問に答えた。そして自動車業界の現状を指摘し、ルノーと日産の暗澹（あんたん）としたパフォーマンスや、フィアット・クライスラーとの提携を逃したことを非難した。「彼らは決定的なチャンスを逃したのだ」

ゴーンは、詰めかけた多くの報道陣が最も関心を寄せていた問題、つまり逃亡については話すことを拒んだ。「どうやって日本を脱出したかをここで語るつもりはない。私はなぜ脱出したかを話すためにここにいる」と言い、会場がどよめいた。

メディアの盛り上がりが落ち着くと、ゴーンは新しい日常に戻った。毎日、朝6時前に起床して、自己弁護のための仕事や読書、執筆活動、投資のために数時間を費やした。その後、キャロルとともにゆっくりと朝食をとる。数カ月間離ればなれだったことや、漬け物とご飯という拘置所のわずかな配給を考えると、とてつもなく神聖で贅沢な時間だった。そのあとは運動をするためのパーソナルトレーナーが家に来てくれる。自分のブドウ園に行き、山を歩いたりベイルートで自転車に乗ったりして楽しんだ。週に2回、弁護士の事務所に行く。小さな部屋が与えられていて、そこで裁判に備える。すでにゴーンの人生を題材にしたドキュメンタリーとテレビドラマの話も進んでいる。インタビューに来た記者にはこう言った。これまでになく意欲が湧いている。ゴーンは自分の名声や遺産、権利のために闘っているのだ。そして日本との形勢を逆転させ、これまでの記録を書き直させる。

しかし、ゴーンは困難に直面していた。日本の刑事事件だったものが、12件を超える国際的な訴訟と捜査に発展していた。フランスでは予審判事が、ゴーンによるルノーの資金不正流用疑惑を調査しているところだった。イギリス領のヴァージン諸島においては、ゴーンが日産の資金を盗んでヨットを購入し、カリブ海の領域で登録したと日産が告発した。オランダでは、三菱との合併企業が違法な報酬を支払っていたとして、ゴーンはその返還を求められている。また、日本では日産からも訴えられている。2月のはじめ、日産はこの元会長によって100

億円の損害を被ったとして、民事訴訟を起こしたのだ。加えて、ゴーンが契約していた日本の保険会社は、逃亡後の弁護士費用は補償しないという。さらにはゴーンの逮捕以降すでに支払った弁護士費用、数千万ドルを取り返そうとしていた。

大声で無実を主張しているにもかかわらず、ゴーンは世間からのけ者にされつつあった。ＡＢＮ Ａｍｒｏ、ＨＳＢＣ、ＪＰモルガンといった銀行はみな、ゴーンとはビジネスパートナーになりたくないと言って、資金を他に移してほしいと頼んできた。逃亡をきっかけに、学生が運営する「ハーバード・アソシエーション・フォー・ロー・アンド・ビジネス」から日本の司法制度について自身の経験を話してほしいとの依頼を受けて胸が高鳴っていたが、ゴーンの期待は打ち砕かれた。その団体は内部で話し合った結果、ゴーンの講演はあまり望まれていないと考え直した、と伝えてきたのだった。

どんどん先行きが見えなくなり、もはやベイルートも、ゴーンが幼少期に過ごしたような太陽に包まれた天国ではなくなっていた。レバノンの首都は、暴走するインフレと貧困、腐敗に対する反政府運動に見舞われていた。出歩くのさえ危険な日もあった。

ゴーンと同じように、マイケル・テイラーもベイルートで立ち往生していた。30年間マサチューセッツの家に住み続けてきたテイラーは、故郷に帰りたくて仕方なかった。

しかしテイラーの名前は、ゴーンの逃亡に手を貸した退役軍人として、メディアのいたるところに登場した。テイラーはトルコの出入国審査で、中国のＣＣＴＶのカメラに撮られてしまったのだ。日本の当局がいつなんどき逮捕状を請求するかもしれないとびくびくしていた。法的な問題が起きるなら、アメリカで対処したい。何年ものあいだ、アメリカ政府のためにさんざん働いてきた。そうした市民が、しかも退役軍人が他国に身柄を引き渡されることはないのではないか。

ゴーンからは、レバノンに身を潜めていたほうがいいと助言されたが、テイラーは何週間も自国を離れて正気を失っていた。「俺は使い走りじゃないんだ」と親戚にこぼした。テイラーがゴーンに、ところで裁判費用を持ってくれないかと頼むと、ゴーンは快諾した。テイラーへの送金がばれないよう、暗号通貨でお金を渡すことにした。65歳のゴーンはまだビットコインを使ったことがなかったため、アンソニーに送金の手続きを頼んだ。

2月16日、テイラーはついに我慢の限界に達した。レバノンに来てからこれまで3回航空券を予約したものの、どれにも乗れていなかった。しかしついにこの日、一か八(ばち)かで、ドバイ経由でマサチューセッツの家に帰る飛行機に飛び乗ることにした。果たしてテイラーは問題なく家路に就いた。アメリカに戻ると、昔からの活動を再開した。水曜日はバスケットボールをして、ビタミンウォーターを広める仕事にも再びいそしんだ。数週間もしないうちに新型コロナウイルスが大流行し、世界各国で次々と渡航禁止になった。1年半前からベイルートで生活していた息子のピーターは、ボストン近郊の父親がいる場所でパンデミックを乗り切ることにした。

家族は再び一緒になり、まだ国際指名手配の知らせもなかった。テイラーは安心しきって、ヴァニティ・フェア誌の記者にゴーンの逃亡劇を語った。しかしそれは、東京地検が密かに集めていた証拠がひとつ増えただけだった。ホテル、道路、タクシー、電車、空港まで、ほぼすべての行動が監視カメラに録画されていた。日本当局は、ゴーンとテイラーをつなぐお金の動きを示す資料も入手した。5月になりコロナの規制が緩和されると、ピーターは仕事のためベイルートに戻ることに決め、5月20日のフライトを予約した。

その日の朝、ピーターはドアを叩く大きな音で目が覚めた。下着姿で階段を下りていくと、制服姿の10人以上の連邦保安官がアサルトライフルを持って立っていた。SUV車6台と装甲車1台が遠くに停まっていた。ドアを開け、即座に日本の逮捕状があって来たのかと尋ねた。「そうだ」という返事だった。保安官は階段を上り、ベッドで眠っているマイケル・テイラーを見つけた。父親と息子は地元の郡刑務所に連れていかれ、2人は厳格な隔離を命じられた。

14日間の隔離期間が終わると、テイラーは他の収監者たちと一緒になった。ほとんどがドラッグの密売や暴力沙汰で捕まった犯罪者だ。朝6時に独房のドアがけたたましい音を立てて開き、起床する。薄いマットレスから転がり出て、食堂に下りていき、朝食をとる。日によってゆで卵3つか、シリアル1カップとドーナツひとつ。カードゲームや読書をしたり、庭でときどき荒っぽいバスケットボールをしたりして時間を潰した。「刑務所にファウルはない」とピーターは家族に語った。

マイケル・テイラーは、どうしてこうなったのか理解に苦しんでいた。人質に見えた男を妻と子供たちのところに帰せば、人々は称賛してくれると思っていたのだ。それなのにいまのテイラーは、かつて命を懸けて仕えたアメリカ政府の手によって、刑務所の独房で腐りかけている。息子が同じ刑務所に入れられていると思うと、余計に不当に感じられた。

それでもテイラーは、アメリカの裁判官ならそれらしく判断してくれるだろうと楽観主義を貫き、優秀な弁護団をそろえた。彼らの最初の仕事はテイラーと息子を保釈させることだ。感染症の流行の影響で、保釈審理はビデオ会議を通して行われた。オレンジの囚人服を着て、刑務所が用意したマスクを着け、テイラー親子が並んで姿を見せた。検察はゴーンの逃亡劇について「近年で最も厚かましく、よく計画された逃亡のひとつだった」と表現したうえで、テイラー親子は逃亡の恐れがあるため保釈されるべきではない、と主張した。連邦地方検事補のステファン・ハシンクは、これは明白なことかもしれないがと前置きして、もしテイラー親子2人が逃亡しようとしたら、「この法廷がこれまで見てきたなかで、最もうまく逃亡を成し遂げる被告人になるだろう」と言った。

弁護団は、もしテイラー親子が裁判から逃げるつもりだったら、そもそもアメリカには帰ってきていないだろうと反論した。したがって、パンデミックの真っただ中で暴力をふるう恐れのない収監者が解放されたように、テイラー親子も保釈されるべきである。さらに弁護団は、マイケル・テイラーは、万が一コロナに感染したら合併症のリスクが非常に高いということも指摘した。彼は60歳近くなっていて、何十年も前に手術をして片方の肺しか残っていない。ピーターは大学卒で、特別な作戦に関する前科や専門知識はない。逃亡すれば、日本で問われている罪よりも重い罪になるため、そんなばかげたことはしないだろう。

7月10日、裁判所は逃亡の恐れはないとの主張を退け、保釈申請を却下した。テイラー親子は2番めの判事に上訴したが、やはり認めてもらえなかった。他人の保釈期間中の逃亡に加担して逮捕されているというのに、なぜ自分たちの保釈が認められるべきといえるのか、その皮肉に言及したのである。

マイケル・テイラーの妻であるラミアは、その判断を聞いて消沈した。コロナの影響で、刑務所にいる夫と末の息子との面会が許されなかった。テイラー親子は、身柄が引き渡されないように全力を注いだ。日本では公平な裁判を受けられる機会がないし、保釈中の逃亡は日本では犯罪に当たらないと主張した（検察は、確かに日本では保釈中の逃亡は犯罪ではないが、逃亡を助ける行為は犯罪であると反論している）。

日が経つにつれ、テイラー親子と逃亡を結びつける証拠は積み重なっていった。日本の検察によって身柄引き渡しファイルが作成され、アメリカの当局に渡された。その書類によると、アンソニー・ゴーンはピーター・テイラーに6回送金している。コインベースという暗号通貨の取引所を利用して、総額50万ドル以上を送っていた。

こうした事件の詳細が明るみに出ると、記者たちがアンソニーのコメントを求めたため、アンソニーは憤慨した。再びニュースで取り上げられるようになってしまった。今回は国際的な犯罪行為に資金提供をしたという話だ。アンソニーは父親を助けたくてビットコインを送っただけで、ピーター・テイラーの利益になっているとは思わなかった。

そんなことで注目されたくはなかった。

グレッグ・ケリーは64歳にして、ようやく裁判の初日を迎えた。2年近くのあいだ、裁判に備えて闘いながら、でっち上げだと思われる起訴状に対して自分で弁護できる機会をじっと待っていた。ケリーは２０１０年に日産会長の報酬を50％削減したあと、その埋め合わせのため秘密裏にゴーンに報酬を支払う計画を企てたとして起訴された。それはすべて誤解だ、ゴーンは退任後も会社のために実際に顧問として仕事をする予定で、報酬はその対価だということを検察に伝えようとした。いずれにしても、報酬は支払われていない。なかなか検察が納得してくれないのでうんざりしたが、少なくともいまケリーは裁判官の前で自分の主張を述べる機会を与えられている。

9月15日の朝、ケリーは早起きをしたが朝食はとらなかった。こういうときは決まって何も食べられない。東京地方裁判所の入っている灰色の石造りの建物に車が到着すると、ケリーはカメラマンの大群にはほとんど気を留めず、弁護団のあとに続いて足早に入っていった。

ハリ・ナダをはじめ日産の役員たちの協力を得ながら、日本の検察は大量の人員を動員してゴーンを追及した。いまとなっては、すべてケリー１人の力量にかかっていた。日本ではケリーの裁判が、ゴーンとゴーンが残したものの代理裁判と化していた。

１０４号法廷は、高さ9メートルの天井が印象的な部屋だった。ケリーは弁護士と一緒に長いテーブルについた。日産チームはケリーの後ろにいた。ケリーの運命を決める３人の裁判官は、奥の法壇に座っている。この先9カ月間にわたって、週に1、２回、この光景が繰り返されることになる。日本の一般的な裁判では普通ではない長さだ。その理由のひとつは、検察から証拠として提出を要求された書類の山である。もうひとつは、言葉の壁だった。

ケリーが依頼した同時通訳者ではなく、英語ができる日本人の2人の通訳者が、それぞれが話した内容を書き取って裁判官に伝えるというやりとりが行われた。"count toward"や"focused on""consistent"などといった基本的な英語のフレーズをどう訳すべきかで議論が紛糾することもあった。裁判が長くなるにつれて通訳が疲れて、もう少しゆっくり話してほしいと話者に懇願することもしばしばだった。終盤にはへとへとの状態で、審理が1時間早く終わったりした。

ケリーは訴えを強く否定した。日産時代は、競合他社の引き抜きや早期退職によってゴーンを失うことを懸念していた。それは他の多くの日産関係者も共有していることだった。そうならないように、ゴーンには役員か顧問として残ってもらう道を模索していたのだ。

ナダや元同僚たちが証言をするために法廷に立つと、緊張感が一気に高まった。彼らはいくつもの計画にあたって協力関係にあったにもかかわらず、ケリーを追及する側に寝返ったのだ。ケリーは彼らの目を見ようとしなかった。それには値しない人間たちだ。

2021年3月2日、身柄引き渡しを免れるべく、すべての法的手段を使い果たしたテイラー親子が、ボストンから日本に向かう飛行機に乗っていた。日本に到着後、ゴーンが勾留されていたのと同じ小菅の東京拘置所に護送された。要するにテイラー親子は、ゴーンを国外に脱出させ、自分たちがゴーンの身代わりになっただけだった。後日、マイケル・テイラーは日本の裁判所に出廷した際、涙を流しながら頭を下げて謝罪した。「自分の行動を深く後悔しています。司法手続きと日本のみなさんに多大なご迷惑をおかけしたことを深くお詫びします。申し訳ありませんでした」

父親も息子も、犯罪者の逃亡を幇助したという罪を認めた。2021年7月、マイケル・テイラーには懲役2年、ピーターには懲役1年8カ月の実刑が言い渡された。親子が反省の色を見せていることから、裁判官が最長3年の刑期を短縮したという。

レバノンではゴーンの日常生活がさらに厳しくなっていた。他の国民と同じように、ロックダウンの措置を受けていた。つまりゴーンは、ベイルートの洗練されたクラブでプロ級の相手とブリッジゲームをする趣味を我慢しなければならなかった。その代わりに、オンラインゲームにログインした。

ゴーンの周辺で、ベイルートがメルトダウンに陥っていた。2020年の夏、恐ろしい出来事がレバノンの首都を襲ったのだ。倉庫に保管されていた硝酸アンモニウムが爆発し、港湾エリアで大規模爆発を引き起こした。ベイルートで最も活気のあった地域が焦土と化し、何千人もが家を失った。ゴーンのピンクハウスも被害を受けたが、ゴーン一家は無事だった。

国際機関が援助に駆けつけたが、事態は悪化する一方だった。新型コロナウイルスの波が国を襲い、進行中の経済危機がさらに深刻度を増し、人口の大部分が貧困層に押し下げられた。

キャロルの両親がコロナに感染し、母親は回復したが継父が亡くなった。

新型コロナ病棟の患者のなかに、ゴーンの逃亡を手伝った退役軍人のジョージ・ザイエクがいた。ザイエクは回復したものの、コロナの後遺症に何カ月も苦しんだ。必死になってリビアなどの戦地に戻ろうとしたが、日本からレッドノーティスが発行されていた。つまりザイエクはレバノンで身動きがとれず、仕事ができない状態だった。

ゴーンは著書2冊を書き上げ、テレビのドキュメンタリー番組も完成した。1冊めは元ジャーナリストとの共著で、アライアンスのトップとしてのゴーンの成功が詳細に語られている。そして、自分は日産内のナショナリスト系の一派によって容赦なく陥れられたと主張している。2冊めはキャロルと一緒に書いた。タイトルは"*Ensemble toujours*（ずっと一緒）"。2人が交わしてきた手紙を収録し、日本の無慈悲な司法制度に翻弄された経験談に焦点が当てられている。

そうしているあいだも司法の歯車は回りつづけ、おもにゴーンにとっては不利に進んでいた。2021年5月、オランダの裁判所はゴーンに対し、日産と三菱が共同出資して設立されたオランダの法人に500万ユーロ近くの給与を返済するよう命じた。いわく、日産と三菱の取締役会から必要な同意を得ていなかったため、ゴーンの労働契約書は有効ではなかった。ゴーンは控訴するつもりだと言い、逆に不当解雇だとして会社は自分に対して1500万ユーロの支払い義務がある、と主張した。

カリブ海では、また別のバトルが勃発していた。ゴーンが地中海を回るために使っていたヨットが、日産から盗み取った資金で購入されたのか否かが争われた。ヨットの名前は最近、「Tw・ig」に改名されていた。

ゴーンはその告発を否定し、ヨットはもともとレバノンの弁護士、ファディ・ゲブランが自身で使うために購入したものだと主張した。２０１７年の夏、ゲブランが死去する数日前に所有権がゴーンに移っていた。お金の所有者が変わったわけでもないし、日産やルノーから出されたお金もない、とゴーンは言った。

フランスではセルジュ・トゥルネール捜査官による調査がさらに本格化していた。ゴーンはまだ起訴されていなかったが、トゥルネールはゴーンから事件の説明を聞きたいと思っていた。ゴーンの弁護士から、ゴーンはベイルートから出られないため、トゥルネールがベイルートに来て取り調べをしたらどうかという提案があった。本人は事件の捜査に協力する意思があるという。トゥルネールは行くことにした。

ゴーンのフランスの弁護団は、パリに拠点を置くジャン・イヴ・ル・ボーニュとアメリカのキング＆スポルディング事務所のジャン・タマルが率いていた。彼らはトゥルネールの訪問前に何時間もかけて打ち合わせをした。取り調べの日を間近に控え、方針を変えた。トゥルネールのすべての質問に答えるのではなく、ゲブランのハードディスクから得られた情報と関係することは回答を拒否することにしたのだ。

弁護団はトゥルネールに、ハードディスクは違法に入手されたものだと主張した。捜査権のある司法官が押収し処理したものではないため、保存されているメールやその他の文書データの信憑性を保証することはできない。そうした理由から、フランスの捜査官はこのハードディスクに関連する資料は事件のファイルから排除すべきである、と弁護団は訴えた。一方トゥルネールは、ゴーンにはこの闘いを法廷で続ける自由があると言った。ゴーンに関する資料であるかぎり、証拠として認められ、その内容について追及することもできる。

審理の期日が近づき、トゥルネールはフランスにあるスハイル・バハワンのアパルトマンの家宅捜索を命じた。5人のフランスの捜査員がバハワンの家に上がり、壁にかかっていた絵を外したり、金庫を調べたりした。バハワンしか金庫を開けられなかったため、暗証番号を解読する専門家も呼んだ。彼の車や持ち物もすべて調べられた。莫大な資産と所有物を確認したが、今回の捜査に関連しそうなものは何も見つからなかった。

捜査官は、バハワン自身からそれ以上のものは入手していなかった。バハワンは日本とフランスの捜査について訊かれるといつも怒りだして、自分のお金だ、どう使おうと自由だ、とすぐに言い返していた。

2021年6月2日、トゥルネールはベイルートの中央裁判所に到着し、レバノンの司法当局の立会いのもとでゴーンの取り調べを行った。まずゴーンが冒頭陳述をし、トゥルネールはひとつの案件に狙いを定めて追及した。ゴーンが常に避けてきた、いわゆるオマーンルートである。初日は7時間かけて、スハイル・バハワンとの関係について質問した。ゴーンは互いに尊敬しあっている仲だと答えた。バハワンが「叩き上げ」であるところをゴーンは気に入っていた。トゥルネールは、2009年に当時窮地に立たされていたゴーンがバハワンから融資を受けたことを問いただした。ゴーンは返済したのか？　していない。バハワンは返済期限を設けずに融資を差し出した。その条件は、アラビア語で口頭で話し合われただけだった。書類はなかった。

取り調べは2日めにも続き、ゴーンはさらなるカードを切った。ゲブランのハードディスクから出てきた情報に関する質問には答えない。トゥルネールは地道に質問を続けたが、ゴーンは「同じ答えだ」と言って黙秘を貫いた。

最終日を終えて、ゴーンの弁護団はメディアに対し、ゴーンは「何百もの質問」に答え、その質問は「フェア」だったと述べた。

2022年4月、3年以上におよんだ捜査の末、ゴーンが何百万ユーロものルノーの資金を流用した疑いがあるとして、フランスの検察が正式に国際逮捕状を発付した。ゴーンは再び否認した。そして、フランスで裁判に臨みたかったが、当局にパスポートを取り上げられているためにレバノンから出られないことを付け加えた。

ゴーンの他、億万長者のスハイル・バハワンとその息子2人、オマーンの自動車販売会社の元ゼネラルマネージャーであるディヴェンドゥ・クマールにも、フランスの検察から逮捕状が出された。

エピローグ

レバノン、ベイルート

静かな路地にある鉄の門の向こうに、1930年代の邸宅「ホテル・アルベルゴ」が建っている。ベイルートの喧騒や雑踏から離れ、静かで贅沢なオアシスだ。レバノンの首都にあるここが、カルロス・ゴーンの職場になった。

逃亡から長い時間がたったある春の朝、ゴーストタウンと化したベイルートはイド・アル＝フィトルという祝日で、イスラム教信者たちがラマダンの終わりを祝っていた。その他はみんな休みをとり、道には誰1人おらず、店は閉まっていた。

カルロス・ゴーンは活動していた。一緒にいるのは2年以上前の逮捕以来6回にわたってゴーンにインタビューをしてきたニック・コストフ――本書の共著者のひとり――だ。まわりの状況も、ゴーンの状態も、東京の弁護士事務所とビデオ通話でつないで初めて会話をしたときとは大きく変わっていた。当時ゴーンはジャーナリストと話ができるような立場にはなかった。いまはレバノンにいるかぎり、誰でも好きな人と自由に会うことができる。

ゴーンがすさまじく時間に正確で、相手にも同じような姿勢を求めることを考慮して、ニックはその長いインタビューが始まる30分前に到着した。汚名をすすぐと誓って過ごしていた逃亡からの1年半、かつての業界トップが国外逃亡者としての新しい生活をどのように乗り越えてきたのか、私たちは知りたかった。

ニックはコンシェルジュのところに行き、訪問客のために最上階のバーを開けてくれないかと尋ねてみた。コンシェルジュは変な顔をした。「バーは閉まっています」。これから会う相手を伝えると、コンシェルジュの表情がすぐに変わった。ゴーンのためならルールは変わるのだ。

「ホスンさんのためなら開けられます」。彼はアラビア語の発音で言った。「ホスンさんにノーとは言えませんよ」

午前10時30分、時間どおりにゴーンは鉄の門をくぐった。プライベートのボディガードを伴って、ピンクハウスから歩いてすぐの道のりをやってきた。「やあ、ニック」

逃亡劇の直後にゴーンに会ったときと同じボディガードだということにニックが気づくと、ゴーンは肩をすくめて言った。「危険性は同じだよ」

一行はエレベーターに乗ってバーがある6階で降りた。ゴーンはアラビア語でウェイターに挨拶をし、エスプレッソを2杯注文した。ウェイターがコーヒーを出したあとは、彼らだけになった。

ゴーンがいまどのように過ごしているか、レバノンの様子、パンデミックに巻き込まれたゴーンの友達や家族についてなど、話は雑談から始まった。ゴーンは、たくさんの慈善活動を通していかに国を助けているかを語った。いまだに夜明けとともに起きて仕事をしているという。

裁判の状況についての話題になると、ゴーンは目を細め、椅子の上で身を乗り出した。日産の「チンピラ」たちはゴーンに関する内部調査をした。フランス政府も独自に調査を始めてゴーンを見捨て、資産を凍結した。日本はゴーンの裁判資料をレバノンに送付することを拒否しているため、ゴーンはレバノンで裁判を受けることができない。ゴーンは、逃亡直後に資金を移動させるよう命じてきた銀行のことも非難した。

カルロス・ゴーンは世界中を敵に回していた。

ニックは話を前に進めた。ゴーンが腹を立てるだろうと予想しながらも、対処を迫られている案件の話を切り出した。オマーンについてだ。

その話題について、ゴーンは決して多くを語ろうとしなかった。6カ月前、ニックはゴーンに、ヨットの購入とスタートアップ企業への投資に使った資金についての大量の質問をしたが、とりとめのない会話になってしまった。むしろゴーンは、インタビューをオフレコにしたがり、フランスの捜査当局が調査をしているため回答を控えたいと主張した。ゴーンにはその権利があった。

再び挑戦してみた。「前回、12月に話をしてから、オマーンに関して進展はありましたか？」と尋ねた。

「俺たちはゲームで遊んでいるわけではない。ありのままの現実を伝えているんだ。動きはないよ。もっと説明をする。もっと詳しく、すべての質問に答えるよ」

ヨットはもともと亡き弁護士が自分のために購入したという主張を引き続きするのか、とニックが訊いた。ゴーンは、基本的な問題は会社のお金が関係しているかどうかであり、この件に会社の金は関係していない、と言ってはぐらかした。「それだけだ。それだけだよ。法的な問題は残っていない」

グッド・フェイス・インベストメンツやブラジレンシス、ビューティー・ヨットなど、今回訴訟の中心になっているさまざまな会社に対しては、ゴーンは利益を享受していないという立場のままなのか？

「変わってない」

「それぞれ、あなたの会社ではないという主張は？」

「変わってない」

その時点では、ゴーンが告訴される可能性はほとんどなさそうだった。フランスから日本まで、司法当局は行き詰まっていた。ゴーンは日本の司法制度は1ミリも信用できないとして、日本では裁判をしたくなかった。フランスでも同じだ。自分の事件は日本側の証拠で侵されているという。ゴーンの戦略は、亡き弁護士のハードディスクに入っていた忌まわしき証拠について説明しようとすることではなく、事件ファイルからそれを削除させることだった。フランス当局はゴーン不在のまま訴訟することもできる。しかし訴えられた張本人が出廷しないまま裁判を行うほどの熱意はなかった。ゴーンとしては、先祖代々の故郷であるレバノンにとどまっておけばよいのだ。

したがってこの件は、一種、半永久的に保留扱いになった。オマーン疑惑についてきめ細かく対処しないかぎり、ゴーンは当分、贅沢だが自由のない金色の檻から出ることはないだろう。

いったんオマーンに関する話題から離れ、ゴーンは再び批判を始めた。日本の司法制度に狙いを定め、テイラー親子が置かれている苦境とイスラム過激派組織ＩＳＩＳの人質を比較した。そしてルノーと日産の「いわゆる幹部」は悲惨な経営をしている、と激しく非難した。

「正直に言って、数字を見たらアライアンス全体が崩壊しているよ」とゴーンは言った。

ゴーンが唯一後悔していることは、２００９年にＧＭからヘッドハンティングの話が来たときに、そのオファーを受けなかったことだった。

ゴーンの同僚が、こんなことをニックに言ったことがあった。逃亡後、彼らはゴーンに対して、何かしらの、いやなんでもいいから謝罪をしてほしいと嘆願したという。しかしゴーンは何も謝るつもりはなかった。ゴーンにとってそれは、苦難に満ちた冒険譚ではなかった。冷遇や妨害、悪役についてのストーリーではなかった。ゴーンにとってこの物語の中核にあるのは、主人公の純粋さだったのだ。

いまも逃亡はそれだけの価値があったと思っていますか、とニックが訊いた。

「ああ。日本にいたら死んでただろう。それで終わっていた」とゴーンは断言した。

ミシュランの製造現場で一般の従業員と一緒にアンドゥイエットを食べてワインを飲みなが

ら、鋭い洞察をしていたカルロス・ゴーンはどのように変貌していったのだろうか。漫画のなかでテーラードスーツを着て世界の自動車産業の上にそびえ立つ姿として描かれるカルロス・ゴーンになった。それから、息を潜めて自作の棺桶（かんおけ）になるかもしれなかった箱で日本を脱出するカルロス・ゴーンになった。さらには、地元を代表する存在でありベイルートのホテル・アルベルゴの皇帝となったカルロス・ゴーンへ。尊敬すべき企業の再建請負人であったゴーンは、細部まで注意深いことでよく知られていた。それがいつ、高度9000メートル上空の経営者になってしまったのか。先見的な偉業を称えて高さ5メートルもの銅像を建ててもらいながら、部下たちが自分に対して〝陰謀〟を企てていることに気づかなかった。ゴーンはどこで自分を見失ったのだろうか。

このゴーンという男とその技量を深く知り、彼の壮大な人生を語ってみると、どこか悲劇的である。

当初、ゴーンが触れるとすべてが黄金に変わった。日本でこれほどまでに称賛されないほうがよかったのではないかと思うようなこともある。多くの点で、まだそこまで崇敬されるほどではなかった男が、日産の再建によって世間から神格化されてしまったのだ。

ゴーンは名声を利用して権力を持ちすぎ、説明責任から逃げた。エゴと衝動という猛毒の組み合わせがゴーンを没落の道に突き落とし、破滅の爪痕を残した。

その残骸のなかにマイケル・テイラーがいた。2021年の夏に2年の懲役が始まった。ゴーンが自由を謳歌しているなか、ゴーンの救済者は狭い部屋の床の上に座って、紙をマッチ棒の先ほどの大きさにちぎりながら、何カ月もの時間を過ごしていた。東京の西のはずれにある府中刑務所で、多くの外国籍犯罪者や危険とされた犯罪者と同じように、テイラーは多くの時間を独房に監禁されて過ごした。息子のピーターは刑期が少し短くなり、そこまで厳しくない横浜の刑務所に移送された。

グレッグ・ケリーは、役員会議のために3日間だけ日本に滞在するはずだったのが、3年間も刑務所にいるも同然の気分で過ごすはめになった。ケリーは2017年と2018年の行動に関するひとつの事案では有罪となったが、他については免れた。懲役6カ月、執行猶予3年という判決だった。日本からどうしても逃れたいあまり、部分的にでも有罪となったことへの失望も少し和らいだ。

ゴーンが起こした乱気流は、ルノーと日産それぞれの役員室と工場をも呑み込んだ。元会長が残していったスキャンダルによる打撃で、いまや2つの自動車メーカーは、ゴーンが実権を握っていたころと比べて何分の一かという規模に縮小してしまった。ゴーンは圧力鍋のような会社経営をしていた。ストレスのかかる環境によって、ときには身の丈を超えるほどに会社を成長させた。そのゴーンが出ていった途端に会社は傾き、将来の方向性を見失っているようだった。

そして、ゴーンの遺産であるはずのアライアンスはどうなるのだろうか？　今日、かつての面影はなく中身は空っぽで、アライアンスの一部であるはずの会社でさえ、そのことにめったに言及しなくなった。

残念なことに、影響はゴーンの家族にも及んでいた。キャロルのレッドノーティスを取り消そうと試みたが徒労に終わり、キャロルはゴーンと一緒にレバノンに幽閉されたまま、子供たちに会いに行けずにいた。ゴーンの姉のクロディーヌと息子のアンソニー、娘のマヤは犯罪捜査に追いかけられ、彼らの名前は世界中の新聞に登場した。ゴーンの母親は、1人息子に5年以上会えていなかった。

こんなことで終わるはずではなかった。ゴーンはレバノンで栄光を輝かせながら引退しようと思っていた。自動車業界の偉大な経営者として、またビジネス界の革新者として、歴史に名を遺すつもりだった。しかし実際には、箱に入って日本から逃亡するという最も無謀な行動によって、永遠にその名を知らしめたのだった。

ニックとゴーンがホテル・アルベルゴで別れる際、このあまりにも有名な元CEOは若いレバノン人カップルに気づかれた。彼らは新婚旅行でホテルに滞在中だった。「カルロス、もしよかったら一緒に写真を撮ってくれませんか?」

ゴーンの表情が和らいだ。もちろんゴーンは喜んで受けたが、写真をソーシャルメディアに投稿しないでほしいということだけはしっかり依頼した。そして、2人のあいだに笑顔で立った。

「おめでとう(マブルーク)」。ゴーンは写真に写ったあとでカップルに言った。ニックのもとに戻ったゴーンは、その瞬間の目撃者がいることが嬉しそうだった。

エレベーターに乗りかけて、ゴーンは最後にこう言った。「昨日、ハーバード・ビジネス・

レビューのインタビューを受けたんだ。君はその編集長を知っているか？　優秀なやつだ。この事件について大きな記事を書いてくれてるよ」

そう言って、ゴーンは去っていった。

謝辞

この本を完成に導いてくれた多くの人に感謝している。同僚、友人、先輩のみなさんが、仕事後の時間や週末を犠牲にして、このプロジェクトを完成させるために助けてくれた。あまりに多大な協力を受けたため、私たちは今後数年間にわたってお礼用の赤ワインと日本酒を仕入れる予算を組んだほどだ。

このプロジェクトの礎を築いてくれたのは、私たちの職場であるウォール・ストリート・ジャーナル紙と、世界中にいる素晴らしい同僚たちだ。

カルロス・ゴーンにまつわる話をウォール・ストリート・ジャーナル紙で記事にするには、真にグローバルなチームが必要だった。ボストンのマーク・マルモントとイスタンブールのデイビット・ゴティエ・ヴィラーズは、今日のビジネス界における最も優れた記者である。彼らのスクープによって、私たちは他社に先駆けた記事を出すことができた。パリのサム・シェヒナーと東京支局のみなさん（フレッド、リバー、千恵子、美峰、耕作、アラスター、スリヤ、恵）、ベイルートのナジ・オセイラン、ドバイのロリー・ジョーンズ、ロンドンのブラッドリー・ホープ、そしてパトリシア・コースマンは、いま起こっていることとその理由について、新しい事実を突きとめるために尽力してくれた。非常に貴重なチームメイトだ。

ウォール・ストリート・ジャーナル紙の東京支局長のピーター・ランダース、パリ支局長のステイシー・メイクトリー、ヨーロッパ支部ビジネス担当編集長のチップ・クミンズは、何カ月もの時間を本書に割いてくれた。称賛に値する人たちである。いつも電話で私たちを鼓舞し、取材の指針を示し、私たちの原稿の質を高めてくれた。

ウォール・ストリート・ジャーナル紙の1面担当編集者（いまは「エンタープライズ担当編集者」と呼ばれている）である、マシュー・ローズとタミー・オウディ、ビジネス担当編集者のジェイミー・ヘラーも、この記事に情熱をもって取材の範囲を広げてくれた。エルウィン・シュレイダーは時差をうまく調整し、何十本もの記事を編集した。シニア編集者のマット・ムレイ、ジェイソン・アンダース、グレイン・マッカーシー、トロルド・ベイカー、ドゥリュ・ドウェルにも感謝したい。彼らは素晴らしい記事だとお墨付きをくれ、この仕事をやり遂げられるように私たちに時間と自由を与えてくれた。

本書の執筆の最初のきっかけを与えてくれたのは、ウォール・ストリート・ジャーナル紙のスポーツライターであるジョシュア・ロビンソンだ。彼は最近、サッカーに関する素晴らしい本を出版してしている。彼の流れるように滑らかな散文体は、まるで公園を散歩しているかのようだ。1冊の本を執筆するのはどれほど大変なのだろうかと思っていたが、結局のところ、恐ろしく大変だった。ありがいことに、ジョシュは信じられないぐらい惜しみなく自分の時間を使い、私たちの志気を高め、原稿を推敲してくれた。

ゴーンについての複雑な物語と格闘しているなかで、私たちの背中を押してくれた人物が2人いる。いまは元同僚となったデイビット・ゴティエ・ヴィラーズが、1章ずつ本書を組み立てて読みやすくする作業を手伝ってくれた。新型コロナウイルスの影響でロックダウン中のイスタンブールで、デイビットはまるで、パリ－東京間のアライアンスを立ち上げて成功させたゴーンのような離れ業をやってのけた。ロサンゼルスからはドミニカ・アリオットが加わり、彼女の必殺技「ハイパードライブモード」を発動して、短い時間で本書全体をまとめる作業に貢献してくれた。彼女の感受性豊かな人間性ときめ細やかな気配りは、非常に得がたいものだった。

デトロイトの元自動車担当編集者であるジョン・ストールは、重要な章の監修をしてくれた。ウォール・ストリート・ジャーナル紙で長年ゴーンの取材をしてきたジェイソン・チャウは、丁寧なフィードバックとともに激励してくれた。しかめ面で知られるアイルランド人記者、ウォルター・ハーマンズは、まっさらなページへの恐怖を克服してプロジェクトを前に進めるにあたって、重要な役割を担ってくれた。類まれな才能で粘り強い取材をするクレメント・ラコンブスは、何年もかけてゴーンを取材して集めた資料と知見を提供してくれた。

本を書くこととそれを世に出すことは、まったく別のことだ。立ち上げから刊行まで私たちとともにいてくれたフレッチャー社の素晴らしいエージェント、エリック・ラプファーに感謝している。ホリス・ハイムバウチとカービー・サンドマイヤー、ウィリアム・アダムス、そしてハーパー・コリンズ社のチームにも、初めて本を書くの2人の作家にチャンスを与えてくれたことに謝意を表したい。彼らのおかげで、私たちはジャーナリストとしての最も大きな野望のひとつを実現できたのだ。

最後に、ニックからは婚約者と3人の姉妹、両親と、祖父母、友人たちに大きな感謝を伝えたい。週末を一緒に過ごせなかったり、当初の予定よりはるかに締め切りが延びたりしても、献身的な忍耐力をもって支えてくれた。

ショーンは、妻であり、ウォール・ストリート・ジャーナル紙の記者として同志でもあるスーリャタパ・バッターチャーリャーに感謝している。彼女は不断のサポートとアドバイスをくれた。また、息子のアマティアにも感謝したい。彼は父親がなんの仕事をしているかわかっていないが、路上で日産の車を見つけることができる。なぜかというと、「パパはいつも日産の話をしているから」。この本の執筆中に毎晩遅くなったり、長期休暇をキャンセルしたりしたことを家族に謝りたい。

P335 「この法廷がこれまで：Nate Raymond, "U.S. Fights Bail Bid by Men Accused of Helping Former Nissan Boss Escape," Reuters, June 22, 2020, https://www.reuters.com/article/us-nissan-ghosn-idCAKBN23T351.

P339 親子が反省の色を：Sean McLain, "Ghosn Escape Planner Michael Taylor Is Sentenced to Two Years in Prison," *Wall Street Journal*, July 19, 2021, https://www.wsj.com/articles/ghosn-escape-planner-michael-taylor-is-sentenced-to-two-years-in-prison-11626669860.

P343 ゴーンの弁護団はメディアに対し：Agence France-Presse,"Ghosn Grilling in Lebanon by French Investigators 'Fair,' " RFI, June 4, 2021, https://www.rfi.fr/en/business-and-tech/20210604-ghosn-grilling-in-lebanon-by-french-investigators-fair.

https://www.wsj.com/articles/carlos-ghosn-ran-tech-fundusing-millions-from-an-executive-at-a-nissan-partner-11566836112.

P285 「これは策略だ：Sean McLain, "Carlos Ghosn Assails Nissan Executives for Playing a 'Dirty Game,' " *Wall Street Journal*, April 9, 2019, https://www.wsj.com/articles/carlos-ghosn-says-nissan-executives-played-a-dirty-game-11554795423.

P286 キャロルはパニックになった：Sean McLain and Megumi Fujikawa, " 'It Was Scary as Hell': The Rearrest of Carlos Ghosn Opens New Front in Inquiry," *Wall Street Journal*, April 4, 2019, https://www.wsj.com/articles/new-suspicions-against-ghosn-present-most-serious-threat-11554381414.

P287 『アルゴ』の出国シーンを：Bruna Basini and Hervé Gattegno, "Carole Ghosn 'Tout le monde a lâché Carlos,' " *Le Journal du Dimanche*, April 6, 2019, https://www.lejdd.fr/Economie/exclu-jdd-carole-ghosn-tout-le-monde-a-lache-carlos-3887537.

P288 「供述しないなら：高野隆著『人質司法』（角川新書、2021年）、著者による第2章の翻訳：Carlos Ghosn's detention, bail, and escape.

P289 高野はあきらめなかった：同上。

P290 「妻とのあいだの：Sean McLain, "Carlos Ghosn Leaves Jail Again in Release on Bail," *Wall Street Journal*, April 25, 2019, https://www.wsj.com/articles/carlos-ghosn-is-granted-bail-by-tokyo-court-again-11556161288.

第21章　作戦開始

P296 2010年には：Mike Carraggi, "St. George's Calls an Audible," *Boston Globe*, October 5, 2010, http://archive.boston.com/sports/schools/football/articles/2010/10/05/st_georges_calls_an_audible/?rss_id=Boston+High+School+Sports.

P297 「残忍な刑務所に長期勾留：Mark Maremont and Nick Kostov, "Behind Ghosn's Escape, an Ex-Green Beret with a Beef about His Own Time in Jail," *Wall Street Journal*, January 18, 2020, https://www.wsj.com/articles/behind-ghosns-escape-an-ex-green-beret-with-a-beef-about-his-own-time-in-jail-11579323661.

第22章　逃亡

P312 「家に帰りましょう」：May Jeong, "How Carlos Ghosn Escaped Japan, According to the Ex-Green Beret Who Snuck Him Out," *Vanity Fair*, July 23, 2020, https://www.vanityfair.com/news/2020/07/how-carlos-ghosn-escaped-japan.

P319 「大事な荷物は後ろに：David Gauthier-Villars "Ghosn's Escape from Japan Leaves Seven Facing Trial in Turkey," *Wall Street Journal*, July 1, 2020, https://www.wsj.com/articles/ghosns-escape-from-japan-leaves-seven-facing-prison-in-turkey-11593634188.

第23章　巻き添え

P327 「被告人ゴーンが：Peter Landers, "Japanese Officials Break Their Silence on Ghosn's Escape," *Wall Street Journal*, January 5, 2020, https://www.wsj.com/articles/japanese-officials-break-their-silence-on-ghosns-escape-11578204876.

P329 「みなさんご想像のとおり：euronews, "Carlos Ghosn, Nissan's ex-boss, gives a press conference in Beirut," YouTube, n.d., https://www.youtube.com/watch?v=5WvRDV67mDU.

P255 「あなたは私の太陽の光です：Ghosn and Ghosn, *Ensemble, toujours*, 259.

P257 日課の取り調べは中断されていた；Nick Kostov and Sam Schechner,"Carlos Ghosn's Lawyer Said He Had a Fever in Jail, Is Feeling Better," *Wall Street Journal*, January 10, 2019, from https://www.wsj.com/articles/wife-of-jailed-ex-nissan-ceo-carlos-ghosn-asks-about-his-health-11547149610.

P258 「裁判長、私は無実です」：Reuters Staff, "Statement by ex-Nissan Chairman Carlos Ghosn in Tokyo Court," Reuters, January 7, 2019, https://www.reuters.com/article/us-nissan-ghosn-text-idUSKCN1P205I.

P259 しっかり届けると約束してくれた：Ghosn and Ghosn, *Ensemble, toujours*.

P259 ゴーンは退任時に：Laurence Frost and Gilles Guillaume, "Renault Scraps Ghosn's 30 Million Euro Parachute with Government Backing," Reuters, February 13, 2019, https://www.reuters.com/article/cbusiness-us-nissan-ghosn-renault-exclus-idCAKCN1Q213D-OCABS.

P261 「大事なことは、先に進むことです」："Carlos Ghosn Is Out as CEO of Renault," Bloomberg, January 24, 2019, https://www.bloomberg.com/news/videos/2019-01-24/ghosn-resigned-from-top-job-at-renault-last-night-france-s-le-maire-says-video.

第19章　焼け野原

P264 「RNBVは伝統的に："Jean-Dominique Senard, Chairman of Renault, Hiroto Saikawa, CEO of Nissan, Thierry Bollore, CEO of Renault and Osamu Masuko, CEO of Mitsubishi Motors, Announce the Intention to Create a New Alliance Operating Board," *Nissan Motor Corporation Global Newsroom*, March 12, 2019, https://global.nissannews.com/en/releases/release-bf2bf1e053fd301abd3ca437660b544d-190312-02-e.

P266 4月下旬、日産は利益目標を：Sean McLain and Nick Kostov, "Renault Merger Plan for Nissan Triggers New Tension," *Wall Street Journal*, April 26, 2019, https://www.wsj.com/articles/renault-to-propose-merging-with-nissan-11556265370.

P275 「非情でまったく予想だにしない性質のこと：Anne Feitz, Julien Dupont-Calbo, and David Barroux, "Renault: Thierry Bolloré dénonce ≪ un coup de force stupéfiant , ≫" *Les Echos*, October 10, 2019, https://www.lesechos.fr/industrie-services/automobile/renault-thierry-bollore-denonce-un-coup-de-force-stupefiant-1139074.

P275 「アライアンスには、少し新しい風が必要なんだ：Nick Kostov and Stacy Meichtry, "Renault Board Votes to Remove CEO Thierry Bolloré," *Wall Street Journal*, October 11, 2019, https://www.wsj.com/articles/renault-chief-executive-thierry-bollore-to-step-down-11570785214.

第20章　保釈と再逮捕

P279 キャロルは唇を噛んで：Ghosn and Ghosn, *Ensemble,toujours*, chapter 16.

P280 「他のすべてを失ったからだよ」：同上。

P282 出所するゴーンを隠すという作戦：Sean McLain, " 'It Failed': Ghosn Lawyer Fesses Up to Dress-Up Drama," *Wall Street Journal*, March 7, 2019, https://www.wsj.com/articles/it-failed-ghosn-lawyer-fesses-up-to-dress-up-drama-11552020876.

P282 しばらく静かに抱き合った：Ghosn and Ghosn, *Ensemble, toujours*, chapter 18.

P284 実はディヴェンドゥ・クマールから：Nick Kostov and Sean McLain, "Carlos Ghosn Ran a Tech Fund—Using Millions from an Executive at a Nissan Partner," *Wall Street Journal*, August 26, 2019,

Closures," Reuters, October 1, 2013, https://www.reuters.com/article/france-industry/french-parliament-passes-law-punishing-plant-closures-idUSL6N0HR3KJ20131001.

P190 「おしゃれなレバノン人の：Dita Von Bliss, "Quelqu'un m'a dit…," *L'Orient–Le Jour*, October 11, 2016, https://www.lorientlejour.com/article/1012007/quelquun-ma-dit.html.

P190 「自宅にみなさんを：Leena Kim, "Carole and Carlos Ghosn Threw a Wedding Fit for a King and Queen," *Town & Country*, March 3, 2017, https://www.townandcountrymag.com/the-scene/weddings/a9634/versailles-wedding/.

P190 「だからこそ、この素晴らしい場所で：Raphaëlle Bacqué, "Feu d'artifice, porcelaine et vin d'Ixsir: Le jour où le couple Ghosn a convié sa cour à Versailles," *Le Monde*, February 22, 2019, https://www.lemonde.fr/m-le-mag/article/2019/02/22/feu-d-artifices-porcelaine-et-vin-d-ixsir-le-jour-ou-le-couple-ghosn-invitait-a-versailles_5426881_4500055.html (author's translation).

第 15 章　グローバル・モーターズ

P203 「優れた芸術は：Nissan, "Nissan Unveils 'Wheels of Innovation' Sculpture," YouTube, July 2, 2017, https://www.youtube.com/watch?v=mCLqEI8VURo.

P204 90 万ドル近い費用を支払った：Amy Chozick and Motoko Rich, "The Rise and Fall of Carlos Ghosn," *New York Times*, December 30, 2018, https://www.nytimes.com/2018/12/30/business/carlos-ghosn-nissan.html.

P205 「勝負はついた：Marie Bordet and Clément Lacombes, "Carlos Ghosn, confidences du n° 1 mondial," *Le Point*, July 19, 2017, https://www.lepoint.fr/economie/carlos-ghosn-confidences-du-n-1-mondial-19-07-2017-2144381_28.php (author's translation).

P206 目指すのは 1400 万台だ：John D. Stoll, "Carlos Ghosn Bets Big on Sales Growth," *Wall Street Journal*, September 15, 2017, https://www.wsj.com/articles/nissan-renault-seeks-to-boost-annual-vehicle-sales-to-14-million-1505456101.

P212 「私の責任は：Groupe Renault, *Annual General Meeting of Shareholders—Palais des Congrès* (Paris-France) | Groupe Renault, YouTube, June 17, 2018, https://www.youtube.com/watch?v=GhpolIvAt6Q&t=1308s.

P215 「自分たちの：Sophie Fay, "Pour Carlos Ghosn, rien n'arrêtera la mondialisation," *L'Obs*, October 28, 2018, https://www.nouvelobs.com/economie/20181028.OBS4583/pour-carlos-ghosn-rien-n-arretera-la-mondialisation.html (author's translation).

P216 「東京へ出発だ！：Chozick and Rich, "The Rise and Fall of Carlos Ghosn."

第 18 章　塀の中で

P249 取り調べの初日：Takashi Takano, "Thinking about Criminal Trials," Takashi Takano @blog, January 11, 2020, http://blog.livedoor.jp/plltakano/archives/65953931.html.

P250 「闇の不正と闘う」：Megumi Fujikawa, "Ghosn's Lawyer, a Former Prosecutor, Knows His Way Around a Courtroom," *Wall Street Journal*, November 27, 2018, https://www.wsj.com/articles/carlos-ghosns-lawyer-is-familiar-with-prosecutors-tactics-1543314606.v

P253 「私は会見に：Carlos Ghosn and Philippe Riès, *Le temps de la vérité* (Paris: Grasset, 2020).

P254 日産との商取引を通じて：Sean McLain, "Carlos Ghosn Investigators Focus on Ties to Saudi Businessman," *Wall Street Journal*, December 27, 2018, https://www.wsj.com/articles/ghosn-investigators-focus-on-ties-to-saudi-businessman-11545935009.

第９章　過剰報酬

P132　キャロルは笑い、いいわと答えた：Ghosn and Ghosn, *Ensemble, toujours.*

P134　週３回英語の個人レッスン：大沼敏明による2010年10月29日の法廷での証言。

P135　ある数字を尋ねた：大沼敏明による2020年11月11日の法廷での証言。

P138　「ゴーンの給料はなぜこんなにも高いのか：Yoshio Takahashi, "Nissan CEO Made $9.8 Million," *Wall Street Journal,* June 23, 2010, https://www.wsj.com/articles/SB10001424052748704853404575323780460252438.

第10章　抜け道

P143　「いいですか、我々には：Reuters, "Renault a de multiples certitudes sur l'espionnage, dit Ghosn," BFM Business, January 23, 2011, https://www.bfmtv.com/economie/entreprises/transports/renault-a-de-multiples-certitudes-sur-l-espionnage-dit-ghosn_AN-201101230013.html (author's translation).

P143　セキュリティ報告書に記載された："Renault: La DCRI n'a trouvé 'aucune trace d'espionnage,'" *L'Express,* March 3, 2011, https://lexpansion.lexpress.fr/entreprises/renault-la-dcri-n-a-trouve-aucune-trace-d-espionnage_1426610.html.

P144　「私が間違っていました：Matthieu Lauraux, "Carlos Ghosn sur TF1: Le PDG de Renault s'excuse," TF1, March 15, 2011, https://www.tf1.fr/tf1/auto-moto/news/carlos-ghosn-tf1-pdg-de-renault-s-excuse-9962589.html (author's translation).

P145　２人を叱責した：Matthieu Suc, *Renault, nid d'espions: Le livre qui révèle la face cachée de Carlos Ghosn* (Paris: Editions du Moment, 2013).

P145　ゴーンはいつになく平静を失い：志賀俊之による2021年１月12日の法廷での証言。

P151　ベイルートを拠点に世界中で活躍する人々："Garden party aux caves d'Ixsir," *Noun,* November 1, 2012, 318–20.

第11章　ヴェルサイユ宮殿

P154　「結婚しなくても：ゴーンとツェッチェによる会見の映像。Paris, 2012, https://www.alliance-2022.com/blog/video-highlights-ghosn-zetsche-paris-press-conference/.

第12章　資金ルート

P168　レバノン政府の決定を称賛した：Élie Masboungi, "Colloque sur l'environnement juridique et fiscal du commerce franco-libanais," *L'Orient–Le Jour,* May 13, 2011, https://www.lorientlejour.com/article/703756/Colloque_sur_l%2527environnement_juridique__et_fiscal_du_commerce_franco-libanais.html.

第13章　２倍の議決権

P179　フランスのルノー工場に移す："Nissan to Build Micra at Renault Plant in France," Nissan Motor Corporation, April 26, 2013, https://reports.nissan-global.com/EN/?p=11216.

P180　高炉２基を休止しようとする：Reuters Staff, "French Parliament Passes Law Punishing Plant

Journal, March 31, 1999.

第６章　企業再建

P83　「彼、ミスター・ビーンに似てますよね」: Frédéric Garlan, "Nissan's French Number Two Gets TV Grilling in Japan," Agence France-Presse, April 23, 1999; Brice Pedroletti, "Le patron qui a conquis le Japon," *L'Express*, May 10, 2001.

P87　「日産リバイバルプラン」: "Nissan Revival Plan," October 18, 1999, https://www.nissan-global.com/EN/DOCUMENT/PDF/FINANCIAL/REVIVAL/DETAIL/1999/fs_re_detail1999h.pdf.

第７章　２つのブリーフケース

P100　1500人以上の株主: "For Investors: 107th Shareholders Meeting," Nissan Motor Corporation, https://www.nissan-global.com/EN/IR/SHAREHOLDER/107_index.html.

P101　販売台数は３倍に増えた: "FY05 Financial Results," Nissan Motor Corporation, April 25, 2006, https://www.nissan-global.com/EN/DOCUMENT/PDF/FINANCIAL/2006/0425/060425fy20060425presentationcolor_E.pdf.

P101　世界最大の日産ショールーム: "Oman Becomes Home to World's Largest Nissan Showroom," Nissan Motor Corporation, June 6, 2005, https://global.nissannews.com/en/releases/release-265936b8190abc85d84741b6049740ab-050606-01-e.

P101　「優秀な人材は十分います」: "Nissan's Ghosn Warns Firm May Miss Sales Target in Yr to March 2007—UPDATE," FinanzNachrichten.de, June 27, 2006, https://www.finanznachrichten.de/nachrichten-2006-06/6622487-nissan-s-ghosn-warns-firm-may-miss-sales-target-in-yr-to-march-2007-update-020.htm.

P102　メディアに大きく取り上げられた: David Ibison and James Mackintosh, "The Boss Among Bosses," *Financial Times*, July 7, 2006, https://www.ft.com/content/530603e4-0de3-11db-a385-0000779e2340.

P103　「どうかご安心を: "Nissan's Ghosn Warns Firm May Miss Sales Target in Yr to March 2007—UPDATE."

P103　午前８時半には、パリ西部の: Joann Muller, "The Impatient Mr. Ghosn," *Forbes*, May 12, 2006, https://www.forbes.com/global/2006/0522/020.html?sh=3ae815151328.

P103　国を行き来するたびに入れ替える: Monica Langley, "For Carlos Ghosn, Fast Lane Gets Bumpy," *Wall Street Journal*, October 28, 2006, https://www.wsj.com/articles/SB116200109759906779.

P112　「メディアからは: James B. Treece, "Ghosn to GM: Be Serious or Begone," *Automotive News*, September 25, 2006, https://www.autonews.com/article/20060925/SUB/60922064/ghosn-to-gm-be-serious-or-begone.

第８章　スワップ契約

P122　スタンディングオベーションはしばらく続いた: Sylviane Zehil, "Carlos Ghosn à «L'OLJ»: «Il n'y a jamais de crise sans fin,»" *L'Orient–Le Jour*, November 28, 2008, http://jamhourus.com/wp-content/uploads/2017/06/press_article_2008.pdf.

P123　「すまない、キャロル: Carole Ghosn and Carlos Ghosn, *Ensemble, toujours*(Paris: Éditions de l'Observatoire, 2021) (author's translation).

P31　食事量が減らされた：“G. Ghosn—qui a financé l'opération—a été transféré à la Prison de la Citadelle pour avoir incité les détenus de Baabda a une grève de la faim,” *L'Orient–Le Jour*, August 9, 1960.

P31　バス3台とタクシー15台：“Ghosn rejette sur Abdel-Khalek toute la responsabilité du meurtre du Père Masaad.”

P31　殺害は意図しないものだったとされた：“La cour de cassation annule la peine de mort rendue contre Georges Ghosn,” *L'Orient–Le Jour*, December 21, 1962.

P31　彼は殺人で有罪となり：“Sélim Abdel-Khalek condamné aux travaux forcés à vie,” *L'Orient–Le Jour*, June 28, 1968.

P34　4カ月前の釈放後ジョルジは：“Georges Ghosn trouvé porteur de 34,000 faux dollars,” *L'Orient–Le Jour*, March 7, 1971.

P34　ジョルジは無罪を主張した：“Georges Ghosn plaide non coupable,” *L'Orient–Le Jour*, March 1, 1972.

P34　さらに3年の懲役：“Jugement confirmé,” *L'Orient–Le Jour*, November 28, 1972.

第4章　戦時の名将

P48　工場を任され：Carlos Ghosn and Philippe Riès, *Shift: Inside Nissan's Historic Revival* (New York: Currency, 2006).（邦訳『カルロス・ゴーン経営を語る』高野優訳、日本経済新聞社、2003年）

P49　クレベール＝コロンブは：“L'activité de l'usine des Hauts-de-Seine de Kléber-Colombes sera maintenue,” *Le Monde*, January 22, 1982, https://www.lemonde.fr/archives/article/1982/01/22/l-activite-de-l-usine-des-hauts-de-seine-de-kleber-colombes-sera-maintenue_2898717_1819218.html.

P54　「社長夫妻がブラジルを：Carlos Ghosn, “Carlos Ghosn (6) Turbulence and Triumph in Brazil,” Nikkei Asia, January 7, 2017, https://asia.nikkei.com/Spotlight/My-Personal-History/My-Personal-History-Carlos-Ghosn/Carlos-Ghosn-6-Turbulence-and-triumph-in-Brazil2.

P61　「謎めいた男」：“‘We Did Not Acquire Any Brand to Eliminate It.’ (Carlos Ghosn of Michelin North America Inc.),” *Modern Tire Dealer*, September 1, 1991.

P62　ルッツが自分の会社を厳しく批判する：Ghosn, and Riès, *Shift*.

第5章　アライアンス誕生

P68　自動車業界史上最大となる合併：Steven Lipin, “New World Order? Chrysler Might Merge with Daimler-Benz—or Be Taken Over,” *Wall Street Journal*, May 6, 1998.

P68　年間約400万台の車を生産：Steven Lipin, “Chrysler, Daimler-Benz Announce World's Largest Industrial Merger,” *Wall Street Journal*, May 7, 1998, https://www.wsj.com/articles/SB894421909383679000.

P69　負債は220億ドル：Robert L. Simison and Lisa Shuchman, “DaimlerChrysler Sees a Good Deal in Mess That Has Become Nissan,” *Wall Street Journal*, January 12, 1999.

P70　確率は10%程度：Stéphane Lauer, *Renault: Une révolution française* (Paris: Lattès, 2005).

P76　志賀が立ち上がり、お辞儀をした：同上。

P78　「自分たちが苦労して：Chris Knap, “Ford CEO Seeks Closer Customer Ties,” *Orange County Register*, February 19, 1999.

P79　損は50億ドルだけで済む：“They Said It,” *Globe and Mail*, March 1, 1999.

P80　「まあ、男女の付き合いでも：David Woodruff, “Renault Bets Ghosn Can Drive Nissan,” *Wall Street*

原注

第１章　成り上がり

P16　ゴムが自転車や：Wade Davis, *One River: Explorations and Discoveries in the Amazon Rain Forest* (New York: Simon & Schuster, 1996).

P17　ゴム産業の成功者たちは：同上。

P17　ゴムブームの恩恵を得た：Joe Jackson, *The Thief at the End of the World: Rubber, Power, and the Seeds of Empire* (New York: Penguin, 2008).

P18　その１割がその年のうちに死ぬ：Carlos Pousa, ed., *Porto Velho: A Journey Through Its Economic Cycles and History* (Rio de Janeiro: Canal Comunicação & Cultura, 2012).

P19　ビシャラは10年前に移住していた：Roberto Khatlab, "Un mariage au Liban réunit trois générations d'émigrés," *L'Orient–Le Jour*, February 17, 2014, https://www.lorientlejour.com/article/854882/un-mariage-au-liban-reunit-trois-generations-demigres.html.

P19　何千人もの労働者が命を落とした：Gary Neeleman and Rose Neeleman, *Tracks in the Amazon: The Day-to-Day Life of the Workers on the Madeira-Mamoré Railroad* (Salt Lake City: University of Utah Press, 2013).

P20　数十年で：同上。1876年に初めて栽培可能なパラゴムノキの種がロンドンに渡り、苗木の一部がシンガポールに送られた。1890年代にはゴムの需要増加に伴って生産量も増えた。1905年にマレーシアが販売したゴムはわずか230トンだったが、５万エーカーの植林が行われた。1906年にゴムの販売量は２倍になった。ゴムは植樹後７年で収穫できる。

P21　割高な値段をつけた：John Tofik Karam, "Lebanese in the Brazilian National Market," North Carolina State University, January 28, 2015, https://lebanesestudies.news.chass.ncsu.edu/2015/01/28/lebanese-in-the-brazilian-national-market/.

P21　1939年10月10日：John Tofik Karam, photograph of Abidao Bichara's grave, University of Illinois at Urbana-Champaign, https://0.academia-photos.com/49025337/12912867/14295094/s200_john.karam.jpg.

P21　息子たちに遺した言葉：John Tofik Karam, *Another Arabesque Syrian Lebanese Ethnicity in Neoliberal Brazil* (Philadelphia: Temple University Press, 2008).

第２章　父親

P27　神父のブロス・マサド："Reconstitution du Crime de Majdel Baana," *L'Orient–Le Jour,* April 27, 1960.

P28　自分を騙そうとしているのだと考えた："G. Ghosn et S. Abdel-Khalek condamnés à mort," *L'Orient–Le Jour,* January 10, 1961.

P28　無理やり車から降ろし："Peine de mort requise contre G. Ghosn et S. Abdel-Khalek pour le meurtre du Père Masaad," *L'Orient–Le Jour,* July 14, 1960.

P29　２発めの弾を撃ち込んだ：同上。

P29　しかしジョルジは："Ghosn rejette sur Abdel-Khalek toute la responsabilité du meurtre du Père Masaad," *L'Orient–Le Jour,* October 7, 1960.

P29　怪しいブジョーの："G. Ghosn et S. Abdel-Khalek condamnés à mort."

P30　死刑を求刑した："Peine de mort requise contre G. Ghosn et S. Abdel-Khalek pour le meurtre du Père Masaad."

P30　独房に入れられた："Mme Georges Ghosn—Impliqué dans l'évasion des détenues de la prison de Baabda—est arrêtée," *L'Orient–Le Jour,* August 11, 1960.

P30　起訴もされなかった："Mme Georges Ghosn est remise en liberté," *L'Orient–Le Jour,* August 12, 1960.

[著者]

ニック・コストフ　(Nick Kostov)

2015年からウォール・ストリート・ジャーナル、パリ支局の記者としてビジネスや金融ニュースを担当。ユニバーシティ・カレッジ・ロンドン卒、パリ在住。

ショーン・マクレイン　(Sean McLain)

ウォール・ストリート・ジャーナル、東京支局の記者としてトヨタ、ホンダ、日産など大手自動車会社を担当。セント・ジョンズ・カレッジ(メリーランド州アナポリス)卒、現在はLA在住。

2019年、コストフとマクレインが共同執筆したシリーズ記事 “The Fall of Carlos Ghosn”は、その年の最優秀国際ビジネス報道に与えられる米国海外特派員記者クラブ(OPC)の賞のひとつ、マルコム・フォーブス・アワードを受賞した。

[訳者]

長尾莉紗　(Risa Nagao)

英語翻訳者。早稲田大学政治経済学部卒。主な訳書にM・オバマ『マイ・ストーリー』、B・オバマ『約束の地　大統領回顧録』(ともに集英社、共訳)、デューク『確率思考　不確かな未来から利益を生みだす』(日経BP)など。

黒河杏奈　(Anna Kurokawa)

テレビ局勤務、報道記者。慶應義塾大学法学部卒。ウォルフ『炎と怒り　トランプ政権の内幕』(早川書房)、ボルトン『ジョン・ボルトン回顧録　トランプ大統領との453日』(朝日新聞出版)等に翻訳協力。

カリスマCEOから落ち武者になった男

カルロス・ゴーン事件の真相

2023年 6月15日発行　第1刷

著者	ニック・コストフ、ショーン・マクレイン
訳者	長尾莉紗、黒河杏奈
発行人	鈴木幸辰
発行所	株式会社ハーパーコリンズ・ジャパン 東京都千代田区大手町1-5-1
電話	03-6269-2883(営業) 0570-008091(読者サービス係)
ブックデザイン	沢田幸平(happeace)
印刷・製本	中央精版印刷株式会社

定価はカバーに表示してあります。
造本には十分注意しておりますが、乱丁(ページ順序の間違い)・落丁(本文の一部抜け落ち)がありました場合は、お取り替えいたします。ご面倒ですが、購入された書店名を明記の上、小社読者サービス係宛ご送付ください。送料小社負担にてお取り替えいたします。ただし、古書店で購入されたものはお取り替えできません。
Printed in Japan
ISBN978-4-596-77506-1